Scarlet
스칼렛
www.b-books.co.kr

Scarlet
스칼렛

www.b-books.co.kr

구름 아래 맑은 날

구름 아래 맑은 날

SCARLET ROMANCE STORY

목차

p. VVIP

숨이 가라앉았다.

이대로는 멎지 않을까 싶어질 만큼 아주 조금씩, 서서히 느려진 호흡은 깊은 수심 아래까지 내려가 맴돌기 시작했다. 그것은 남자가 지금 피우고 있는 담배의 진정 작용이 아니라 나른하리만치 조용한 주변과 한가로운 일상의 결과물이었다. 어느 쪽이든 이젠 제법 익숙해졌고 지루하게 받아들이는 대신 느긋하게 즐길 수 있게 되었는데, 남자는 자신의 그런 적응력이 꽤 마음에 들었다.

문득 시선을 들자 한낮임에도 불구하고 제대로 된 햇빛 하나 비치지 않는 하늘이 있었다. 그러고 보니 오늘 눈이 내린다고 했었나. 아침부터 잔뜩 흐리기만 하니 아무래도 오늘만큼은 일기 예보가 정확할 모양이다.

사람을 잃을 때도 만날 때도 눈이 내렸다면 눈과 인연이 꽤 깊다고 봐야겠지만 이제는, 글쎄. 다 옛날 일이 되었다. 담배 연기를 길게 내보내어 잿빛 하늘을 부옇게 덧칠한 남자는 짧아진 꽁초를 발치의 재떨이 대용인 깡통에 천천히 눌러 껐다.

한 대 더 피울까, 말까. 고민하는 남자는 인기척 하나가 점점 가까워져 오는 걸 알아차리고 있었다. 물론 그래 봐야 엄연히 영업 중인 가게 앞이니 손님이 오는 건 당연한 일이고 그저 반사적인 감지일 뿐이었다. 습관이란, 참 무서운 거다.

“실례합니다.”

뜻밖에도 손님은 가게로 바로 들어가지 않고 그 앞 벤치에 앉아 있는 남자에게서 발걸음을 멈추었다. 중형 크기의 슈트 케이스와 나란한 부츠. 반듯한 검은 바지에 이어 따뜻해 보이면서도 멋스러운 빨간 코트를 느리게 거슬러 간 남자는 목소리만큼 젊은 여자와 눈이 마주쳤다.

“서한경 씨?”

여자의 마지막 음절이 반 옥타브 올라갔지만, 확신에 찬 말투는 물음이 아니었다. “그 사람 사흘 전에 죽었는데요.”라는 무책임한 대답부터 떠올렸던 남자는 선선히 고개를 끄덕였다. 여자의 붉은 입술이 호선을 그렸다.

“의뢰하고 싶은 것이 있어요.”

역시 한 대 더 피워야겠다.

"절판본이라도 찾고 계신가 보죠?"

태평한 물음을 던진 그는 품 안에서 담배를 꺼냈다. 그가 지포 라이터로 불을 붙이고 하얀 연기를 길게 뱉어 내는 동안 그녀는 인내심 있게 기다렸다. 잠시 후 그가 그녀를 올려다보고 다시 입을 열었을 때 그의 말투는 달라져 있었다. 조금 더 친근하게, 그러나 위험스럽게.

"못 본 사이 취미가 상당히 고상해진 모양이네. 윤희수 씨."

"그 말 그대로 돌려줄게."

오랜만에 그에게서 불린 이름.

그가 계속 모른 척하지 않은 이상 희수는 그쯤에서 시침 떼기를 그만두기로 했다. 그리고 그가 담배를 입에 물었을 때, 손을 뻗어 담배를 가로챈 그녀는 그의 눈을 피하지 않고 깊이 빨아들였다. 그의 타액으로 살짝 젖은 필터가 꽤 달았다.

"헌책방 주인이 된 당신이라니. 상상도 못 했어."

"실망스러워?"

"별로, 반전 있는 남자는 꽤 취향이라서."

〈잡학다방〉이란 기묘한 간판을 다시금 확인한 희수는 그의 물음에 어깨를 으쓱거렸다. 한경이 못 말린다는 듯 피식 웃었다. 그녀에게는 익숙한 웃음이었다.

"반갑기는 한데, 무슨 일이야? 여기까지 찾기도 쉽지 않았을 텐데."

"말했잖아. 의뢰라고."

희수가 그를 똑바로 바라보았다.

"물론 마음씨 좋은 책방 주인아저씨가 아니라 서한경 팀장에게."

경호 업무는 보안과 테러 등의 갖가지 위험 요소에 대응하여 일반 시민부터 VIP에 이르기까지 다양한 사람들을 지켜야 하는 특수직이다. 따라서 소속을 불문하고 소통이 원활하게 이루어지는 가운데, 공공 기관과 사기업을 통틀어 경호 일을 하는 누구나 한 번쯤 들어 봤음 직한 이름이 바로 외국계 보안 회사 가드GUARD의 경호과 1팀 소속 서한경 팀장이었다.

"그런 사람 이제 없어."

예상대로 한경은 웃어넘겼지만 새로운 담배를 꺼내면서 고개를 갸웃했다.

"잠깐, 그렇다면 더 이해가 안 가는데. 당신이 왜 여기까지 와서 나한테 그런 소리를 하는 거지?"

"보호 대상자가 좀 특별하거든."

"뭐, VVIP라도 돼? 그렇더라도……."

"비슷해. 윤희수니까."

그의 고개가 번쩍 들렸다.

"……농담이 과하시네. 윤희수 팀장님."

그리고 그런 서한경과 함께 파트너와 라이벌을 넘나들었던 사람이 당시 2팀 소속 윤희수 팀장이다.

다만 그가 퇴직한 후 승진했기 때문에, 지금은 직함이 바뀌었다는 사실을 굳이 가르쳐 주지 않은 희수는 자신을 빤히 쳐다보는 놀란 눈빛을 그대로 받아치며 미소 지었다. 그녀는 가스가 다 된 건지 탁탁 소리만 낼 뿐 불발되고 있는 그의 라이터를 턱짓으로 가리켰다.

"불, 빌려 줄까?"

"내 걸로 생색내긴."

장난스럽게 투덜댄 그가 담배를 입에 물었고, 그녀는 몸을 굽혔다. 두 대의 담배 끝이 맞닿으면서 찰나 진의를 캐 보려는 듯 예리해진 눈빛과 여유로운 웃음을 띤 눈빛이 서로 얽혔다.

"농담 아냐."

희수는 덧붙여 말하며 몸을 바로 했다.

"다시 말해 당분간 당신이랑 같이 있게 해 달라는 얘기인데, 어때, 이제 좀 솔깃해?"

"일단 들어 보고 싶은 만큼은."

"그럼 잠깐 실례할게."

희수는 가방을 한쪽으로 세워 두고 그의 옆에 앉았다. 크지 않은 벤치라 그와 몸이 맞닿을 만큼 단숨에 간격이 가까워졌다.

"들어가서 얘기하지 그래. 커피 한 잔 정도는 타 줄 수 있는데."

"이제 막 불 붙였잖아. 당신 담배 피우는 모습, 좋아했으니까."

"과거형이네. 너무 솔직한 거 아냐?"

"그게 내 매력 중의 하나지."

자신만만한 대답에 한경이 픽 웃었고 희수는 본론을 꺼냈다.

"간단하고 단순한 얘기야. 열심히 일하다 보니 이래저래 원한을 사서, 협박을 좀 받았거든. 무시하고 있었는데 회사에도 민폐가 되기 시작하는 바람에 잠잠해질 때까지 휴가를 겸해서 좀 쉴까 하고."

"그럼 왜 하필 여긴데?"

"만에 하나 일이 커질 때를 대비한 보험이랄까."

희수는 더 가볍게 들리도록 어깨를 으쓱거렸다.

"물론 회사에도 사람은 많지만, 당신도 알다시피 적도 많아서. 실력은 둘째 치고 일단 나에 대해 뭘 알게 되건 웃어넘겨 줄 것 같은 보험이 서한경 씨 말고는 생각이 안 나더라고."

"그동안 하나도 안 변했나 보네."

"나야 뭐, 그대로지."

"회사 사람들 말이야."

웃지도 않고 대답해 희수의 말문을 막은 한경이 이쪽을 똑바로 보았다. 희수는 짧아진 담배를 땅바닥에 눌러 끄고 그의 발치에 있는 깡통 안에 던져 넣으며, 그가 자신을 계속 관찰하도록 모른 척 내버려 두었다. 그녀를 찬찬히 살피던 그가 떠보듯이 입을 열었다.

"천하의 윤희수가 몸을 사리는 것도 모자라서, 만에 하나라지만 경호를 필요로 할 정도의 일이라니. 믿기 힘든데."

"쉽게 믿으면 자존심 상할 일이긴 하지."

희수는 산뜻하게 인정했다.

"당신이 망설이는 것 같으니까 이제 보수 얘기를 좀 해 볼까?"

"보수?"

마치 단어의 뜻을 묻는 것처럼 되풀이하는 그에게 그녀가 친절하게 대꾸했다.

"명색이 의뢰인데 맨입으로 할 리가 있나."

"아무리 봐도 사적인 일인데."

"맞아. 회사랑 상관없이 내가 당신을 고용하는 셈이지. 그래서 돈으로는 준비 못 했어."

"……그럼?"

돈을 줄 수 없다고 밝혔지만 한경의 눈빛은 한층 더 흥미진진하게 바뀌었다. 그리고 그것을 눈치챈 희수는 더 즐거워졌다. 그래야 내가 아는 서한경이지.

몸값이 하루가 다르게 치솟던 현역 때도 돈으로는 움직이지 않는 남자였으니 관심 없어 하는 일을 하게 하려면 웬만한 미끼로는 어림도 없었다. 그녀는 자신만만하게 회심의 카드를 내밀었다.

"회사에 당신 파일 아직 남아 있는 거 몰랐지? 그거 없애 줄게."

"쿨럭!"

한경이 거센 기침을 토했다. 쯧쯧. 희수는 연기가 잘못 들어갔는지 몇 번 더 콜록거리는 그의 등을 너그럽게 두드려 주었다. 하긴 희수 자신도 그 사실을 알았을 때 놀라고 웃겼으니 본인이야 오죽할까. 잠시 후 진정하고 돌아본 그의 눈가에는 눈물마저 맺혀 있었다.

"정말이야?"

"내 매력이 뭔지 다시 말해 줘?"

"와, 나, 진짜."

씨발. 입 모양으로나마 육두문자까지 뱉은 그가 그녀를 돌아보았다.

"당신은 어떻게, 아니, 됐고. 그럼 그걸 어떻게 없앨 건데?"

"비서실장님하고 얘기 끝냈어."

"어떻게?"

"실장님이 나한테 살짝 빚진 게 있었거든. 그걸로 퉁친 거야."

"하!"

그가 헛웃음을 쳤다.

"윤희수 씨 대단한 건 알았지만 하다 하다 그 사람한테까지 빚을 지울 정도일 줄은 몰랐네."

"왜, 새삼 반했어?"

실없는 농담을 던진 희수는 그의 웃음이 짙어지는 것을 보고 내심 움찔했다. 백 마디 말보다 그런 듯 깊은 미소 하나가 훨씬 더 의미심장하게 느껴지는 건 왜일까.

"역시 잘못 찾아왔어, 당신."

한경은 그 웃는 얼굴 그대로 말을 돌렸다.

"그만한 패를 써야 될 상황이라면 퇴직한 나로는 안 돼. 그동안 정말 게으르게 살았거든. 지금의 내가 얼마나 무뎌졌는지는 잘 아니까, 난 할 수 없어."

"하지만 한 번쯤은 날 가드해 보고 싶다고 생각했었잖아."

그가 정색했다. 예상대로인 긍정의 반응에 그녀는 즐거워졌다.

"난 알아, 내가 그랬으니까. 혹시나 기회가 온다면 절대로 놓치지 않을 거라고 생각했지. 그 전에 당신이 떠났지만."

"……."

"무뎌졌다는 그 말을 인정하는 건 아니지만 사실 상관없어. 아무리 실력이 좋아도 내가 못 믿는 사람에게 날 맡길 순 없잖아. 당신뿐이야, 나한테는."

시선이 얽혀 들었다.

희수는 얼굴이 따가울 만큼 강한 눈빛 앞에 미소로 응수하며 대답을 기다렸다. 표정을 지운 채 눈도 깜박하지 않고 물끄러미 이쪽을 응시하던 한경은 크게 숨을 내쉬었다. 그 단순한 동작 하나로, 조금 전까지 사람을 오싹하게 만들던 심각한 분위기는 온데간데없이 지워졌다.

"좋아."

그는 가볍게 고개를 끄덕였다.

"당신을 이렇게까지 몰아세운 놈들이 누군지 좀 봐야겠어. 당신에게 더 자세한 얘긴 듣기 힘들 것 같고, 같이 있다 보면 알 수 있겠지."

"……이렇게까지라니, 실례잖아. 당신뿐이란 말이 아부로 들렸어?"

"설마."

그가 씩 웃었다.

"진심인 거 알아. 나한테도 당신뿐이니까."

이런.

잽jab을 날렸는데 훅hook을 얻어맞은 꼴이었다. '그런 의미에서' 라는 말을 먼저 뺀 건 희수 자신이기에, 그가 한 말의 의미 또한 알아서 해석해야 했다.

인정사정없는 것도 여전하네. 그녀는 저릿한 충격을 내색하는 대신 그에게 상기시켰다.

"혹시라고 했어. 구경도 못 할지도 몰라."

"어쨌거나."

경고를 시원스럽게 받아넘긴 그가 담배를 끄고 자리에서 일어났다. 그리고 그녀의 슈트 케이스 손잡이를 잡았다.

"여기 2층이 집인데 방 한 칸 빌려 쓰던 녀석이 마침 결혼해서 나갔어. 그 방 내줄게."

"운이 좋네."

한경의 가게에서 가까운 모텔 정도를 예상하고 있었는데 생각보다 일이 잘 풀리고 있었다.

"그것도 다 알아내서 온 줄 알았는데."

농담을 던진 한경이 몸을 돌렸다. 그를 따라 가게 뒤편으로 돌아가니 2층으로 바로 이어지는 좁은 철제 계단이 나타났다. 앞장서 계단을 오르기 시작하는 한경의 걸음에는 거침이 없어서 희수가 괜히 뒤를 흘끔거렸다.

"가게 문을 저렇게 열어 놓고 놔둬도 돼?"

"어차피 헌책방이라 아무나 다 들락거려. ……누군가가 안전하게 머물기에 좋은 조건은 아니지."

열쇠로 문을 열다 말고 혼잣말처럼 중얼거린 한경이 그녀를 돌아보았다. 웃음기 없는 진지한 눈이 그녀를 순간 멈칫하게 만들었다.

"당신이 택한 거니까 다른 충고는 하지 않겠어. 다만 이제부터 당신 혼자 두는 일은 없으니 그런 각오는 해야 될 거야."

희수는 금방 대꾸하지 못했다. 업무 모드의 서한경은 참 오랜만에 본다는 자각이 든 탓이었다. 더구나 의뢰인의 입장에서 마주한 건 처음이라 신선하고 즐겁기까지 했다. 심장 박동이 빨라진 것 같은 기분이 드는 건 꼭 그 이유 때문은 아니겠지만.

"당신 스토커들이 새삼 이해가 되네."

"뭐?"

"일할 때마다 그렇게 말했으면 착각할 만했겠다고."

낡은 청바지에 단출한 검은 니트를 입고도 변화되는 눈빛 한 번에 무게감이 다른데 정장 차림으로 진지하게 저런 말을 하면, 심지어 그에게서 보호받는 입장으로, 흔들리지 않을 여자가 과연 있었겠나 싶다. 누군가와 딱히 교제하고 있는 게 아니라서 단념하기엔 더욱 아까운 이 남자와 한 번이라도 얽힌 의뢰인들이 이후 스토커로 변했던 몇 번의 경우가 새삼 희수의 머릿속을 주르륵 스쳤다. 혼자 그 이유를 납득한 희수에게 한경이 웃지도 않고 대꾸했다.

"무슨 소린지 모르겠지만 방금은 윤희수니까."

누구에게나 그런 건 아니야.

그가 말하지도 않은 뒷말이 저절로 들린 기분에, 희수는 순간 덜컹거린 것이 문이었는지 전혀 다른 것이었는지 헷갈렸다. 어쨌든 그 소리가 자신에게만 들려서 다행이었다. 그녀는 열린 문 사이로 한발 앞서 들어갔다.

"실례합니다."

그의 사적인 공간에 들어온 것이 이번이 처음은 아니지만 오랜만이라 그런지 묘하게 신선한 기분이었다. 집 안은 현관 옆에 욕실이 있고, 베란다와 주방이 마주 보는 꽤 넓은 거실을 사이에 두고 방 두 개가 배치된 구조였다. 거실 한편에는 성인 한 명이 그럭저럭 드나들 만한 좁은 계단참이 보였다. 죽 둘러본 희수가 자신의 가방과 함께 뒤따라 들어온 한경을 향해 물었다.

"저 계단은 가게랑 연결된 거 맞지?"

"응, 가게에 있는 방 안으로. 계단이라기보다는 사다리하고 비슷해."

그래서 슈트 케이스를 들고 온 방문객을 집의 정문으로 안내한 모양이었다. 희수가 말했다.

"이렇게 쉽게 들여보내 주는 걸 보니 열쇠 나눠 가진 애인은 없겠네. 그럼 당분간 그 포지션, 내 걸로 할게. 이의 없지?"

이제 내내 같이 붙어 다녀야 할 입장이니 애인 행세가 제일 그럴듯하다는 걸 한경도 알 것이었다. 과연 그는 그녀의 제안에 전혀 놀라지 않았지만 문득 생각난 듯 물었다.

"나중에 일이 끝나면 그땐 어쩌고?"

"어쩌기는, 헤어졌다는 핑계로 친구한테 술 한잔 얻어 마시면 되지. 그새 이만한 요령도 없어졌어?"

자신의 말에 목 안쪽으로 웃는 그를 뒤로하고 그녀는 두 개의 방문을 번갈아 보았다.

"당신 방은 어딘데?"

"당신이 쓸 방은 이쪽."

희수는 그가 가리킨 방으로 다가가 문을 열어 보았다. 가구라고는 책걸상과 옷장밖에 없어서인지 생각보다 커 보이는 방은 깨끗했고 길 쪽으로 제법 큰 창문도 나 있어서 꽤나 만족스러웠다.

"어때?"

어느새 가까이 다가온 한경이 바로 뒤에서 말을 거는 바람에 그녀는 저도 모르게 흠칫했으나, 내색하지 않고 그를 돌아보았다.

"잠만 잘 건데 이 정도면 감지덕지지."

"뭐?"

"혼자 두지 않겠다며? 그럼 이 방에 있을 일이 달리 뭐가 있어."

어깨를 으쓱거린 희수가 짓궂은 미소를 지었다.

"아니면, 자는 것도 안 하게 될까?"

"……그만 갖고 놀고 슬슬 제자리에 두시죠, 아가씨."

그녀를 물끄러미 마주 보던 한경이 표정 하나 변하지 않고 받아쳤다. 그 담담한 얼굴에 오히려 그녀는 웃음이 터졌다.

"한동안 잘 부탁해."

그에게로 완전히 돌아선 희수는 기운차게 한 손을 내밀었다. 한경은 선선히 악수를 받아들였다. 그녀의 손을 감싸 쥔 커다란 손바닥은 굳은살로 가득하면서도 놀라울 만큼 부드럽고 따뜻했다. 적당한 시간을 두고 손을 빼려던 순간, 그가 아프지 않은 정도의 악력으로 힘주어 잡았다.

시선을 든 그녀는 미소로 살짝 가늘어진 진지한 눈과 마주쳤다.

"어떤 사정으로든, 다시 보게 돼서 기뻐. 희수 씨."

드물게도 희수는 말문이 막혔다.

지금 그가 한 말은, 헌책방 앞 벤치에 앉아 나른하게 담배를 피우고 있는 그를 먼발치에서부터 확인한 순간 그녀를 가득 채운 마음과 다를 게 없었다. 여기까지 오게 된 정황과 그에 관련된 모든 일에도 불구하고, 그녀는 그저 그를 만난 것이 좋았다. 긴장해서 심호흡마저 해 버린 스스로를 탓할 수 없을 정도로.

그가 자신을 문전 박대하거나 꺼려할 거란 걱정 같은 걸 한 것도 아닌데. 그런데도 그저 서로 같은 마음이라는 것이 이렇게 달게 느껴질 줄은 미처 몰랐기에, 희수는 마치 기습을 당해 무장 해제가 된 기분이 들었다.

"……나도."

한 박자 늦게 흘러나온 대꾸는 무척 간단했다. 동시에 무척이나 솔직하기도 했다. 그 점을 알아차린 건지 아니면 나름의 의미로 받아들인 것인지, 한경의 웃음이 조금 더 깊어졌다. 희수는 왠지 멋쩍어져서 모른 척 고개를 돌렸다가 창밖의 광경에 주의를 빼앗겼다.

"눈이다."

언제부터인지도 모르게 눈이 바람결에 실려 흩날리고 있었다.

창가로 다가간 희수는 오늘쯤 폭설 예보가 있었던 것을 기억해냈다. 눈발이 제법 굵은 걸 보아선 일기 예보가 맞을 때도 생길 모양이었다. 등 뒤로 다가오는 기척을 느끼며 낯선 창을 통해 하늘을 올려다보고 있자니 오랜만에 무심코 펼쳐 본 책장 사이에서 불현듯 튀어나온 낙엽처럼, 잊고 있었던 기억이 떠올랐다. 그녀가 입을 여는데 그의 목소리가 더 빨랐다.

"당신을 처음 만났을 때도 눈이 내렸는데."

"……K사 협박 사건."

선수를 빼앗긴 그녀는 다른 말로 받았다.

"춥고, 배고프고, 제대로 풀리는 건 하나도 없는데 팀장이란 놈은 의뢰인 눈치 보느라 전전긍긍."

"아, 엉망이었지."

그는 절절하게 대꾸하더니 그녀와 눈이 마주치자 씩 웃었다.

"제대로 된 건 윤희수 정도였달까."

"뭐 서한경도 나쁘진 않았어."

"너그럽네."

"아까 말한 커피 지금 타 주면 더 너그러워질 용의도 있는데."

"하하. 더는 됐어, 감당 못 해."

두 손을 들고 엄살처럼 말하면서도 한경은 선선히 몸을 돌렸다. 이내 주방 쪽에서 달그락거리는 소리를 들으며, 희수는 창밖에서 점차 새하얗게 물들어 가는 세상을 향해 미소 지었다.

그리고 그 미소는 잠시 후 거실로 나가 받아 든 머그잔이 자신의 취향대로 블랙커피로 채워져 있는 것을 알고 나선 더욱 환해졌다.

1. 철벽의 동지

또각또각, 날카로운 구두 소리가 살벌한 기세로 복도에 울려 퍼졌다.

지나는 사람들이 저마다 이쪽을 돌아보고 수군거렸지만 희수의 눈에 보이는 건 점점 가까워지는 5층의 흡연실뿐이었다. 문을 벌컥 열어젖히자 안에서 막 담배를 눌러 끄고 있던 고승호와 정면으로 마주쳤다. 그가 순간 움찔했다가 태연한 척 웃음 짓는 모습이 가소로웠다.

"좋은 아침이네, 윤 팀장."

사람 좋은 양 상식적으로 굴면 이쪽에서도 맞춰 줄 거라 생각하는, 남 뒤통수쳐 놓고 자신은 뒤끝이 없다고 생각하는 인종들의 전형적인 반응이었다. 희수는 환하게 웃었다.

"닥쳐."

"무……, 뭐?"

"직장 동료 엿 먹이고 좋은 아침 맞이하시는 댁한테 그런 말 듣고 싶진 않거든."

희수는 기세 좋게 닫히는 문을 뒤로하고 그와 마주 보고 섰다.

"강득선 의원 일, 당신이 나한테 넘겼다는 거 다 알고 왔어."

"아, 난 또 뭐라고."

승호가 피식 웃었다.

"의뢰가 들어오면 부장님이 판단해서 나누는 건데 왜 나한테 성질이야? 불만 있으면 위에 가서 따지라고."

"그거야 당연히 하고 온 길이지."

희수의 즉답에 승호는 주춤했다. 그때 입 안으로 터지는 웃음소리가 희수의 주의를 끌었다.

돌아본 희수는 구석진 창가에 걸터앉아 담배를 피우고 있는 한경과 눈이 마주쳤다. 열이 뻗쳐서 고승호 외에 다른 누가 있다는 걸 전혀 의식하지 못한 터라 멈칫했지만, 희수는 딱히 가릴 이유도 없어 신경 쓰지 않기로 했다. 그녀는 승호를 향해 말을 이었다.

"설마 지금 내가 차마 위에는 말 못 하고 고팀한테만 달려와서 따질 거라고 생각했어? 내가 왜? 말마따나 힘없는 거 다 아는데, 같은 팀장끼리."

아니나 다를까 일부러 덧붙인 말 한마디에 그의 표정이 싹 굳어졌다. 입사 동기 중 한 명인 승호는 처음부터 윤희수를 유난히 탐탁잖게 여기고 있었는데 그녀가 사내 최초의 여자 팀장이 된 뒤부터는 더욱 그랬다. 본인의 출세는 실력이고, 남이 유리 천장을 두드리는 건 다른 이유가 있을 거라고 치부하는 그를 보며 희수는 생긋 웃었다.

"하지만 힘이 없으신 거에 비해 혀 하나는 참 잘 놀리시는 거 같아서, 앞으로는 애인 달래 줄 때나 써먹으시란 말은 꼭 해 주고 싶어서요, 고승호 팀장님."

"……말이면 단 줄 알아?"

"아니. 그래서 앞으로 한 번 더 이런 일이 있으면 행동으로 보이려고."

"하, 행동? 주제에 뭐 어쩌시게?"

"글쎄. 여자 밝힘증 하나로도 블랙리스트에 올라 있는 변태 영감한테 꼴 보기 싫다는 이유로 특정 동료를 콕 찍어서 상납했다는 걸 알면, 회계과의 김민정 씨가 얼마나 재미있어할지 알아보는 것도 좋겠지."

"그, 그걸 어떻게……!"

목하 비밀 연애 중이신 고승호 팀장이 기겁했다. 희수가 의기양양한 기분으로 그 변화를 감상하는데, 한경이 또 웃는 소리가 났다.

"아, 실례."

두 번째인 걸 자각했는지 한경이 고개를 살짝 숙여 보였다.

"민정 씨는 몰라도 난 재미있어서."

"야, 서한경!"

승호가 공정한 동료에게 당장 항의했지만 한경은 어깨를 으쓱거릴 뿐이었다. 희수는 다시 본론으로 돌아왔다.

"당신이 나 싫어하는 건 상관없어. 나도 당신 싫고, 일에 지장 안 주면 그만이니까. 근데 이번 수작질은 너무 저열해서 모른 척할 수가 없겠더라. 작작 좀 합시다."

"……하, 이렇게 발톱 세우는 거 보니까 꽤 좋은 시간 보낸 모양이지?"

이 새끼가 뭐라는 거야.

"안 그래? 강 의원이 너한테 손가락 하나 까딱하지 못했으면 펄쩍 뛸 일도 없잖아. 아, 그러고 보니 방금 상납이라고 했던가? 그거 혹시 진짜……,"

탕!

예리한 파열음이 허공을 찢었다. 이죽거리던 승호와, 승호의 멱살을 잡으려고 한 걸음 앞으로 나서던 희수는 거의 동시에 멈칫했다. 빈 의자 하나가 바닥을 아무렇게나 뒹구는 그 옆에서 한경이 쭉 뻗었던 한쪽 다리를 태연하게 접었다.

"미안. 발에 걸려서."

사과만큼이나 산뜻하게 일어선 한경은 뒹군 의자를 바로 세웠다.

"그런데 두 사람 다 그쯤 하자. 고팀, 같이 일하는 처지에 말은 좀 가려서 해야 하지 않겠어? 서로 서포트하는 일도 많은데 동료 면전에서 칼 꽂는 걸 좋아할 사람이 누가 있을까."

"……내가 뭘, 어쨌다고."

양심은 있었는지 켕기는 얼굴로 주춤하면서도 자존심 때문에 투덜대던 승호는 "특히 난 정말 질색이더라고, 그런 거."라는 한경의 덧붙임에 입을 꾹 다물었다.

그때 호출기의 신호음이 끼어들었다.

세 사람은 동시에 자신의 것을 확인했다. 당첨된 승호는 혀를 차더니 뭔가 더 쏘아붙일 듯하다가 희수를 어깨로 밀치면서 밖으로 나갔다. 너무 유치한 짓이라 희수는 화도 나지 않았다.

가까이 다가온 한경이 담뱃갑을 꺼냈다. 익숙한 동작으로 톡톡 두드려 고개를 내민 한 개비가 먼저 희수를 향했다. 한경은 담배를 선선히 받아 든 희수에게 불을 붙여 주고, 자신도 새 담배를 물었다. 첫 연기를 한숨과 함께 길게 뱉은 희수는 알 수 없는 충동에 떠밀려 중얼거렸다.

"아무 일도 없었어."

"알아."

한경의 대꾸는 희수로 하여금 돌아보게 만들 정도로 짧고 단호했다.

"……어떻게 알아?"

"아까 고팀한테 웃어 줬잖아. 정도를 넘었으면 그랬을 리가 없지."

희수는 피식 웃었다. 진심으로 우스워서 웃은 것이 퍽 오랜만의 일처럼 느껴졌다.

실제로 강 의원은 그녀에게 아무런 짓도 못 했지만, 눈까지 가만히 둔 건 아니었다. 바지 정장을 입었음에도 불구하고 움직일 때마다 가슴이며 허벅지, 엉덩이에 핥듯이 달라붙는 시선을 참는 건 아주 곤욕이었다. 차라리 손을 대었다면 적극적인 제지를 할 수 있었을 텐데 그러지도 못한 희수는 밀착 경호를 하는 내내 속만 부글부글 끓였고 그건 그녀의 성격에 정말로 맞지 않는 일이었다. 엄연한 프로인 이상 고객의 성향이 어떻든 일을 가릴 수는 없기 때문에 참고 견뎠는데 알고 보니 원래 자신에게 떨어진 일이 아니었단다.

돌이킬수록 고승호를 너무 쉽게 봐준 기분이 들어 희수는 담배를 뻑뻑 피우면서 한경을 불만스레 쳐다보았다. 서한경이 끼어들지 않았으면 헛소리를 빌미로 고승호를 한 대쯤 쳐 줄 수 있었을 것이다.

“한 번만 봐줘. 하고 싶은 말은 다 했잖아.”

마음을 읽은 건지 희수가 불평하기도 전에 한경이 먼저 물러섰다.

“진짜 계속 듣기 싫어서 그랬어.”

“어차피 나한테 맞았으면 계속 말 못 했을 텐데.”

“그러니까. 말만 못 하게 됐으면 내가 말렸겠냐고.”

희수가 웃거나 말거나, 한경은 담담하게 “고작 그런 걸로 징계

먹는 거 아깝잖아."라고 덧붙였다. 그의 말마따나 폭력 행위에 대한 사내 규정은 매우 엄격했지만 희수는 귓등으로 흘려들었다. 남녀 차별이나 성희롱은 눈 가리고 아웅 하는 주제에 우습지도 않은 일이었다.

"내가 먼저 사표 던지면 징계 내리고 싶어도 못 하겠지."

그녀의 중얼거림에 한경의 시선이 똑바로 날아왔다.

원래 헤프게 웃고 다니는 사람은 아니어도 온화하고 선량한 성격으로 일명 '부처'라 통하는 남자가 웃음기를 싹 지우자 박력이 보통 아니었다. 반쯤은 아무 생각 없는 불평이었던 희수는 내심 당황한 것을 숨기기 위해 일부러 씩 웃어 보였다. 그러나 한경이 입을 열었을 때는 더 웃지 못했다.

"미안해."

"……뭐가?"

"당신이 사표 얘기 하는 거 처음 들어. 일을 때려치울 생각을 할 정도인데 같이 일하는 입장에서 몰랐다는 것 자체가 방조 같아서."

그가 한숨처럼 뱉은 담배 연기가 퍽 짙었다.

"난 그저 당신 승진이 늦어져서 아깝다는 생각이나 하고 있었지. 참 순진했네."

"아깝다고 생각했다면서 뭐가 미안해."

희수는 태연하게 들어 넘겼다. 무방비한 상태에서 난데없이 당한 공격이라 설렘을 드러내지 않기 위해서는 조금 더 신경을 써야 했다. 하긴 언제는 안 그랬냐마는.

"그래도 이렇게 제대로 알아주는 서한경 씨 덕분에 플러스마이너스 제로가 되는 거 아니겠어? 안 그랬으면 진작 때려치웠겠지."

"제로라."

불쑥 중얼거린 한경이 짧아진 담배를 끄고 물었다.

"오늘 점심 비어? 멀리는 못 가고, 구내식당도 괜찮으면 내가 살게."

"괜찮기야 하지만, 갑자기 왜?"

"내가 있는데 플러스가 못 된다는 얘길 들으니 도전 정신이 느껴져서. 왠지 불타올라."

진지하게 농담을 하는 한경 대신 그녀가 웃었다.

"그런 거야 협조를 해 드려야지. 한번 힘내 봐."

"구내식당이라 아쉽지만."

"아니, 이럴 땐 너무 좋은 데로 가도 문제야. 당신이 나한테 청탁한다는 소문이 날 수도 있다고."

"별로 틀린 말도 아닌데. 일 잘하는 사람한테 잘 보여서 붙들어 놓으려는 거니까."

둘은 잡담을 주고받으며 흡연실을 나섰다. 한경과 어깨를 나란히 하고 걸어가는 희수의 기분은 이미 왔을 때와는 정반대로 바뀌어 있었다.

아침의 일이 그새 소문이 퍼졌는지, 점심시간에 맞춰 지하 구내식당으로 내려간 희수는 자신을 향한 시선이 유독 늘어난 걸 알아차렸다. 여태까지의 전적을 생각하면 별스러울 것도 없어 신경이 쓰이진 않았다. 먼저 내려와 식당 앞에서 자신을 기다리고 있는 한경 역시 성격상 신경 쓰지 않을 걸 알기에 더 그랬다. 인사부 사람들과 얘기를 나누던 그가 그녀를 보고 손을 들었다.

"미안, 오래 기다렸어?"

"아니."

나도 방금 왔다며 덧붙이는 한경의 옆에서 직원들이 희수와 한경을 번갈아 보았다.

"아, 윤 팀장님이랑 약속하셨구나."

"어쩐지 우리가 같이 들어가시자고 꼬드겨도 안 먹히더라니."

"제 대신인데 보통 정성 갖고 되겠어요? 삼고초려를 하셔야지."

희수는 마음 편하게 진담 같은 농담을 건넸다. 고승호처럼 괜한 자격지심이나 자존심 때문에 윤희수를 탐탁잖아 하는 남자들이 있는 반면, 그 반대인 남자들도 그만큼은 있었다. 지금 만난 사람들도 그 일부여서 그녀가 의도한 대로 가벼운 웃음이 터졌다.

희수와 한경은 '오늘의 정식'으로 대동단결했다는 그들과 갈라져서 식권 자판기 앞으로 갔다.

"마음껏 고르세요, 팀장님. 부디 사양하지 마시고."

한경이 과장 섞인 정중한 동작으로 자판기를 가리켰다. 희수가 기꺼이 메뉴를 살피는 와중에, 나란한 다른 자판기를 쓰고 있던 여직원이 장난인 척 은근히 말을 붙였다.

"안녕하세요. 오늘 서 팀장님만 월급날이신가 봐요? 저도 사 주시면 안 돼요?"

"아, 죄송합니다. 저 지금 윤 팀장님 접대 중이거든요."

그의 진지한 대꾸에 희수가 웃음을 흘렸다. 직원도 한 박자 늦게 웃었다.

"에이, 그럼 스케일이 너무 작으신데? 구내식당에서 접대하셔서 성공하시겠어요?"

"이미 성공하신 거예요."

괜한 말을 자꾸 붙이는 직원에게 대신 대답한 희수는 이번 달부터 무려 천 원이나 오른 장어덮밥을 눌렀다. 직원은 무슨 뜻인지 몰라 의아해하고 있었지만 희수는 '그렇기 때문에 사표를 쓰러 가지 않고 여기 서 있는 것' 이라는 설명을 생략했다. 한경이 제대로 이해한 얼굴로 웃었기 때문에 더욱 할 필요가 없었다.

"다행히 그렇다고 하시네요. 그럼, 맛있게 드세요."

"아, 네. 두 분도 맛있게 드세요."

깔끔한 인사에는 더 말을 붙일 틈도 없었다. 희수가 속으로 감탄하는 새 직원은 샐쭉한 표정을 웃음으로 감추며 돌아섰고, 한경은 그녀와의 대화를 싹 잊은 얼굴로 장어덮밥 두 장의 식권을 계산했다.

그들은 각자의 식판을 받아 식당 한쪽에 자리를 잡았다.

희수는 한경과 같이 움직이자 조금 전과 다른 의미의 시선이 집중되는 것이 느껴져서 조금 웃었다. 정작 마주 앉은 한경은 전혀 의식하지 못하고 있는 것도 우스웠다. 그 역시 유명세를 치르는 입장이긴 하지만, 마녀라고 불리는 희수 자신과 한 자리에 있을 때는 느낌이 전혀 다를 게 분명한데.

"왜 그렇게 웃어?"

"응? 그냥, 오랜만에 당신이랑 점심 먹어서?"

한경의 젓가락이 멈칫하더니 그가 잠시 기억을 더듬었다.

"오랜만인가? 하긴 요즘 자주 엇갈렸지. ……또 왜?"

"재밌어서. 남들 같으면 다른 의도가 있는지 상상하고 내가 수작이라도 부린다고 했을 텐데, 당신은 내가 무슨 말을 하든 확실하게 예스라고 하지 않으면 노라는 걸 알지."

"모르는 게 이상한 거 같은데."

"역시 이런 말은 서한경 씨 앞에서밖에 못 한다니까."

"그래."

한경이 담담하게 대꾸했다.

"계속 내 앞에서만 해. 농담이든 진담이든."

"……그러고 있어."

희수 스스로도 알 수 없는 이유로 한 박자 늦은 대답이 나갔다. 한경은 고개를 끄덕이며 식사를 계속했다. 평소와 같은 대화였을 뿐, 도발도 뭣도 아니었는데 어쩐지 진 것 같은 묘한 기분을 느낀 희수도 밥 먹는 데에 집중하기로 했다.

식사는 나쁘지 않았다. 비록 인상된 가격의 차이가 맛에 아무런 영향을 끼치진 않았지만 희수는 얻어먹는 자의 예의를 지켰다. 함께 먹는 사람이 누군가에 따라 음식은 거들 뿐이라는 진리가 적용된 덕에 충분히 즐거운 점심이었다.

"잘 먹었어. 다음엔 내가 살게."

"괜찮아, 뭘 이런 걸로."

"나 두 번 안 묻는 거 알지? 겸손한 사양 같은 거 나한텐 안 통해."

"다음에 언제?"

한경이 냉큼 받아쳤다. 희수는 웃음을 참지 않고 머릿속으로 일정표를 뒤적였다. 하지만 그가 말하는 스케줄과 맞지 않아서 한 끼라도 같이 제대로 먹으려면 최소 보름은 지나야 했다. 희수는 아쉬움을 지나치게 드러내지 않으며 결론을 내렸다.

"그럼 그때 돼서 다시 얘기하고, 일단 아쉬운 대로 식후 커피 어때?"

"좋지."

두 사람은 계단을 이용해 1층으로 갔다. 로비를 막 가로질러 지나가는 차에, 다급한 외침이 높은 천장을 두드릴 듯 날아올랐다.

"저, 저기요!"

점심시간답게 소란스럽던 로비가 순식간에 고요해졌다.

희수를 비롯한 모두의 시선이 쏠린 곳에는 웬 여자가 서 있었다. 대학생, 혹은 사회 초년생쯤 되었을까. 얼굴이 완전히 빨개지고 가방을 쥔 두 손은 뼈가 하얗게 보일 만큼 있는 힘껏 힘이 들어갔는데도 여자는 꿋꿋하게 한경을 보고 있었다. 그 뒤로 데스크의 직원이 난감한 표정을 짓고 있는 걸 본 희수는 상황을 금세 파악했다. 요즘 좀 조용한 것 같더니.

주변 사람들도 희수와 똑같은 생각을 한 건지 로비에는 다시 무심한 소음이 생겨났다. 그 한가운데로 여자의 하이힐 소리가 또각또각 점을 찍듯 선명하게 다가왔다. 희수는 발을 살짝 바꿔서 한경과 여자를 나란히 두고 보는 제삼자의 위치에 섰다.

"……안녕하세요."

"안녕하세요, 박혜린 씨. 오랜만입니다."

한경의 입에서 자연스럽게 흘러나온 이름은 용기를 내서 인사한 여자를 깜짝 놀라게 만들고 희수에게는 조금 더 자세한 정보를 제공했다.

"저, 제 이름, 기억하시는 거예요?"

"네, 그야."

'고객의 가족이셔서.'

희수는 소리가 되지 않은 그의 뒷말을 추측해 보았다. 아니나 다를까, "박 사장님은 건강하십니까?" 라는 물음이 이어졌지만 이미 볼을 붉히고 있는 여자는 건성으로 고개를 끄덕였다.

한경은 한 번 만난 사람을 잊는 법이 없었다. 본인의 말에 의하면 사람 얼굴의 특징을 찾는 게 오랜 습관이라 외우기 쉽다고 했다. 그것은 그를 업계 탑으로 만든 비결 중 하나였지만 그 점을 잘 모르는 고객들, 특히 여자들이 가끔 그를 곤란하게 만들었다.

이번에도 그의 당연한 태도가 여자에게 더욱더 용기를 불어넣어 준 모양이었다. 여자는 입을 열었다가 희수를 보고는 멈칫했다. 아무 생각 없이 서 있던 희수는 그제야 여자의 용건이 사적인 문제란 것을 깨달았다. 자리를 피해 주겠다는 말을 꺼내려는 찰나, 여자가 둘을 번갈아 보더니 희수의 깨달음을 증명하듯 물었다.

"혹시 애인이세요?"

"아뇨."

"아닙니다."

희수와 한경은 동시에 부정했다. 여자는 티가 나게 안도하는 기색을 띠고 "저, 그럼 드리고 싶은 말씀이 있는데요."라고 운을 뗐다.

"갑자기 찾아와서 죄송하지만, 잠깐만 시간을 내주실 수 없을까요?"

턱을 살짝 내린 채 조심스럽게 한경을 올려다보며 묻는 여자는 스스로 예뻐 보이는 각도를 잘 알고 있었다. 그렇지 않더라도 단칼에 거절해서 여자를 무안하게 만들 서한경이 아니었다. 역시 그는 조금 난처한 눈으로 희수를 쳐다보았고, 희수는 너그러운 마음으로 그가 듣고 싶어 할 대답을 해 주었다.

"커피도 다음에 하자. 먼저 갈게."

"응. 미안해, 윤팀."

"미안하기는, 내가 산다고 한 건데."

둘의 짧은 대화를 들은 여자는 그새 오해를 했는지 라이벌을 보는 눈이 되어 있었다. 그게 또 너무 노골적이어서 희수가 내심 쓴웃음을 삼키는 사이, 손목시계를 확인한 한경이 여자를 밖으로 안내했다.

건물을 나서는 두 사람은 제법 잘 어울리는 한 쌍처럼 보였다. 하지만 희수는 그들의 결말이 그렇지 못하리라는 걸 이미 알고 있었다. 지금 그들을 보고 있는 다른 사람들과 마찬가지로. 그녀는 미련 없이 엘리베이터를 향해 몸을 돌렸다.

"식사하셨어요?"

엘리베이터 앞에 서 있던 희수는 한 무리의 사람들이 다가오는 걸 알고도 가만히 있었지만, 살갑게 건네지는 말은 뒤를 보지 않아도 상대를 쉽게 추측케 했다. 아니나 다를까 돌아본 곳에는 세연이 서 있었다.

자기주장이 강해서 부담스럽다는 평을 듣는 성격에다 사교성도 없어 여직원들과도 본의 아닌 거리감을 갖고 있는 희수가 가장 가깝게 느끼는 이세연은 희수네 팀의 최정예이기도 했다. 그녀는 팀장과 달리 성격도 수더분해 두루두루 잘들 지내는데, 알랑방귀 아니냐는 농담 섞인 핀잔 앞에서도 윤희수를 존경한다고 공언하는 배짱을 갖고 있었다.

희수는 세연과 같이 있는 사람들과도 눈인사를 나누었다.

"그런데 1팀장님하고 드시는 줄 알았는데요."

"응, 맞아요. 밥 먹고 나오는데 고백 타임이 와서 보내 드렸지."

"아, 어쩐지."

다른 여직원이 납득한 듯 중얼거렸다. 희수가 그녀를 보자 세연이 대신 대답했다.

"오는 길에 어떤 여자분하고 나가시는 거 봤거든요. 저희도 그런 게 아닌가 싶었어요."

"오랜만이라서 순간 깜짝 놀랐는데, 역시나 이번에도 거절하시겠죠?"

"뭐 아무래도 그런 눈치이긴 했어요."

희수의 말에 듣던 모두가 당연하다는 것처럼 고개를 끄덕였다. 가드GUARD에 있어, 그것은 하나의 법칙 같은 거였다.

서한경은 연애를 하지 않는다.

그는 마치 중세 시대의 수도승 같았다. 독신주의라면 결혼만 안 하면 그만인데 그는 아예 여자와 깊은 관계를 만들지 않으려는 것처럼 보였다. 옛날에는 가볍게 사귄 사람도 더러 있던 모양이지만 그가 입사한 이래 같이 있는 여자는 동료, 친구, 고객의 범주에서 벗어난 적이 없었다.

그 때문에 역시 오랜 솔로인 윤희수와 철벽의 커플이란 애먼 이름으로 묶이기도 하지만, 그는 그녀와는 사정이 달랐다. 사내 연애를 질색하지도 않았고 집안 배경이 심상찮을 거라는 이상한 확신이 만든 소문과 얽혀 부담을 느낄 법한 상대도 아니니까. 물론 몸이 열이라도 부족할 만큼 바쁘지만, 본인이 원하기만 하면 얼마든지 그의 마음에 응할 준비가 된 여자들이 줄을 선 마당에 핑계도 되지 못할 일이었다.

"두 분은 많이 친하시죠? 혹시 진짜로 1팀장님이 꽃뱀한테 물린 적 있으세요?"

웃음 섞인 가벼운 어조였지만 반짝거리는 눈이 농담을 빙자할 뿐이라는 걸 가르쳐 주었다.

"에이, 뭘 그런 걸 팀장님한테……."

상대 옆구리를 찌르는 다른 직원의 손길도 시늉만 하고 있었다. 희수는 어깨를 으쓱였다.

"아직도 그런 소문이 돌아요? 저도 들은 건 없는데, 그 정도로 여자한테 크게 데인 거면 평소에도 여자를 꺼리지 않겠어요?"

희수의 말은 즉 누구에게나 공정하고 친절한 서한경 씨에게는 해당되지 않는 것 같다는 지적이었다. 하긴 그건 그렇겠다며 여직원들이 고개를 주억거렸다.

"그럼 도대체 왜 그러실까."

"잊지 못할 첫사랑? 뭐 그런 거려나요?"

역시 사람 생각은 다 똑같고, 유행만이 아니라 소문도 돌고 도는 모양이다. 그들의 추측을 들으며 희수는 속으로 감탄했다. 꽃뱀도 그렇지만 지금 제기된 첫사랑 역시 심심찮게 떠돌다 어느새 잠잠해진 얘기들 중 하나였다. 희수는 소문 따위가 얼마나 부풀려질 수 있는지 체감해 본 사람으로서 풍문을 전혀 믿지 않지만, 그건 확실히 설득력이 있다 싶어서 한경에게 직접 물어본 적이 있었다. 그때 한경은 신나게 웃더니 "그런 걸로 해 둬."라고 대답했었다.

희수가 그 일을 말해 주자 여직원들은 서로를 마주 보았다.

"그거, 그것만은 아니라는 반응 아닌가요?"

"누가 뭐라고 말하든 상관 안 하고 말해 줄 생각도 없다는 반응도 되겠죠."

"음…… 그러게요."

한경이 참견하지 말라며 정색한 것도 화를 낸 것도 아니었다. 그런데도 그때 희수는 그 문제에 있어서는 더 말하기 어려울 만큼 튼튼한 벽과 맞닥뜨린 묘한 기분이 들어서, 피하는 재주도 참 좋다는 생각을 했었다. 오가는 시선에서 지금 다른 사람들도 그 기분에 공감한다는 걸 알 수 있었다. 한 명이 마침표를 찍듯 결론을 내렸다.

"하긴 공공재로 남아 주신다면야 감사할 일이죠."

"맞아요, 사실 가끔은 예외를 만드실까 봐 걱정되기도 해요."

"이제 이런 얘기 하면 안 되겠다. 말이 씨가 될라."

다른 여직원의 농담에 가벼운 웃음이 와르르 쏟아졌다. 마침 엘리베이터가 1층에 도착했고, 기다리던 사람들이 하나둘 올라탔다. 그 사이에 섞여 들어간 희수의 입가에도 희미한 웃음이 머물러 있었다.

그녀는 그들과 같은 걱정은 하지 않았다. 그러나 그가 애인을 만든다면 역시 아쉬울 것이다. 만약 그와 다른 회사에서 일하고 있었다면 먼저 작업을 걸었을 테니까. 간혹 그녀가 사표의 유혹을 느낄 때의 장점 중 하나가 서한경이었다. 하지만 동시에 그와 함께 일하지 못한다는 것이 단점이기도 해서 결국 플러스마이너스 제로가 되는 셈이었다.

"내가 있는데 플러스가 못 된다는 얘길 들으니 도전 정신이 느껴져서."

아침의 일이 불쑥 떠올라 희수의 미소가 짙어졌다.

그런 귀여운 말을 하는 남자를 내버려 두게 만들다니. 직장 내 연애에 트라우마를 선사한 놈의 오른쪽 어금니에 심심한 저주를 보낸 희수는 이내 세연과 함께 경호과가 있는 층에서 내렸다.

"그동안 고생 많으셨습니다. 감사합니다."

몇 번째인지 모를 업무가 자정을 기해 무사 종료되었다. 점잖은 사업가인 고객과 마지막 인사를 나눈 희수는 팀을 해산시켰다. 다른 세 명은 한 차를 타고 이동한다고 했다.

"조심히 들어가요. 또 가다가 술 마실 거면 차는 제대로 세워 두시고."

"아, 이제 안 그럴 거예요!"

희수의 충고로 크게 터진 웃음 속에서 회사 차량을 견인당한

경력이 있는 팀원이 투덜댔다. 옆에서 다른 팀원이 희수에게 권했다.

"타시죠, 팀장님. 가시는 데까진 모셔다 드릴게요."

"아뇨, 회사에 차를 두고 와서. 반대 방향이니까 신경 쓰지 말고 가세요."

"네, 그럼 먼저 가겠습니다."

"수고하셨습니다!"

직장 상사란 아무리 좋은 사람이라도 한 자리에 같이 있지 않는 게 제일 편한 법이다. 그리고 본인이 좋은 사람이 아닌 걸 잘 아는 희수는 자신에게 두 번 묻는 대신 쌩 내달리는 차를 향해 웃으며 손을 흔들었다.

자정이 지난 골목길은 적요했다.

피부를 스치는 바람이 제법 날카롭다. 희수는 코트에 달린 모자를 푹 눌러쓰고 걸음을 옮겼다. 조금씩 한가로이 흔들리는 그림자가 가로등 아래로 길게 이어졌다.

지나가는 사람도 차도 드물어진 깊은 밤은 아무도 없는 곳에 혼자 서 있는 기분을 느끼게 했다. 24시간 운영하는 편의점이 골목마다 있었지만 인적 없는 거리에 쏟아지는 환한 불빛은 그 자체가 고독의 다른 이름이었다. 그래도 희수는 밤길을 느긋하게 걷는 것이 싫지 않았다. 지금 같은 경우, 그녀는 세상에 혼자 남은 것이 아니라 세상을 혼자 차지하고 있다는 생각을 하는 성격이었고, 사람들 속에서 일하는 게 즐거울지라도 가끔은 감정적으로나

물리적으로나 쉼표가 필요하기 때문이었다.

어렵게 자취에 성공한 보람도 없이 워낙 일이 많아서 집에 들어가면 잠을 자기 바쁘고, 가끔 이런 자투리 시간에나 정적인 여유를 부리는 사치를 누릴 수 있었다. 하지만 동시에 그것을 '사치'라고 말할 수 있다는 게 얼마나 배부른 투정인지도 잘 안다. 희수는 자신을 혼자 두려 하지 않는 다정한 가족들에 대한 고마움을 새삼 되새기며 한밤의 산책을 즐겼다.

"어디 가요?"

희수가 방해를 받은 것은 회사 건물을 눈으로 확인할 수 있는 골목에 이르러서였다.

그보다 두 블록 전부터 같은 방향으로 오는 기척이 있었지만 별 신경을 쓰지 않았던 희수는 콧노래가 나올 만큼 가벼웠던 기분이 추락하는 걸 느꼈다. 대뜸 오른쪽으로 다가와 말을 건 낯선 남자 외에 왼쪽과 등 뒤에도 사람이 있었다. 그녀는 모른 척하기로 하고 계속 걸었다. 그러나 상황은 그녀의 바람대로 흘러가지 않았다.

"야, 사람을 왜 무시해?"

희수가 몇 걸음 더 가기도 전에 무례한 손길이 뻗쳤다. 가볍게 뿌리친 희수는 결국 걸음을 멈추었다. 돌아보자 대학생쯤 되어 보이는 세 남자가 지척에 서 있었다. 한 명이 너무 쉽게 내쳐진 손을 황당해하며 쳐다보는 사이, 다른 두 명이 그녀를 훑으며 웃었다.

“생각보다 더 미인이신 거 같은데? 모자 벗어 볼래?”

“급한 일 없으면 같이 얘기 좀 하자고.”

얘기 좋아하시네.

술 냄새가 나기는 하지만 많이 취한 것도 아니고, 애초에 술을 마셨다고 해서 변명이 되지도 않는다. 마침 잘 걸렸다고나 할까. 일반인을 상대하는 건 규정 위반이지만 늦은 밤이라 목격자는 없을 것이다. 삼 대 일이면 일단은 정당방위라는 핑계도 대기 쉬웠다.

말없이 그들을 번갈아 보고 있는 희수를 오해한 남자들이 가깝게 다가왔다. 주먹을 뻗기에 딱 좋은 간격이어서 유혹은 더 강해졌다. 그때, 뜬금없이 희수의 뒤쪽에서 새로운 목소리가 끼어들었다.

“그냥 다른 볼일 보러 가는 게 신상에 좋아.”

희수는 돌아보지 않고도 누구인지 알았다.

동시에 나지막한 목소리가 이렇게나 선명하게 들릴 정도로 가까이 있는 사람을 전혀 알아차리지 못한 것도 납득했다. 아니나 다를까, 그녀를 슥 지나쳐 앞으로 나선 사람은 서한경이었다.

희수는 잠깐 고민하다가 오랜만에 솜씨나 볼 겸 양보하기로 했다. 그녀가 조용히 뒷걸음질하자 순식간에 세 명과 한 명의 대치 상태가 벌어졌다.

“뭐야, 이 새끼는. 댁이나 갈 길 가시지?”

“뭔데 끼어들고 지랄이야. 이 여자 애인이라도 돼?”

"아니."

한경이 산뜻하게 부정했다.

"그랬다면 경고는 왜 하겠어. 쓸데없이."

가드는 현장 직원이 일반 시민을 먼저 공격하는 것을 어떤 경우에라도 불허하고 있고 정당방위일 때조차 잣대가 엄격했다. 그 역시 규정을 잘 알 텐데, 애인에게 집적거렸으면 일반인이고 뭐고 바로 실력 행사에 나섰을 거란 말은 과장 없는 진심이었다. 희수는 그 말을 퍽 달게 들으면서도 동시에 그를 탓하고 싶어졌다. 이런 남자가 옆자리를 텅텅 비워 두고 있으니 여자들이 터무니없는 기대를 할 수밖에.

"잘 아네. 근데 지금도 충분히 쓸데없는 헛짓이야."

"그래, 조용히 보내 줄 때 그냥 가."

남자들은 코웃음을 치며 관대함을 베풀었지만 한경은 받아 주지 않았다.

"그러지 말고, 한 대만 쳐 줄 순 없을까."

"뭐?"

"사정이 있어서 내가 먼저 칠 수는 없거든."

성실하기도 하지.

희수가 몰래 웃는 사이 그의 말에 순간 황당해하는 표정을 지은 남자들이 빈정거렸다.

"와, 허세 쩌네. 이건 졌다."

"너보다 더한 놈이 있을 줄 몰랐는데."

"뭐래, 새끼가. 시끄럽고, 그럼 소원대로 해 주지, 뭐."

친구의 뒤통수를 툭 때린 남자가 곧장 한경에게 주먹을 날렸다. 덩치도 크고 싸움에 자신이 있어 보이는 만큼 제법 날카로운 공격이었지만 소용없었다.

"윽!"

옆으로 반보 옮겨 피한 한경이 명치를 치자 남자가 신음 소리를 뱉었다. 크게 비틀대며 괴로워할 뿐 쓰러지지 않는 걸 보니 힘 조절을 한 모양이었다. 다른 두 명이 한꺼번에 덤벼들었다. 그중 한 명은 주머니칼까지 꺼내 들고 있어서 희수는 내심 혀를 찼다. 대충 봐주려고 해도 무기가 있으면 그러기 쉽지 않기 때문이었다.

예상대로 맨손인 남자 둘은 나가떨어지고 칼 든 남자는 어깨가 탈골되었다. 그나마 서한경이니 뼈에 금이 가거나 부러지지 않을 수 있었다는 건 저 쓰레기들은 짐작도 못 할 것이다.

이내 상대가 아예 급이 다르다는 걸 뒤늦게 깨달은 그들은 신음 섞인 욕설을 지껄이며 사이좋게 도망쳤다. 탁탁, 손을 가볍게 터는 한경의 뒷모습을 보고 있던 희수는 모자를 벗었다.

"나였어."

"알아."

희수는 그가 난데없이 나타났을 때보다 그의 대답을 듣고 더 놀랐다. 눈이 마주친 한경이 웃지도 않고 말을 이었다.

"아무렴 내가 당신을 몰라볼까."

"……알면서 왜 끼어들었어?"

"너무 다칠까 봐."

"뭐?"

누가, 설마 내가?

아무리 세 명이라도 이제 겨우 애티를 벗은 남자애들한테 당할까. 아무리 서한경이라도 흘려들을 말이 아니다. 희수는 눈을 부릅떴지만 이어진 한경의 말에 웃고 말았다.

"불쌍하잖아, 애기들인데."

"그래서 어깨를 곱게 빼 놓으셨어?"

"재주 있으면 혼자서도 잘 맞추겠지. 근데 이 시간에 왜 여기 있어?"

"일이 끝나서, 차 가지러 회사 가는 길이었어. 당신은?"

"나야 퇴근하고 있었지. 한 치 앞도 모르는 애기들 셋이 저들 들어갈 관을 짜고 있는 걸 보기 전까진."

"그냥 모른 척하지 그랬어. 그런 것도 한번 짜 보고 해야 어른이 되는 거라고."

"당신이 왜 여기 있는지 궁금했거든."

"……."

"하긴 얕잡아 본 사람한테 당했어야 제대로 정신 차렸을지도 모르지. 방해한 걸 사과하는 뜻에서 회사까지 바래다줄게."

희수는 어깨를 으쓱였다. 회사가 코앞에 있는 걸 그가 모르고 한 말은 아닐 테고, 요사이 서로 바빠 이렇게 마주한 것도 오랜만이라 거절할 마음은 없었다. 그녀가 몸을 돌리자 그도 곁으로 다가와 두 사람은 나란히 걸음을 옮겼다.

무섭다는 생각은 조금도 없었는데, 한경이 같이 있는 것만으로 무척 든든했다. 분명 혼자 걷는 기분이 좋다고 생각했던 것도 지금 돌이키면 역시 좀 쓸쓸했나 싶어진다. 사람 마음이 이렇게 간사했다. 하지만 뭐, 이 새벽에 같이 있으면서 양손 모두 주머니에 넣고 산책처럼 걸을 수 있는 남자가 둘인 것도 아니니까. 스스로 너그러워진 희수에게 한경이 말을 건넸다.

"그때 놓친 커피 졸라 보고 싶은데 시간이 많이 늦었네."

"아, 그러게. 나도 커피는 좋아하지만 지금은 늦어도 너무 늦었다."

꼭 커피만 마셔야 한다는 이유는 없지만, 역시 몇 시간 뒤의 출근을 앞둔 새벽은 티타임을 갖기에 적당한 시간이 아니었다. 희수는 속으로 아쉬워하다가 묵힌 궁금증을 떠올렸다.

"그러고 보니 별일 없었어?"

"무슨?"

"그때, 나 버리고 간 다음에."

한경이 지그시 쳐다보는 시선 앞에서 희수는 씩 웃었다. 그는 눈을 굴리고 대답했다.

"당연히 별일 없지. 있을 게 뭐야."

"와, 단호하네. 서한경 씨가 공공재였으면 좋겠다는 사람들이 들으면 안심하겠어."

"예를 들면 윤희수 씨 같은?"

이런. 들켰나.

"아니. 내가 안심한 건, 당신이 연애하면 그때야말로 너는 왜 연애 안 하냐고 나한테 참견하는 사람들이 생길 거 같아서니까, 좀 다르지. 우린 철벽의 동지잖아."

"……왜 안 해?"

그녀는 그를 돌아보았다.

"했으면 좋겠어?"

"아니."

그의 대답은 기대보다 빨랐다. 그래서 그녀는 그 뒤로 덧붙여진 말이 무엇이든 상관없다고 생각하긴 했지만 이어진 덧붙임에 허를 찔렸다.

"우린 철벽의 동지니까."

희수의 웃음소리가 고요한 밤거리를 내달렸다.

시시한 대화를 즐겁게 주고받는 동안 그렇잖아도 짧은 거리는 더욱 짧아졌다. 두 사람은 금세 회사에 도착하고 말았다. 희수는 기왕 여기까지 와 줬으니 가는 길에 집 앞에 떨어뜨려 주겠다고 제안했고, 한경은 수락했다. 그들은 주차장으로 가서 얌전히 주인을 기다리고 있던 희수의 차에 올라탔다.

"이거, 뭔가 요령이 따로 있어?"

차의 시동을 건 희수는 한경이 조수석 안전벨트와 씨름하는 것을 보고 아차 했다.

"그게 좀 부실해. 잠깐만."

희수가 몸을 일으켜 한 손으로는 조수석의 등받이를 짚고 다른 손으로 안전벨트를 잡았다. 어깨 너머의 안전벨트를 유심히 관찰하고 있던 한경이 고개를 돌렸을 때, 그 움직임에 무심코 그를 쳐다본 희수는 흠칫 놀라 찰나 굳고 말았다. 그의 얼굴이 너무 가까이에 있었다. 조금만 더 숙이면, 혹은 조금만 더 들어 올리면, 입술이 맞닿기에 충분할 만큼.

마치 시간이 멈춘 것 같았다.

돌연 끼어든 침묵 사이로 거짓말처럼 긴장이 치솟았다. 천천히 내려간 희수의 눈길이 그의 입술에 머물렀다. 가볍게 다물린 입술은 얇지도 두껍지도 않았다. 부드러워 보이지도 않았고, 그다지 따뜻할 것 같지도 않았다. 그냥, 입술이었다.

맛있어 보이는 입술.

그녀는 억지로 시선을 끌어 올렸다. 다시 마주친 시선에서, 그 역시 그녀와 똑같이 보고 있었다는 걸 깨닫자 입 안이 말랐다. 이처럼 찌릿하게 전기가 통하는 듯한 감각은 정말 오랜만이었다. 희수는 저도 모르게 안전벨트를 붙든 손에 힘을 주었다. 돌연 쭉 늘어난 안전벨트가 둘 사이를 갈랐다.

"……사람 가리네."

균형을 잃고 비틀거린 그녀의 어깨를 받쳐 준 그가 손을 떼며 중얼거렸다. 어쩐지 버석대는 목소리였지만 말투나 표정은 여느 때와 다름없었다. 그렇다고 조금 전엔 어떤 표정이었는가 하면, 전혀 기억이 나지 않았다. 떠오르는 거라곤 웃음기가 완전히 사라진 진지한 눈동자와 입술만…… 으음.

그만하자, 윤희수.

"내 차 답지?"

희수는 안전벨트를 넘겨주고 자세를 바로 했다.

"그래도 고치긴 해야겠지만, 조수석은 잘 안 써서 계속 까먹어."

"귀한 자리였네."

"당연하지. 내가 손수 운전해서 모시는 사람은 얼마 없다고."

"오, 집에 가면 일기장에 써야겠다."

"……진짜 일기 써?"

"오늘은 쓸 수도 있잖아."

실없는 대화가 오가는 가운데 차가 출발했다. 차 안 공기는 언제 그랬냐는 듯 훈훈하고 평화롭기만 했고 희수는 지금 자신이 아쉬워하는지 안심하는지 알 수 없었다. 하지만 조용히 쥐락펴락하며 드물게 동요를 드러내는 커다란 손이 시야 끝에 들어오자, 그저 즐거워졌다.

2. 좋은 남자

하루가 다르게 쌀쌀해지는 아침은 그렇잖아도 아슬아슬한 수위의 근로 의욕을 바닥으로 떨어뜨렸다. 이제 이불 밖으로 나오기 싫어져 오 분 간격의 알람을 몇 개 더 추가해야 하는 날도 멀지 않았다. 희수는 어깨를 움츠리며 종종걸음으로 출근길을 헤쳐 나갔다.

회사가 있는 골목길에 들어섰을 때, 익숙한 편의점 간판이 희수의 눈에 들어왔다. 따뜻하고 쌉싸래한 커피 한 잔의 욕구가 그녀를 충동질했다. 모닝커피를 자판기 커피와 원두커피 중 어느 쪽으로 할 것인지, 오늘 눈을 뜬 이래 제일 심각한 고민에 빠지려던 참에 그녀는 편의점 안 창가로 붙은 의자에 앉아서 커피를 마시고 있는 젊은 여자와 우연히 눈이 마주쳤다.

어디서 본 것 같은 얼굴이었다. 하지만 알고 지내는 사람은 분명 아닌데, 상대는 단순히 낯선 사람과 눈이 마주친 것 이상으로 주춤했다.

뭐지?

아니, 아무튼 그래서 커피는 어떻게 하지? 마음을 결정하지 못한 희수가 잠깐 걸음을 멈춘 사이, 편의점에서 나온 여자가 이쪽으로 다가왔다.

"저기, 안녕하세요. 저 기억하세요?"

"네?"

"저…… 지난주에 서한경 씨하고 계시던 분 맞죠?"

그제야 희수는 상대의 얼굴이 바로 보였다. 한경과 점심을 먹고 나왔을 때 그를 찾아왔던 아가씨였다. 그녀를 알아본 순간 머릿속으로 떠오른 건 이름에 앞서 어제 들었던 세연의 말이었다.

"1팀장님한테 고백하러 왔던 그 여자요, 어제 퇴근길에 카페에 있었어요. 딱 회사 정문이 바로 보이는 자리에 앉아 있더라고요."

와.

그런데 오늘도 있어? 심지어 출근 시간에 맞춘 걸 보니 아무래도 재도전인가 보다. 내심 혀를 내두른 희수가 고개를 끄덕였다.

"네. 그런데요?"

"혹시 서한경 씨 오늘 출근하시는지 아세요?"

분명 거절당했을 텐데도 몇 번이나 꿋꿋하게 회사로 찾아온 데다 잘 알지도 못하는 직장 동료에게 이런 질문을 할 정도라니. 심지어 희수 자신의 기억이 제대로라면 그때 이 아가씨는 자신을 라이벌로 봤던 터였다. 대단한 건 서한경일까, 이 아가씨일까. 희수는 순수하게 감탄했지만 소감과 별개로 대답은 정해져 있었다.

"잘 몰라요. 저희는 출퇴근이 유동적이라서."

"아……. 역시 그러시구나. 감사합니다."

여자는 노골적일 만큼 실망한 기색이었지만 돌아갈 낌새는 전혀 없었다. 그냥 오늘 안 온다고 할 걸 그랬나. 희수는 조금 후회하고 덧붙였다.

"바로 현장으로 출근할 때도 많으니까 이런 데서 무작정 기다리는 건 소용없을 거예요."

"괜찮아요. 어쩔 수 없죠."

씩씩하게 말하는 태도는 안타깝게도 방향부터가 틀렸다. 내버려 두고 돌아서도 될 일이지만, 아니, 그게 맞겠지만 예전에 스토커로 변했던 고객 때문에 한경이 웃는 얼굴 뒤에서 조용히 스트레스를 받고 있었던 기억이 희수의 발목을 붙들었다. 이대로는 그때와 그다지 다를 바도 없어 보여서 그녀는 길게 고민하지 않았다. 까짓것, 내 평판이야 어차피 물 건너갔으니까.

"당신은 괜찮아도 그 사람한테는 민폐라고요."

"……네?"

"좋은 말로 거절해서 희망이 있는 것처럼 보였겠지만, 그런 사람 여태도 많았어요. 결국 다 빈손으로 돌아갔고."

귀를 의심하는 듯 정색하고 듣던 여자가 얼굴을 일그러뜨렸다.

"그런 말을 대놓고 할 정도로 내가 우스워 보여요?"

아니, 그냥 성격인데.

"한경 씨라면 모를까 당신이 뭔데 무슨 자격으로 그런 소릴 하냐고요!"

몇 년이나 같이 일한 동료니까요, 희수는 분명 그렇게 대답할 생각이었다. 그런데 입으로는 전혀 다른 말이 나갔다.

"그 사람은 나 좋아해요."

여자가 눈을 부릅떴다. 귀로 듣고서야 자신이 방금 한 말을 깨달은 희수도 비슷한 심정이었다.

아…… 그런가.

난 결국 질투 때문에 이러고 있는 거였나. 그래도 이렇게까지 할 일이냐고, 희수는 속으로 쓰게 웃었지만, 이미 뱉은 말이었다. 기왕 이렇게 된 거 뻔뻔한 표정을 짓고 있자 여자가 기가 막혀 하며 목소리를 높였다.

"사귀는 사이 아니라면서요!"

"네. 제가 사내 연애는 질색이라서요. 같이 일하는 사람하고는 친구 이상은 진도 안 빼요."

"뭐라고요? 그럼 좋아하지도 않으면서 사람을 갖고 노는 거예요?"

"아뇨."

여자의 물음에 답한 목소리는 중저음이었다.

여자가 화들짝 놀라 돌아보았다. 대답을 가로채인 희수도 마찬가지였다. 어느새 나타난 한경이 그들을 향해 서 있었다. 대체 언제 온 걸까.

"저도 다 알고 있으니, 그런 건 아닙니다."

그와 눈이 마주친 희수는 멍하니 열고만 있는 꼴이 된 입을 얼른 닫았다. 그의 눈매가 살짝 가늘어진다 싶었지만 여자를 쳐다본 그는 그저 진지했다.

"죄송하지만 이런 식으로 뵙게 되는 건 곤란합니다. 이만 돌아가세요."

"아니, 저는……, 그러니까……, 다 알고 계신다고요?"

"네."

당황한 여자의 황망한 질문에도 그는 태연할 뿐이었다.

"그리고 지금도 회사까지 쫓아올 여지를 줬다고 점수가 깎이지는 않을지 속으로 전전긍긍하고 있죠. 당신에겐 좋은 남자가 될 수 없습니다."

정말 신사적이네.

희수는 감탄했다. 좋은 말로 거절했다고 한 건 단지 서한경이니까 으레 그렇지 않을까 하는 추측으로 인한 확신이었는데, 그가 어떻게 거절하는지를 직접 보고 나니 기분이 묘했다. 내용은 분명 단칼에 자르는 게 맞으면서도 그게 또 아닌 것도 같고.

물론 얼굴이 빨개진 여자는 희수에게 전혀 동의하지 않는 표정이었다. 입술을 달싹대며 두 사람을 번갈아 보던 여자의 흔들리는 시선이 희수에게 닿자 대번에 뾰족해졌다. 자존심 때문인지 희수에게 화가 나서인지, 여자가 희수를 흘겨보면서 들으란 듯이 비꼬았다.

"보기보다 눈이 높으시네요."

"그러게 말입니다. 조금만 더 낮아도 좋았을 텐데요."

한경은 여자의 눈길이 희수에게 가 있는 것을 빌미로 마치 희수에게 한 말인 것처럼 받아넘겼다. 심지어 그것은 대꾸가 아니라 그저 한숨 섞인 토로에 가깝게 들려서, 희수는 당황한 동시에 어이가 없어졌다. 그렇게까지 할 일이야?

"그, 그게 아니라……!"

퍼뜩 한경을 본 여자는 말을 끝맺지 못하고 결국 울 것 같은 표정으로 돌아섰다.

도망치는 것처럼 황급히 떠나는 여자의 뒷모습을 지켜보던 희수는 무심코 미안하다는 생각이 들었다. 그때, 시선을 가로막듯 눈앞에 불쑥 나타난 기름한 손가락 두 개가 서로 가볍게 부딪쳐 희수의 주의를 끌었다.

"뭘 그렇게 봐? 나 진짜 점수 걱정해야 돼?"

"아, 아니!"

저도 모르게 대꾸한 희수는 머쓱해졌다. 한경은 웃으라는 의도로 한 말이었겠지만 그녀는 웃음이 나지 않았다. 애초에 내가 끼어들 일도 아닌데, 있는 말 없는 말 지어내는 걸 다 듣고 있었다니.

그가 어디까지 들었는지는 상관없었다. 태평양을 다 덮을 오지랖을 펼친 것도 모자라 그에 대해 함부로 떠들었다는 걸 자각한 희수는 뺨을 긁적였다.

"어…… 아무리 나라도 이건 좀 민망하네. 미안, 마음대로 굴어서."

"그런 적 없어. 내가 고마워할 일이지."

한경은 어깨를 으쓱였다.

"요즘 종종 보이는 건 알았는데 저러다 말겠지 했거든. 아, 그런 점에선 오히려 내가 사과해야겠다. 저쪽이 먼저 말 걸어서 귀찮게 한 거 아냐?"

"……그때부터 봤어?"

"아니, 그랬을 거 같더라고. 당신이라면 그냥 지나쳤겠지."

다른 사람에게 무관심하다는 점을 지적하는 게 아니라 오히려 '쓸데없는 호기심으로 참견하지 않는다'는 뉘앙스가 깔린 말투여서 희수는 왠지 칭찬을 들은 기분이었다. 그녀는 가벼운 농담 속으로 멋쩍음을 숨겼다.

"그렇다고 진짜 사과할 필요는 없고. 당신이 손해 보는 거지만 서로 퉁치는 걸로 해."

"좋아."

선뜻 수락한 한경이 아무 일도 없었던 것처럼 화제를 바꾸었다.

"들어가자, 날도 추운데."

"먼저 가. 난 편의점 좀 들렀다 갈게."

"그래, 그럼. 이따 또 보자고."

그는 손을 들어 보이고 몸을 돌렸다.

그사이 주변은 출근하는 회사 사람들이 많이 늘어나 있었고, 이쪽을 흘끔대던 그들에게 그는 붙임성 좋게 인사하며 그 틈으로 한데 녹아들었다. 자연스럽게 이목이 그에게 집중되어 한결 홀가분해진 희수는 핑계가 되어 준 편의점을 향해 걸음을 옮겼다.

같이 가고 싶은 마음을 포기하는 건 쉬웠다. 대화 내용까지는 들리지 않았다 해도 사람들이 보는 가운데 서한경을 노리는 여자를 '퇴치'한 것처럼 보였을 거라는 건 짐작이 가능했다. 그런 마당에 그 서한경과 사이좋게 나란히 회사 문턱을 넘는다는 건 조금 자중해야 할 일이었다. 사람들 말이란 게 어디로 튈지 모르니 자칫하다간 이쪽이야말로 그에게 민폐를 끼칠 수 있었다.

그것만큼은 싫으니까.

희수는 원두커피 한 잔을 샀다. 은근한 향과 씁쓸한 맛이 한데 어우러진 커피는 오늘 아침을 닮아 있었다.

익숙한 소음이 갑작스럽게 튀어나와 평온하기 그지없던 무의식을 뒤엎었다.

멱살 잡혀 강제로 끌려 나오듯 잠에서 깬 희수는 눈도 뜨기 전에 휴대폰부터 찾았다. 알람은 진동으로 쓰고 있으니 벨 소리는 전화가 왔다는 뜻이었고, 만약 업무 전화라면 휴일 아침에 전화해야 할 만한 일이 터졌다는 거였다.

게슴츠레한 눈으로 휴대폰 액정을 쳐다본 희수는 액정 화면 속 이름에 의아해졌다. 크흠, 흠, 그녀는 전화를 받기 전에 무심코 목청을 가다듬었다.

"여보세요? 한경 씨?"

— 아, 미안해, 윤팀. 쉬는 날 아침부터.

"괜찮아. 무슨 일인데?"

잠이 단번에 날아갔다. 희수는 일 얘기인 것을 알아차리고 얼른 일어나 앉았다.

"회사에 뭐 문제라도 생겼어?"

— 회사는 아니고, 우리 팀에. 재웅 씨가 새벽에 급성 맹장염으로 병원에 갔어. 다행히 수술은 잘 끝났는데 당장 오늘이 문제네.

"대타 뛰어 달라고?"

— 가능할까?

"백지 수표 한 장."

— 콜.

"어디로 가면 될까요, 고객님?"

한경의 작은 웃음이 전파를 타고 건너왔다.

— 시간이랑 장소 보낼게. 고마워.

"천만에, 엄연한 거래잖아. 난 다 받아 낼 거야."

당당한 생색에 돌아온 것은 웃음이 섞이고도 묘하게 진지한 부추김이었다.

— 그래. 다 줄게.

"……이따 봐."

희수는 열없이 중얼거리고 전화를 끊었다. 공연히 귓가가 홧홧했다.

어차피 하루 종일 집에서 뒹굴 생각이었으니 그다지 손해 보는 거래는 아니었다. 희수가 세수를 하고 나오니 한경의 문자가 와 있었다. 장소를 보니 제법 먼 곳이었다.

밖에 나가기 귀찮아질 휴일을 위해 어제 사 둔 빵은 조금 다른 용도로 빛을 보았고, 아침 식사를 빠르게 마친 희수는 서둘러 준비를 끝내고 차에 올랐다. 모처럼의 백지 수표를 어떻게 잘 써먹을까 생각하며 차의 시동을 거는 손놀림은 스스로도 우스울 만큼 가벼웠다.

차는 골목을 빠져나와 도로를 누비는 무리에 합류했다.

내비게이션의 안내를 따라 열심히 달리던 중, 난데없이 귀청을 찢는 소음이 도로 위로 길게 울리더니 쾅 부딪치는 거친 소리가 뒤를 이었다.

반사적으로 긴장한 희수는 급브레이크를 밟는 앞차를 따라 얼른 정지했다. 급정지 탓에 안전벨트를 했음에도 몸이 크게 들썩였다.

차창을 내리고 목을 빼어 내다본 앞에는 웬 화물차와 봉고차가 서로 직각이 되어 멈춰 있었다. 봉고차의 범퍼가 우그러진 것이

언뜻 보였다.

희수는 혀를 차고 주변을 둘러보았다. 적어도 1차선이나 3차선에 서 있었다면 갓길로 빠져 보거나 딱지를 끊더라도 중앙선을 넘어 벗어날 방법도 있을 텐데, 하필 계속 직진할 거라고 2차선으로 들어왔더니 꼼짝도 못 하고 차들 사이에 끼이고 말았다. 봉고차와 화물차의 운전자들이 얼굴을 붉힌 채 서로 어딘가로 통화하랴, 잘잘못을 따지랴, 무척이나 바빠 보이는 걸로 봐선 영 오래 걸릴 기미였다.

그리고 애석하게도 시간이 흐를수록 그녀의 불안이 사실이 될 가능성만 점점 높아졌다. 초조하게 손가락으로 운전대를 두드리며 기다리던 희수는 결국 한숨을 쉬고 휴대폰 주소록을 검색했다.

다행히 상대는 금방 전화를 받았다. 얘기도 쉽게 풀렸지만, 그녀는 여전히 기분이 나빴다. 정말 이러고 싶지 않았는데. 그녀는 투덜대며 그 상대에게 메시지도 한 통 보낸 다음 한경에게 전화했다. 스피커에서 흘러나오는 목소리는 의아해하고 있었다.

— 벌써 도착했어?

"아니…… 진짜 미안."

그 와중에 반기는 기색도 섞여 있어서 어쩔 수 없이 목소리가 착잡해졌다. 이럴 줄 알았으면 미리 생색내지 말걸.

"없던 일로 해야겠어. 대타의 대타를 보낼게."

— 왜?

"가는 길에 사고가 나서 아무래도 시간을 못 맞출 것 같아."

모처럼 서한경과 한 팀으로 같이 일할 기회를 날려 먹게 만든 원흉들을 노려보며 대꾸한 희수는 갑자기 아무것도 들리지 않아 당황해서 거치대의 휴대폰을 보았다. 하지만 통화는 연결된 그대로였고, 완전한 침묵을 전달하고 있을 뿐이었다.

"여보세요?"

— ……그럼, 지금 병원이야?

"응? 아, 아니. 내가 아니고 가는 길목에서 앞차끼리 박았어."

그가 한숨을 쉬었다.

희수는 순간 운전대를 꽉 움켜잡았다. 차 안을 가득 메운 건 터무니없이 길고 또 깊은, 명백히 안도하는 숨소리였다. 이어진 소박한 중얼거림에도 그 감정이 고스란히 묻어났다.

— 다행이다.

"……."

— 괜찮아, 알아서 할게. 신경 안 써도 돼.

"아니, 저기……. 내가 방금 우리 팀 김지민 씨한테 부탁해 뒀어. 문자도 전달했고."

— 어, 안 그래도 되는데. 고마워. 그럼 지민 씨 연락처 좀 알려 줄래?

"응. 전화 끊고 문자 보낼게."

희수는 무심결에 덧붙였다.

"백지 수표는 주지 마."

실제 백지 수표였다면 오히려 상관하지 않았을 텐데, 두 사람

사이에서의 백지 수표는 현금이 아니라 뭐든 상대가 바라는 걸 들어준다는 뜻이었다.

한경이 낮게 웃었다. 재미있어하는 기색과는 달리, 대답은 퍽 자연스럽고 단호했다.

— 당연하지.

"……."

— 조심히 들어가.

상냥한 당부를 마지막으로 통화가 끝났다.

희수는 운전석에 몸을 묻었다. 그제야 자신이 계속 등을 꼿꼿이 세운 채 휴대폰을 그의 얼굴처럼 쳐다보고 있었다는 걸 깨달았다. 아쉬워서 한숨이 절로 나왔다. 모처럼 같이 일할 기회였는데. 그것도 서한경 밑에서.

팀의 장이 된다는 것은 권한과 마찬가지로 책임이 따랐고 그만큼 어깨가 무거울 수밖에 없는 일이었다. 그 무게를 잠시 잊고 유능한 상사의 지휘를 받아 일하는 것을 기대하고 있었던 희수는 크게 실망했다. 심지어 백지 수표도 걸려 있었는데. 그게 아무 때나 나오는 게 아닌데…… 내 수표……. 어깨를 늘어뜨린 희수는 홧김에 운전대를 쾅 내리쳤지만 손만 아팠다.

이렇게 된 바에야 어디 하루 종일 막혀 봐라.

희수는 주변의 다른 운전자들이 들으면 눈에 쌍심지를 켤 생각을 중얼거렸지만, 정체는 예상보다 더 빨리 해소되고 도로는 다시 원활한 흐름을 되찾았다. 물론 그렇더라도 대타를 보내지 않았다면 큰일이 났을 만큼은 지체되었기에 결국 어쩔 수 없는 일이었다.

일하러 나온 길에 무산이 되었다고 해서 그냥 놀자니 그것도 썩 내키지 않는다. 희수는 고민했지만 그대로 집으로 갔다. 그리고 준비에 들인 시간과 품의 절반도 안 들여 눈뜨기 직전의 상태로 돌아가서 원래 계획대로 유유자적하게 게으름을 부렸다.

그렇게 하루가 끝나게 될 줄 알았다.

— 나야, 희수 씨.

저녁에서 밤으로 넘어갈 무렵, 한경에게서 또 전화가 걸려 왔다.

— 잠깐 볼 수 있을까?

"지금? 상관은 없지만, 어딘데?"

— 저번에 회식하고 택시 같이 탔을 때 당신이 내렸던 길로 가는 중.

바로 지난주처럼 말하고 있는 그때가 실상 작년이라는 걸 깨달은 희수는 깜짝 놀랐다. 그럼 여기로 오고 있다는 말이야? 아니, 그보다…….

"그걸 여태 기억하고 있었어?"

— 그러게, 그냥 생각이 나네. 계속 가도 돼?

"응, 괜찮아. 도착해서 전화 주면 내려갈게."

— 고마워.

무슨 일일까. 아침에 들었던 일정대로라면 지금쯤 퇴근하고 벌써 집에 들어갔어야 했는데 아직도 밖이라니 의외였다. '윤팀' 이 아니라 이름으로 부른 걸 봐선 업무와는 무관할 것이 분명했다. 하지만 그렇다면 일부러 여기까지 들를 일은 또 뭐가 있는지, 희수는 짐작도 가지 않았다. 어쨌거나 그가 오면 알게 될 일이라 그녀는 읽고 있던 책으로 다시 시선을 내렸다.

얼마 지나지 않아 한경에게서 연락이 왔다.

희수는 외투만 챙겨 입고 밖으로 나갔다. 작년 회식 당시 술을 마셔서 운전을 할 수 없는 사람들은 두셋씩 모여 택시를 타거나 대리운전을 불렀고, 희수는 한경과 또 다른 동료 둘과 함께 택시를 탔다. 그리고 그런 경우에 으레 하듯이 그때도 자취 집이 있는 건물이 아니라 그 골목길 밖 도로변에 세워 달라고 해서 집까지 걸어왔었다.

건물에서 도로까지 한길로 이어지는 골목 입구에 익숙한 차가 서 있었다.

희수는 번호를 확인하고 가까이 다가갔다. 조수석 창문을 노크하듯 가볍게 두드려 기척을 내고는 대답을 기다리지 않고 차에 올라탔다.

운전석에 앉은 한경이 이쪽으로 고개를 돌렸으나 불을 밝히고 있는데도 표정을 잘 알 수 없었다. 마주 본 그녀는 그가 입을 열기를 기다렸지만 그저 보고 있기만 할 뿐이라 먼저 말을 꺼냈다.

"오늘 일은 잘 마쳤어?"

"응."

"재웅 씨는 괜찮대? 끝나고 병원 들른 거 맞지?"

"응. 다 같이 병문안 갔어. 벌써 답답하다고 하는데 얼굴은 반쪽이더라."

"그랬구나."

대답은 순순히 잘도 나오더니 말을 맺은 희수가 가만히 있자 다시 침묵이 이어졌다. 그게 영 이상해서 그녀는 결국 직접적으로 물었다.

"뭐 얼굴 보고 할 얘기 있었던 거 아니야?"

"……아니. 얼굴만."

"뭐?"

"얼굴 보러 온 거라고."

왜, 라고 물으려다 말고 희수는 입을 다물었다. 그가 평소보다 덜 상냥하게, 더 진지하게 바라보고 있는 이상에야 듣지 않아도 대답은 빤했다. 그리고 그것이, 기뻤다. 그래서 그녀는 진짜 사고를 당한 것도 아닌데 뭘 이렇게까지 거창하게 구느냐고 농담으로 흘려 넘기지 않았다.

"그렇게 놀랐어?"

"어. 거기에 또 놀랄 만큼."

선선히 대답한 그가 한 손으로 자신의 얼굴을 문질렀다. 가벼운 한숨은 어마어마한 바람이 되어 그녀의 마음까지 불어닥쳤다.

"생각해 보면 통화 목소리도 멀쩡했는데. 그러고 또 병원을 가서 그런가. 직접 눈으로 봐야겠더라고."

"……."

"심지어 내가 불러낸 거였으니까."

"……그래도 다음에 또 불러."

눈이 마주쳤다.

"다른 사람 먼저 찾지 말고."

"……."

"알았지?"

"알았어."

희수는 고개를 끄덕이고 조금 웃었다. 둘 중 아무도 웃지 않고 있었다는 걸 뒤늦게 깨달았기 때문이지만 어쩌면 단순히 그의 대답이 마음에 들어서일지도 몰랐다. 그녀는 충동적으로 무심히 놓여 있던 한경의 한 손을 잡았다. 커다란 손은 다 덮이지 않았지만 양껏 꼭 잡고 가볍게 흔들었다.

"걱정해 줘서 고마워. 그럼……,"

내일 봐, 라는 짧은 말은 미처 완성되지 못했다.

희수는 손을 내려놓자마자 그에게 손목이 잡혀 그대로 끌려갔다. 몸을 기울인 그가 그녀를 끌어안았다. 단단한 두 팔이 희수를 힘껏 조여 넓은 가슴이 틈 없이 맞닿았다. 희수는 순간이나마 숨조차 멎었다. 옷 너머로 전해지는 체온이 뜨거웠다.

그러나 그녀를 영영 가둘 것처럼 굳세었던 품은 거짓말처럼 금방 헐렸다. 긴 숨을 내쉰 한경이 물러났을 때 희수는 반사적으로 몸에 힘을 주어 그를 붙들고 싶어 하는 본능을 막았다.

그는 갑작스러운 포옹을 사과하지 않았다. 늘 그렇듯 적당한 간격 너머에서 희수를 보고, 눈을 맞추고, 설핏 웃었다.

"갈게. 내일 봐."

"……그래, 운전 조심하고."

희수는 몸을 돌려 차에서 내렸다.

뒤로 물러나서 잘 가라고 한 손을 흔들어 주자 그는 잠시 가만히 있다가 차의 시동을 켰다. 부드럽게 멀어지는 차가 시야에서 완전히 벗어난 뒤에야 그녀는 천천히 돌아섰다. 단순히 동료가 걱정되고 안심해서 할 수 있는 담백한 포옹이 아니었던, 그의 마음에 머리끝에서 발끝까지 푹 담겼던 순간이 멋대로 되살아나 뒤늦게 귓불이 뜨거워졌다. 하긴 애초에 직업 자체가 위험하다면 위험한데 무사한지 얼굴을 보러 왔다는 것부터 반칙이었다.

연애를 하지 않는 서한경은 희수에게도 동료의 입장으로만 대했다. 희수는 그것이 사내 연애 불가라는 자신의 철칙 때문인지 다른 이유 때문인지는 알지 못했다. 그녀가 아는 것은 그가 자신에게 동료 이상의 호감을 갖고 있지만 지금의 관계를 적극적으로 바꾸려고 하지 않는다는 사실이었다. 그녀 자신과 마찬가지로.

그리고 그 역시 이런 자신을 알고 있다고 확신했다. 그들은 그렇게, 서로 알고도 모르는 그들만의 선을 무언의 합의로 지켜 오는 중이었다. 그렇기에 그는 지금 반칙을 한 셈이고, 그래서 그녀는 좀처럼 떨어지지 않는 걸음을 내딛고 있는 거였다. 후회인지 미련인지 모를 이 씁쓸함이 뭔지 곱씹으면서.

역시 마주 안아 줄 걸 그랬지.

건물 입구에서 불쑥 든 생각에 희수는 피식 웃었다. 결국, 둘 다였다.

"희수 씨! 여기."

한 손을 번쩍 쳐들고 환하게 웃는 서글서글한 얼굴은 지나가는 사람들의 눈길을 끌기에 모자람이 없었다. 막 회사 빌딩 정문을 나서다 부름을 듣고 그를 발견한 희수는 하, 짧게 웃었다. 그리고 성큼성큼 걸어가서 그대로 주먹을 내질렀지만 그의 손바닥에 턱 막히고 말았다.

"어쭈? 막았어?"

"누나가 제대로 때리면 진짜 아프단 말이야."

"그러게 어디 누님 이름 함부로 부르래? 그것도 회사 앞에서."

"다들 나처럼 쌩쌩한 영계랑 다닌다고 부러워할걸?"

"웃기셔. 영계도 영계 나름이지."

"내가 어때서."

당당하게 턱을 치켜든 창민은 희수의 손을 놓아주다 말고 손목을 가볍게 붙들었다.

"여기 왜 이래. 웬 멍이야?"

"아, 서류함에 부딪쳤어. 별로 안 아팠는데 이렇더라고."

"에이. 조심 좀 하지."

찬찬히 들여다보던 창민이 쯧쯧 혀를 차고 손을 놓았다.

"엄마한텐 보이지 마. 안 그래도 누나 일 때문에 바쁜 것도 걱정이 많은데."

"알아."

희수는 정도 많고 걱정도 많은 이모를 떠올리고 미소했다. 눈앞의 얼굴이 이모와 참 많이 닮았구나, 하는 새삼스런 자각이 들자 웃음이 더 커졌다.

"가자, 뭐 먹을래?"

"누나 먹고 싶은 걸로 해. 오늘 내가 산다고 했잖아."

"아이고, 사회 초년생 첫 월급 갖고는 성도 안 차네요. 그 돈으로 집에 맛있는 거 사 들고 가."

"그건 그거고 이건 이거지."

순순히 물러나지 않은 창민은 희수와 방향을 바꿔 걷다 말고 은근한 목소리로 물었다.

"근데 진짜 아무도 없어?"

"뭐가?"

"저 큰 회사에, 신경 쓰이는 남자가 정말 단 한 명도 없느냐고."

창민은 회사 건물을 고갯짓으로 가리켰다. 덕분에 희수는 전혀 예상치도 못한 방향에서 찔러 들어온 질문 앞에 찰나 반사적으로 한경을 떠올리고 동요한 것을 들키지 않을 수 있었다. 창민의 눈이 다시 이쪽으로 돌아왔을 때 희수는 능청스럽게 대꾸했다.

"뭐 꼭 있어야 되는 것도 아니잖아."

"아니지, 직원들 열에 아홉이 남자면 있어야 되지. 엄마도 누나 일이 힘들긴 해도 그거 하나가 장점이라 그랬는데."

"뭐? 진짜?"

"응. 근데 해가 가도 데려오는 놈이 없다고 한숨 쉬더라."

이모가 연애며 결혼이며 생각이 전혀 없어 보이는 자신을 걱정하고 있다는 건 알았지만 이건 처음 듣는 말이었다. 창민의 누설은 계속되었다.

"오늘 여기 회사 앞에서 누나 만난다고 했더니, 나더러 막 달라붙고 그러라더라? 누가 그거 보고 오해해서 자극받게."

"뭐?"

희수는 폭소하고 말았다. 터져 나온 웃음소리가 너무 크게 들려서 제풀에 놀라 입을 다물었지만, 그녀는 웃음을 그치지 못했다. 창민이 덩달아 웃으며 희수의 어깨에 팔을 둘렀다.

"꼭 엄마 말 때문은 아니지만, 누나를 위하는 마음으로 기꺼이 협조해 줄게."

"너 지금 재밌어서 그러지?"

"응. ……크헉, 잠깐! 폭력 반대!"

희수가 내지른 주먹을 제때 피하지 못한 창민이 과장되게 신음하며 평화를 외쳤다. 그들은 계속 툭탁대면서 걸음을 옮겼다.

창민은 고집이 센 것도 그 어머니를 닮아 있었다. 결국 점심을 얻어먹고 회사 앞으로 배웅까지 받은 희수는 어느새 다 큰 이종사촌을 흐뭇하게 올려다보며 어깨를 두드렸다.

"고마워, 얼른 들어가."

"누나도. 이번 주말에 올 거야?"

"응."

"알았어. 그럼 나 간다."

희수는 창민에게 마주 손을 흔들어 주고 그의 뒷모습이 골목을 꺾어 사라진 다음에야 회사로 들어갔다. 창민의 시간에 맞춰 그를 들여보내느라 그녀의 휴게 시간은 아직 조금 남아 있었다. 희수는 커피와 담배 중에 고민하다가 일단 둘 다 가능한 흡연 휴게실로 향했다.

그녀가 문을 열었을 때, 휴게실에는 한 사람밖에 없었다.

"안녕."

이쪽으로 등을 보인 채 창가에 서 있다가 희수를 돌아본 한경은 그녀의 인사에 고갯짓으로 답하고 다시 시선을 돌렸다. 커피로 결정한 희수가 자판기에서 블랙커피를 골라 한 잔을 뽑아내는 동안 그는 그렇게 서서 묵묵히 담배만 피우고 있었다.

희수는 그가 뭘 보고 있는지 궁금해져서 그의 곁으로 가서 창문을 내다보았다. 그러나 회사 건물 정문을 드나들거나 거리를 지나는 사람들에게서는 딱히 이렇다 할 특이점이 보이지 않았다.

그럼 그냥 멍 때리고 있었던 거야? 서한경이?

희수는 꽁초가 쌓이다시피 한 재떨이를 일별하고 그의 옆모습을 보았다. 웬일인가 싶긴 한데 그렇다고 무슨 일이 있느냐며 불쑥 물어보기도 조금 저어되었다. 슬그머니 그를 살피는 차에, 다른 것이 그녀의 주의를 끌었다. 하얀 눈송이가 창밖으로 하나둘 떨어지고 있었다.

일기 예보에선 아무 소식이 없었지만 놀랄 일도 아니었다. 그래서 희수는 불쑥 튀어나온 한경의 혼잣말에 더 놀랐다.

"지긋지긋하다, 눈."

"……당신 눈 싫어했어?"

한경은 어깨를 으쓱하고는 담배꽁초를 눌러 껐다. 어쩐지 평소와 다른 분위기가 신경 쓰인 희수는 일부러 말을 붙였다.

"혹시 그런 건가? 좋아하는 여자랑 헤어진 날에 눈이 왔다거나."

"하하. 그렇게 따지면 반대인걸."

그가 새 담배를 꺼내 물며 대꾸했다.

"농담으로라도 차인 거냐고 묻지 않아 줘서 고맙네."

"시침 떼기는. 당신이 밀어내면 밀어냈지, 밀어낼 여자는 없을 거라는 거 당신도 알고 있잖아?"

"모르겠는데. 정말 없을까?"

희수는 바로 대답하지 못했다. 이쪽을 똑바로 향한 그의 시선에서 알아차린 대로 그가 진심으로 궁금해했기 때문이다. 빈말을 한 건 아니지만 농담이 섞여 있었던지라 그의 진심을 그대로 맞받기에는 역부족이었다. 그래서 그녀는 똑같이 진심으로 대답했다.

"당신이, 작정하고 당기면."

"……그런가."

그가 느릿하게 중얼거렸을 때, 휴게실 문이 열리고 경호과 박 부장이 들어왔다.

"어어, 마침 같이 있구만."

박 부장은 자신의 품을 더듬어 담뱃갑을 꺼내며 두 사람을 번갈아 보았다.

"안 그래도 호출하려고 했는데. 점심시간이니까 간단하게 말하면, 윤 팀장은 일본 출장 준비해. 사업가 개인 경호야."

"네."

"그리고 서 팀장은 일대일 경호 요청이 왔어. 지금 막 결재가 떨어졌고."

희수는 한경을 쳐다보았다. 신변 경호 업무는 4인 1조가 원칙이고 최소한의 인원이라도 2인 1조였다. 특정 직원을 지목한 일대일 의뢰 검토는 특히 엄격한 심사를 거치고 있어 그런 경우는 드물었다. 자세한 사항이 궁금했지만 하필 희수의 휴대폰으로 전화가 걸려 왔다. 이모였다.

"먼저 가 보겠습니다."

"나중에 봐."

한 손을 들어 보이는 부장 옆에서, 한경이 인사를 건넸다. 희수는 미소로 답하고 다시 얘기를 시작한 두 사람을 두고 복도로 나왔다.

그러나 흔하디흔한 그의 인사말은 실현되지 않았다.

그와 다시 마주치는 일 없이 일본 출장을 떠났던 희수는 회사에 복귀한 날, 그가 사표를 쓰고 떠난 지 이미 상당한 시일이 지났다는 사실을 알게 되었다. 그것은 그녀의 인생에서 한 손에 꼽힐 만큼 충격적인 사건이었다.

3. 내 애인

불현듯 눈이 떠졌다.

뭔가 그리운 꿈을 꾼 것 같은 기분에 아쉬워진 것도 찰나, 어둠에 감싸인 생경한 천장의 무늬가 남은 잠기운을 싹 몰아냈다. 온몸의 신경이 날카로워졌지만 금세 여기가 어딘지 기억해 낸 희수는 서서히 긴장을 풀었다.

휴대 전화 액정 화면 속 작은 시계는 다섯 시 일 분을 가리키고 있었다. 다섯 시 반에 운동을 나간다는 한경의 스케줄에 맞추기 위해 십오 분으로 설정해 놓았던 알람을 끈 그녀는 느릿하게 몸을 일으켰다. 한경이 사는 곳이기 때문일까, 낯선 곳에서 눈을 뜬 건 오랜만인데 그 생소함이 싫지 않았다.

들뜨는 건 이해하지만 너무 풀어지는 건 안 돼, 윤희수.

휴가를 온 기분마저 느끼는 스스로에게 현실을 주지시키며 이부자리를 정리한 희수는 방문을 열었다. 집 안은 여전히 잠에 빠져 있었다. 희수는 자연스럽게 맞은편 방으로 흘러간 시선을 바로잡고 욕실로 향했다. 불을 켜고 막 들어가려던 그녀는 갑자기 다른 문이 벌컥 열리는 소리에 고개를 내밀었다.

"아."

희수를 발견한 한경이 멈춰 섰다. 자고 일어나자마자 나왔다는 사실을 증명하는 흐트러진 머리칼보다 그 아래 크게 뜬 눈이 희수의 주의를 붙들었다. 꼭 있을 리 없는 사람이 보인 것 같은 반응이어서 그녀는 일부러 더 아무렇지 않게 물었다.

"왜?"

"……아니."

그가 한 손으로 천천히 얼굴을 쓸었다. 그 손이 지나간 자리에는 놀람이 가시고 겸연쩍은 미소가 차지하고 있었다.

"어제 당신이 왔던 게 꿈인가 했거든."

희수는 나도 마찬가지라고 말하는 대신 물음을 던졌다.

"설마 악몽이었다고 하려는 건 아니겠지?"

"그랬으면 눈을 뜬 게 그렇게까지 아쉬웠을 리가 있나."

한경이 스스럼없이 받아쳤다. 서로 안 보고 지냈던 시간들에 대한 적응이 그새 끝난 모양이라 희수는 웃으며 돌아섰다.

조금 일찍 기상하게 된 두 사람은 바로 준비해서 집을 나섰다. 목적지는 도보 십 분 거리에 있는 체육관이었다. 일은 그만두었지만 운동 습관까지 그만두지는 못한 한경이 다니는 곳으로, 관장님과 서로 죽이 잘 맞아 호형호제하고 지낸다고 했다. 해가 뜨기 전의 어둠에 묻힌 낯선 길을 유심히 바라보며 걸음을 옮기던 희수가 평했다.

"성격 좋은 척하는 건 여전한가 봐. 그런 당신하고 안 맞는 사람이 있다면 그게 더 신기하지."

"사람에 따라서는 진짜 착하게 굴기도 한다고 말했던 것 같은데."

"그리고 난 아무도 모르게 사람 차별하는 거 약았다고 했었고."

희수는 어깨를 으쓱거리며 덧붙였다.

"뭐 그때나 지금이나 나랑은 상관없지만."

"와, 냉정하다, 희수 씨. 애인한테 그래도 돼?"

"……이렇게 추운데 손도 안 잡아 주는 애인한테는 그래도 돼."

희수는 가차 없이 말했다. 하하, 커다란 웃음을 터뜨린 그가 냉큼 한 손을 뻗어 그녀의 손을 잡아 자신의 겉옷 주머니에 같이 넣었다.

"눈치가 없었네."

"이제부터라도 잘 해 봐."

"노력할게."

웃음기가 가시지 않은 목소리로 말한 그가 보란 듯이 손에 힘을 주었다. 아늑한 곳에 들어가 꽉 쥐인 차가운 손은 순식간에 녹았고 손바닥에는 금세 땀이 찼지만, 그녀는 체육관에 도착할 때까지 아무 말도 하지 않았다.

"안녕하세요, 형님."

"오, 서한경. 오늘은 네가 일착이다."

다소 낡은 콘크리트 상가 2층에 자리한 체육관은 넓은 공간의 일부를 사각의 링이 차지하고 주변에 샌드백 등 운동 기구가 즐비하게 놓여 있는 평범한 구조였다.

입구에서 등을 보인 채 정리된 기구를 점검하고 있던 장년의 남자가 목소리만으로 알아듣고 인사를 건넨 다음에야 돌아보았다. 자신을 발견한 그가 깜짝 놀라는 걸 보고 희수는 한경에게서 손을 빼냈다.

"안녕하세요."

"어…… 안녕하세요."

어색하게 마주 인사하고 한경을 향해 '누구냐' 는 시선을 보내는 그에게 한경이 입을 열었다.

"소개할게요. 여기는 윤희수 씨, 내 애인."

"뭐!"

그는 화들짝 놀라 한달음에 달려왔다. 희수가 먼저 말을 건넸다.

"한경 씨한테 말씀 많이 들었어요."

오는 길에.

"아, 저도 그렇습니다. 뵙게 돼서 영광이네요."

둘을 번갈아 본 관장은 호탕하게 웃었다. 그럴 리가 없을 텐데도 망설임 없이 받아넘기는 태도는 희수로 하여금 그의 연륜에 감탄하게 만들었다. 한경이 끼어들어 사정을 설명했다.

"서울에서 회사 다니는데 휴가 받고 잠깐 내려온 거예요. 그동안 여기 같이 다니려고요."

"그래그래, 잘했어! 부담 갖지 말고 편하게 오세요, 제수씨."

"감사합니다."

만난 지 1분 만에 제수씨 호칭을 자연스럽게 구사하는 걸 보니 과연 서한경의 '형님' 이구나 싶다. 생긋 웃은 희수는 잠깐 둘러봐도 되겠냐고 물었고 관장은 흔쾌히 수락했다. 그리고 그녀가 몇 걸음 멀어진 사이, 그는 당장 한경을 붙들고 속닥거렸다. 그녀는 모른 척하고 체육관 안을 이곳저곳 둘러보았다. 운동 기구가 생각보다 다양하게 갖춰져 있어서 마음에 들었다. 하긴 사격장까지 있는 회사 트레이닝실과 비교하면 안 되겠지만.

라커실과 샤워실이 나뉜 탈의실 안까지 둘러본 희수는 체육관 전체의 비상구가 현관문과 사무실 안쪽의 화재용 비상계단 둘뿐임을 알게 되었다. 그녀가 막 샤워실 문을 닫고 나오는데 노크 소리가 들리더니 한경이 나타났다.

"희수 씨, 여기 남자 탈의실인데."

"알아. 아무도 없다기에 들어와 봤어. 새로운 곳에서 출입구 개수 확인하는 건 기본이잖아."

"이럴 땐 꼭 일 중독자 같다니까."

그가 웃으며 뒤쪽을 향해 고갯짓을 했다.

"여자 탈의실 이상 없어. 거기도 비상구가 없더라고."

"듬직하네."

애인 연기를 하고 있지만 윤희수를 지키는 본연의 목적을 잊지 않고 잘 아는 장소임에도 굳이 확인했다는 뜻이었다. 희수는 그의 어깨를 툭툭 두드리고 밖으로 나왔다.

관장에게서 라커 열쇠를 받아 옷을 갈아입고 머리칼을 하나로 올려 묶어 준비를 끝낸 희수는 스트레칭과 줄넘기로 몸을 풀었다. 그리고 충분하다 싶을 때 연습용 복싱 글러브 두 세트를 집어 들었다.

"한경 씨."

맨주먹으로 샌드백 하나를 차지하고 있던 그는 그녀가 던진 글러브를 쉽게 잡아챘다.

"어때, 오랜만에?"

그녀가 링을 가볍게 턱짓하자 그는 눈을 빛내며 도전을 선선히 받아들였다. 두 사람이 링 위에 올라가자 지켜보던 관장이 놀란 얼굴로 다가왔다.

"혹시 제수씨도 복싱이나 격투기 같은 거 했어요?"

"한경 씨가 하는 건 다 할 줄 알아요."

"이야, 대단하시네! 어쩐지 몸놀림이 가볍다 싶더니만. 만만찮았을 텐데 안 힘들었어요?"

"선택의 여지가 없었거든요."

"아, 사랑의 힘인가?"

한경이 하는 건 다 한다는 대답이 운동한 이유까지 설명해 버린 듯, 관장은 아저씨답게 실없는 농담을 던지고 크게 웃었다. 굳이 바로잡을 필요를 느끼지 않아 마주 웃은 희수는 한경을 향해 섰다. 그사이 글러브를 고쳐 낀 한경이 관장에게 신호를 해 줄 것을 부탁했다. 두 사람은 누가 먼저랄 것 없이 몸을 살짝 굽히고 두 손을 얼굴 앞으로 모아 자세를 잡았다.

땡, 하는 소리가 울리는 것과 동시에 그들의 분위기가 일변했다.

한경의 얼굴에서는 웃음기가 싹 가시고 진지함이 나타났다. 아무도 방해하지 못하는 사각의 공간, 그 안에서 윤희수를 응시하며 경계심을 드러낸 서한경은 희수에게 매우 짜릿한 감각을 전달했다. 그녀는 전부터 이 긴장감이 좋았다. 등을 맡겨도 안심할 수 있는 사람과 일대일로 맞붙을 때, 적과 아군 사이의 경계선은 종이 한 장 차이가 되고 그 위에 선 아슬아슬함은 매우 드문 흥분을 선사해 주곤 했다.

남자와 여자의 물리적인 힘의 차이는 어쩔 수 없지만 유연함이나 빠르기로 따지면 그녀도 결코 쉽게 지지 않았다. 실전이든 연습이든 어차피 필요한 것은 강한 힘 자체보다는 허점을 찾아내는 눈과 그것을 놓치지 않는 집요함이었다.

먼저 나선 쪽은 희수였다. 떠보기 위해 막힐 만한 위치에 한 대치고 빠지는 그녀를 쫓듯 따라붙은 한경이 팔을 뻗었다. 막은 손이 아릿해지는 걸 느끼며, 연속 공격으로 나오는 그의 다른 주먹을 몸을 숙여 피한 그녀는 빈틈을 타 그의 복부를 내질렀다. 퍽! 글러브 너머로 전달되는 탄탄한 감촉을 채 음미하기도 전에 얼른 뒤로 물러선 덕분에, 그녀는 머리 옆으로 날아오는 공격을 아슬아슬하게 피할 수 있었다. 살짝 빗맞았는데도 머리가 아찔하게 울린다. 그녀는 반사적으로 얼굴을 찡그렸지만 입가에는 저절로 웃음이 떠올랐다.

시간이 흐르면서 두 사람 모두 조금씩 호흡이 거칠어지고 옷이 땀으로 젖어들기 시작했다.

본격적으로 할 생각은 아니었다. 몸풀기의 상급 버전쯤 생각하고 헤드기어도 쓰지 않았는데, 막상 하다 보니 피는 뜨거워지고 자극당한 호승심이 날을 세웠다. 희수는 자신이 얼굴을 찌푸린 이래 목 위쪽으로는 날아오지 않는 공격이 못내 아쉬웠다.

치열해진 연습 경기를 끝내게 한 것은, 바닥에 떨어진 땀방울이었다.

그 위를 잘못 디디는 바람에 순간 미끄러져 뒤로 넘어질 뻔한 희수를 한경이 늦지 않게 붙들었다. 눈이 마주치자 그들 사이에 팽배했던 승부욕과 긴장감이 사라지고 소리 없는 웃음이 그 자리를 대신 차지했다.

"고맙지만 이럴 때 어울리는 행동은 아냐."

희수는 그의 명치를 주먹으로 톡 건드렸다.

"여기가 비잖아."

멈칫한 한경이 목 안으로 웃었다. 그가 입을 열었을 때, 다른 목소리가 끼어들었다.

"저도 도전해 봐도 돼요?"

희수와 한경이 고개를 돌리자 어느새 링 밖에는 아침 운동을 하러 와서 그들을 구경하고 있던 몇몇 사람들이 보였다. 그중 히죽거리고 있는 스포츠형 머리의 젊은 남자가 목소리의 주인공인 모양이었다. 두 사람은 다시 서로 마주 보았다. 한경도 아는 사람은 아닌 듯, 그의 눈에서 그녀와 똑같은 의문이 보였다. 둘 중 누군가가 묻기 전에 남자가 답했다.

"여자분한테."

당첨된 희수는 제법 패기 있는 남자를 쳐다보고는 한경에게 물었다.

"어쩔까, 해도 돼?"

끈을 풀고 글러브를 벗고 있던 한경이 의아한 얼굴로 되물었다.

"설마 지금 허락받는 거야?"

"난 성실하니까."

"안 돼."

마치 기다렸다는 듯 그가 대답했다. 스스로도 맥락 없게 들릴 만큼 갑작스럽고 짧은 말이라는 걸 아는지 재차 덧붙였다.

"하지 마."

"알았어."

희수는 불만을 감추기 위해 생긋 웃었다. 그렇게 정색해서 말하면 꼭 연기가 아닌 것 같잖아. 적당히 해도 될 텐데. 사람들 앞에서는 말 못 할 불평을 중얼거리며 그녀는 웃는 얼굴 그대로 남자에게 고갯짓을 했다.

"죄송하지만 안 되겠네요."

"……어, 아, 두 분 애인이세요?"

남자가 그제야 당황하며 물러섰다. 미안하다고 뒤늦게 한경을 향해 사과한 남자는 다시금 신기하다는 듯 둘을 번갈아 보았다.

"그런데 왜 그렇게 살벌하셨어요? 전 그것 때문에 아닌 줄 알았죠."

"대충 봐주면 나중에 혼나거든요."

희수가 링 아래로 내려가도록 도와준 한경이 뒤이어 훌쩍 내려서며 대답했다. 다들 농담으로 받아들이고 웃었지만 한경과, 그랬다간 정말 혼낼 생각이었던 희수는 웃지 않았다. 그때 사무실에서 나온 관장이 다소 호들갑스럽게 목소리를 높였다.

"뭐야! 전화 한 통 받고 왔는데 그새 끝났어? 누가 이겼냐?"

"무승부예요."

"제가 졌어요."

희수와 한경의 대답이 나란히 겹쳐졌다. 희수가 그를 향해 눈을 가늘게 떴다.

"도움받는 사이에 빈틈 노린 치사한 인간으로 만들기야?"

"피하지 않은 건 확실히 실수였어."

그가 어깨를 으쓱거렸다.

"실전이었다면 알아서 하겠거니 했을 텐데. 방심했지."

비틀거리든 넘어지든, 실전에서는 붙들어 주는 대신 내버려 뒀을 거라는 말은 무관심이 아니라 믿음이었다. 그래서 희수는 금방 대꾸하지 못하고 있다가 버티듯 중얼거렸다.

"어쨌든 무승부야."

한경은 언제나처럼 웃음으로 답했다. 그들을 보고 있던 관장이 간단하게 정리했다.

"무슨 소린지 모르겠지만 결국 사랑싸움이네."

두 사람 모두 반박하지 않았다.

예상보다 시간이 많이 흘러 그들이 체육관을 나섰을 때는 어느덧 하늘이 환히 밝아 오고 있었다. 희수는 관장과 다른 사람들 앞에서 보란 듯이 꼈던 팔짱을 밖에 나와서도 내버려 두었고 전혀 신경 쓰지 않는 눈치인 한경을 본받기로 했다.

"역시 실컷 움직였더니 배가 고프네."

그녀의 말에 그가 혼잣말처럼 중얼거렸다.

"아무래도 어제 장을 좀 봐 둘 걸 그랬나 보다."

"응? 왜? 냉장고에 뭐 이것저것 많았잖아."

"당신 먹이려니까 딱히 쓸 만한 게 없어."

"……뭘 그런 걸 신경 써? 여기에 요리사 찾아서 온 것도 아닌데."

예나 지금이나, 불시에 사람 설레는 말을 아무렇지 않게 하는 건 여전했다. 태연한 척 핀잔한 희수가 말을 이었다.

"몰랐겠지만 우리 집에서 냉장고 청소 하면 나야. 남은 반찬 싹 끌어다가 비벼 먹는 거 완전 좋아하거든."

"정말 몰랐네."

그가 의외라는 시선을 솔직하게 던져 왔다.

"VIP 에스코트할 때도 워낙 자연스러워서 그런 쪽인가 했지."

"일이니까."

실제로 그의 말처럼 상류층과 연이 있을 거란 오해를 많이 받아 왔고 사람들이 가끔 자신을 저어하는 이유 중 하나가 그것이라는 걸 알고 있었다. 그 밑바탕에는 '매사 저렇게 당당한 걸 보면 분명 만만찮은 뒷배가 있을 것이다' 라는 지레짐작이 있다는 사실도 안다. 내숭 따위 떤 적은 한 번도 없는데. 그녀는 늘 솔직했고 열심히 살아왔다는 자신감과 자존심이 전부였다. 굳이 더한다면 자신을 친딸처럼 예뻐해 주는 이모네 식구 정도랄까.

물론 희수는 사람들이 뭘 어떻게 생각하든 상관없었다. 그래서 굳이 그 생각을 바로잡거나 사실을 설명하려고 한 적도 없지만, 자신을 대하는 태도가 늘 한결같은 서한경은 예외였다. 그래서 희수는 조금의 서운함 없이 연이어 말했다.

"난 배경이 비싼 게 아냐. 내가 비싼 거지."

"……그런데도, 다 합친 남들보다 더 비싸고."

한경의 대꾸에 감도는 것은 비웃음이 아니었다. 그가 덧붙여 중얼거렸다.

"왠지 희수 씨답네."

"칭찬이 왜 그렇게 애매해?"

그녀의 지적에 그가 하하 웃었다. 이렇게 밝은 웃음이 드물지도 않은 남자인데 들을 때마다 새롭다. 오랜만이라서 그런가 보다고 납득하니 그를 다시 만나 지금 이 순간 함께 걷고 있다는 실감이 확 일어났다. 그와 닿아 있는 손이며 마음 한구석이 간질간질해졌다. 그녀는 그 느낌을 이상하다고 생각하지 않았지만, 화제를 돌릴 필요성은 있다고 여겨 그의 옆구리를 아프지 않게 찔렀다.

"뭐야, 꼭 자기는 안 그런 것처럼 웃고 있어. 서한경 씨도 제법 비싸거든요?"

"얼마만큼요?"

희수에게선 핀잔이었던 존댓말이 한경을 통하자 다정하기까지 한 상냥한 대꾸로 승화되었다. 고개를 살짝 기울여 맞추고 있는 눈빛도 그저 따뜻하기만 했다. 그걸 맞받을 자신이 없던 그녀는 다시 말이 짧아졌다.

"윤희수 정도는."

"와, 좋은데. 맘에 들어."

그녀는 그를 무심코 물끄러미 보았다. 진심으로 흡족해하는 그는 정말로 예전과 달라지지 않았다. 당시 부서 최초의 여자 팀장으로 발령받은 희수를 제일 먼저 인정하고 축하해 준 것도 한경이었다. 이제는 누구에게나 인정받고 있지만, 한경이 하루아침에 퇴직하고 사라진 다음부터 그녀에겐 그 점이 뿌듯하다기보다 당연한 것에 더 가까워졌다.

기억과 다를 바 없이 여전한 그를 보노라니 단순한 실감을 뛰어넘어 그를 보지 못했던 시간들이 순식간에 사라지는 기분이 들었다. 마치 그때 그 시절로 돌아간 것처럼.

"왜?"

나도 좋아서.

"아냐, 아무것도."

희수는 반쪽 미소로 대충 넘겼다. 예전 같으면 농담의 색을 입혀 얼마든지 할 수 있었을 말은, 보호받는 사람과 그 가드로 나란히 선 지금과는 걸맞지 않았다. 옛날은 옛날이구나. 그녀는 마음과는 달리 빨리 가자며 그의 팔을 끌었다.

솔직하게 달아오른 뺨에 부딪쳐 오는 겨울바람은 그저 시원하게 느껴질 뿐이었다.

새벽 운동에 이은 한경의 하루 일과는 매우 단순했다. 아침 식사 후 집안일을 한 다음 열 시 전후로 가게 문을 연다. 그때부터 밤 열한 시에 닫기 전까지, 가게는 내내 열어 놓는다고 한다. 약속 등으로 식사 시간이 길어지거나 일이 있으면 외출 팻말을 걸어 두지만 잠그지 않는다는 말에 희수는 당연한 것을 물었다.

"그러고도 장사가 돼?"

"할 만해. 손 타는 책이 전혀 없지는 않지만 주인 올 때까지 책

읽으면서 기다리는 사람들이 훨씬 더 많거든."

"세상은 아직 아름답다는 건가."

희수가 누운 채로 시큰둥하게 중얼거리자 방 밖에 뒤돌아서 있는 한경의 어깨가 희미하게 떨렸다.

책장과 책으로 가득한 가게 안쪽으로 들어서면 입구가 보이는 방향으로 카운터를 겸하는 책상이 놓여 있고 그 바로 뒤, 조금 높은 곳에 문이 달리지 않은 작은 방이 있었다. 한경이 가게 구석에 대충 쌓여 있던 책들을 분류하고 정리하는 동안 희수는 책 몇 권을 뽑아 들고 그 방에서 한가롭게 뒹굴었다. 그녀는 한 번 도와준다고 말했을 때 상대가 거절하면 그것이 예의상이든 진심이든 다 공평하게 진심으로 받아들여 두 번 나서지 않는 성격이었고, 그 역시 그것을 익히 알았다.

"그런데 왜 여기야? 당신도 고향이 서울이라고 했던 것 같은데."

"기억하네."

정리를 끝낸 한경이 두 손을 탁탁 털고 문턱에 걸터앉았다.

"지금 당신이 쓰는 방, 예전에 나도 쓴 적 있어."

두 사람의 시선이 사선을 그리며 마주쳤다.

"딱히 연고가 있어서 여기로 온 건 아냐. 퇴직하고 여기저기 내키는 대로 돌아다니다가 우연히 주인아저씨를 만나서 방을 얻었어. 그러다가 아저씨가 사정상 처분하고 남쪽으로 내려가시게 돼서 내가 이어받은 거야."

"그 주인도 돕고, 일석이조? 당신답네."

'돌아다니던' 그를 주저앉힌 걸로 봐선 단순한 집주인이 아니었던 게 분명했다. 무슨 사정인지 몰라도 돈이 필요 없지는 않았을 테고 그냥 주면 오해받을 수도 있으니 가게를 핑계 삼았다는 얘기인 것이다. 과연, 그는 훤히 꿰뚫어 본 그녀의 물음에 스치는 미소로 답했다.

"그런데 하다 보니 이게 꽤 재미있더라고. 의외로 이쪽이 적성이었는지도 모르지."

"그건 아냐."

"왜?"

짧디짧은 물음은 묘하게 진지했다. 희수는 고민 없이 입을 열었다.

"당신만큼 정장이 잘 어울리는 남자도 얼마 없거든."

그가 웃음을 터뜨렸다. 진심인데.

"왜 웃어? 당신이 캐주얼만 입고 있는 건 인재 낭비라고."

그녀가 다시 단언하자 시원스러운 웃음소리는 더 길어졌다. 어쩐지 얄미워진 희수가 그를 응징하려던 참에 문지방 옆에 놓인 전화벨이 울렸다. 그를 한쪽 발로 떠밀고 일어나 앉은 그녀는 한경보다 먼저 전화기를 들었다. 자신이 여기 있고 나서 처음 가게에 걸려 온 전화의 용건이 궁금해서였다.

"네, 잡학다방입니다."

명랑한 소개에 대한 최초의 반응은 침묵이었다. 잘못 걸렸나?

"여보세요?"

— ……아.

당황한 기색이 역력한 젊은 여자의 목소리가 조심스럽게 이어졌다.

— 저기…… 사장님은 안 계신가요?

"아뇨, 잠깐만 기다리세요."

희수는 수화기를 한경에게 넘겼다. 그리고 가만히 통화에 귀를 기울였다.

"네, 전화 바꿨습니다. ……아, 네. 안녕하세요. 네. 오늘로요? 알겠습니다. ……아뇨, 전혀. 괜찮습니다. ……네? 조수입니다만."

조수. 알바생보다 어감이 좋은 포지션이 마음에 들었다.

"그럼 곧 찾아뵙겠습니다. 감사합니다."

전화를 끊은 한경이 희수를 돌아보았다.

"그렇게 됐는데, 당신은 그냥 옆에 있기만 하면 돼."

"나 지금 1초 만에 조수에서 잘린 거야?"

희수가 일부러 눈을 동그랗게 뜨고 묻자 그는 피식 웃었다.

"도와줄 마음 있으면 나야 좋고."

"그거야 차고 넘치지."

무심코 꺼낸 대꾸가 지나치게 솔직했다. 멈칫했던 희수는 아닌 척 말을 돌렸다.

"근데 무슨 일? 집에 찾아가는 서비스도 해 줘?"

"가끔은. 이번엔 돌아가신 분의 서재 정리를 맡았어."

다행히 그는 그녀의 동요를 전혀 눈치채지 못한 듯 담담하게 답했다.

"방금은 그 손녀분인데, 원래 다음 주가 시간 괜찮다고 하셨다가 일정이 바뀌었다고 오늘 괜찮은지 물었어."

"그렇구나."

이런 일도 있다니. 헌책방이라고 해서 막연하게 사람들 들락거리는 것만 예상했던 희수는 신기한 생각이 들었다. 하긴 이런 대량 공급도 있어 줘야 상품 종류도 더 다양해지고 수요도 늘 것이다.

"정리해서 쓸 만한 건 사들이고?"

"보통 그렇긴 한데 이번 건 정리만 해 주면 그냥 다 가져도 좋다더라."

"와, 복권 당첨이네?"

괜히 신난 그녀가 목소리를 높이자 그가 씩 웃더니 한 손을 뻗어 그녀의 머리칼을 가볍게 흩뜨렸다. 희수는 당황했다. 어린애 취급이냐며 농담으로라도 항의하지 못할 만큼, 따스한 체온과 머리칼이 부드럽게 살랑거리는 감각은 마치 그 바로 밑에 심장이 있는 것처럼 느끼게 만들었다.

다시 눈이 마주치자 그가 자연스럽게 손을 떼고 일어섰다.

"가자. 혹시 더러워질지도 모르는데 옷 갈아입고 오겠어?"

"아니, 됐어."

그녀는 자신의 블랙 진과 빨강 니트를 돌아보고 고개를 저었다. 갖고 있는 옷은 대부분 밝은 색이라 어차피 마찬가지였다.

"코트만 가져올게."

방 한구석에는 문 없는 입구와 달리 작은 쪽문이 달려 있었다. 2층 한경의 집으로 연결되는 계단의 출입구였다. 희수가 그곳을 통해 코트와 머리끈을 챙겨 내려오자 그사이 준비를 끝낸 한경이 그녀를 가게 앞에 세워 둔 경트럭으로 안내했다. 곧 그들이 떠난 자리에는 〈나중에 다시 와 주세요〉라는 친절한 팻말이 홀로 남아 달랑거렸다.

한경이 운전을 하는 동안 희수는 주변 지리를 살폈다. 이십 분 정도를 달린 트럭이 멈춰 선 곳은 어느 한적한 골목의 2층 단독주택이었다.

"들어오세요."

현관문을 열어 준 사람은 고인의 손녀로 추정되는 이십 대 중반가량의 아가씨였다. 한경을 보자 얼굴이 살짝 발그레해지며 눈을 반짝이는 모습은 희수에게 모종의 납득을 하게 했다. 그래서 그녀의 수줍은 미소가 희수 자신을 발견한 순간 그제야 바깥 추위를 느낀 것처럼 얼어붙었을 때는 순수한 인도적 차원에서 조금 안됐다는 생각이 들 정도였다.

"이쪽은 말씀드린 조수고요, 둘이서 작업할 겁니다. 위치는 어디입니까?"

"아……. 이쪽이에요."

주춤거린 손녀가 앞장서서 1층 거실 안쪽 방으로 향했고 두 사람은 그 뒤를 따랐다. 그녀가 방문을 열었을 때 한경의 옆에서 흘끔 들여다본 희수는 휘파람을 불 뻔했다. 과연, 정리만 해 주면 된다고 했다더니.

"좀, 어지럽죠?"

손녀가 민망한 듯 슬그머니 입을 열었다. 과감하게 누락시킨 표현은 감탄스러울 정도다. 책장에 남는 자리가 뻔히 있는데도 곳곳이 책 더미에 서탑書塔이었다.

"여기에 뭐가 있는지는 할아버지만 다 알고 계셨어요."

표정 변화 없이 방을 둘러본 한경이 물었다.

"이 댁에서는 폐지를 버리는 곳이 어디죠? 봐서 저희도 필요하지 않은 거면 그쪽에 내놓겠습니다."

"밖으로 나가서 왼쪽으로 보이는 전봇대 밑에 두시면 돼요."

손녀는 필요한 게 있으면 불러 달라며 돌아섰고, 희수와 한경은 방으로 들어가 문을 닫았다.

"좋다 말았네."

"뭐가?"

희수의 중얼거림을 용케 들은 한경이 돌아보았다. 그녀는 어깨를 으쓱였다.

"나 말고 저 아가씨. 당신 오는 거 기대한 눈치던데 웬 여자를 달고 왔잖아."

"난 또 뭐라고."

그는 픽 웃으며 창가로 다가가 창문을 활짝 열었다.

"익숙해서 모른 척하는 거야?"

"아니, 상관없어서 신경 안 쓰는 거야. 난 임자가 있는 몸이니까."

계속 놀리려던 희수는 한 방 먹은 기분에 입을 다물었다.

"……성실하네."

"희수 씨 본받으려고."

아무렇지 않게 대꾸한 그는 그녀에게 목장갑을 던져 주고는 자신의 것을 손에 꼈다.

"워낙 양이 많으니까 일단 대충 나누고 가게에 가서 주제별로 분류하는 게 낫겠어."

우선 다 묶어 놓은 다음 함께 트럭으로 옮기기로 한 두 사람은 작업을 시작했다.

책이면 책, 잡지면 잡지인 식으로 적당히 추린 다음 노끈으로 묶어 쌓는 일은 간단한 작업이면서도 생각보다 시간이 많이 걸렸다. 들으니 돌아가신 할아버지께선 단순히 취미로 이만큼이나 모았다는데, 의외인지 당연한 건지 책의 장르는 매우 잡다했다.

"당신 컬렉션으로 딱이네."

희수는 옆에서 힘주어 끈을 묶고 있는 한경을 돌아보며 생색을 냈다.

"내가 없었으면 이 많은 걸 혼자 다 했겠어. 나한테 고마워해."

"하하. 벌써 그러고 있는데."

"혼자 하면 뭐 해? 표현을 해야지."

"어떻게 해 줄까?"

"어, 잠깐."

몸을 일으킨 그녀는 마치 뭐든 말하기만 하면 다 들어주겠다는 듯 스스럼없이 말하는 그를 막았다.

"이거 나한테 꽤 좋은 기회인데. 화장실 다녀오는 동안 생각해 볼래."

정말로 시간을 벌기 위해서인지, 단지 화제를 바꿀 기회를 노린 것인지는 희수 자신도 알 수 없었다. 한경은 그러라는 듯 웃고 다시 자신의 손으로 시선을 떨어뜨렸다.

희수가 거실로 나가자 마침 손녀가 안방에서 막 나오고 있어서, 희수는 그녀에게 화장실의 위치를 물어 찾았다. 그리고 잠시 후 서재로 돌아가려던 희수는 조금 열린 방문 사이로 말소리가 흘러나오는 걸 알고 본능적으로 기척을 죽였다.

"……어요?"

"얼마 안 됐습니다. 물론 조수로는요."

아니나 다를까, 한경과 손녀의 사이에서 언급되고 있는 대상은 윤희수였다. 희수는 목소리가 작게 들려도 놓치지 않을 정도의 위치까지 물러났다. 자신이 화장실에 가 있는 동안 이미 중요한 정보는 다 얻었는지 손녀의 말에는 체념과 시샘이 묻어 있었다.

"잘 어울리시더라고요."

"감사합니다."

"……와."

손녀가 멍하니 말했다.

"정말 좋아하시나 봐요."

희수는 소리 없는 웃음을 흘렸다. 저 반응으로 보아 한경이 이번엔 좀 크게 웃어 보였겠거니 짐작이 갔다. 확실히 저 얼굴로 웃으면 다 그럴듯하게 들리기 마련이니까. 그가 재직 중이었을 때는 나쁜 마음 안 먹어서 다행이란 말까지 돌 정도였다.

하지만 그런 사정을 다 알고 있으면서도 희수는 한경의 주저 없는 단호한 대답에 무심코 움찔했다.

"네."

손녀는 말이 없었다. 희수는 그 기분을 알 것 같았다.

숨을 길게 내뱉은 희수는 신중하게 물러나 화장실로 돌아갔다.

"저분이 부럽네요."

"글쎄요, 저한테는 참 아까워서."

손녀의 말에 받아치는 그의 덤덤한 목소리가 희수의 등을 떠밀었다.

타이밍은 적절했다. 화장실 문을 괜히 한 번 열었다가 닫은 희수는 몸을 돌리자마자 밖으로 나온 손녀와 눈이 마주쳤다.

"주스 좀 드시고 하세요. 갖다 놨어요."

"감사합니다."

이제 막 나온 것으로 생각했는지 손녀는 찔끔하는 기색 없이 오히려 희수를 관찰하는 눈으로 살폈다. 화장을 좀 더 할 걸 그랬

나. 맨얼굴도 다 아는 한경 앞에서 새삼 꾸미는 것도 우스운 일이라 신경 끄고 있었던 게 괜히 아쉬워졌다.

상대가 곁눈질을 하거나 말거나 내버려 두고, 희수는 방으로 들어와 문을 닫았다. 책을 쌓고 있던 한경이 책상 위에 놓인 오렌지주스 병을 턱짓했다.

"저거 주시더라."

"그러네."

희수는 태연한 투로 말을 걸었다.

"나, 감동할 뻔했어."

아주 잠깐, 그의 손놀림이 느려졌다가 제 속도를 되찾았다.

"들었어?"

"들었어."

"모른 척 좀 하지 부끄럽게."

어깨 너머로 그녀를 돌아보며 핀잔을 던지는 그의 표정은 뻔뻔하리만치 여느 때와 다름없었다. 저런 얼굴로 부끄럽다는 얘기를 아무렇지 않게 하다니. 역시 고단수라고 속으로만 투덜거린 그녀는 작업을 재개했다.

"고맙기는 한데 못을 너무 세게 박은 거 아냐? 나중에 안 뽑히면 어떡하려고."

"무슨 소리야."

"나랑 헤어진 다음에 저 아가씨랑 잘 해 보기 힘들어질 수 있단 소리."

한경이 고개를 들어 자신을 쳐다보는 기색이 느껴졌지만 그녀는 마주 보지 않고 덧붙였다.

"아, 하기는 저쪽이 실연에 대한 아픔을 잊게 해 주고 싶어 할지도 모르지."

"슬슬 또 갖고 노실 생각?"

웃음기 섞인 목소리로 반문한 그가 노끈을 힘주어 묶었다. 그녀는 옆에 있는 가위를 건네주며 대꾸했다.

"뭐 꼭 놀리려는 건 아니고. 당신한테 반한 게 너무 훤히 보여서."

"……."

"그리고 예쁘게 생겼잖아. 귀여운 면도 있고."

"……글쎄."

찰칵, 가윗날이 서로 부딪치는 소리가 제법 날카롭다. 그가 무심하게 말했다.

"난 잘 모르겠던데."

"의외로 눈이 높은가 봐."

"기준이 높은 거지."

장난으로 던진 돌을 그가 간단히 한 손으로 잡아챘다. 그리고 그녀와 눈을 마주한 채 똑바로 되던졌다.

"비교 자체가 불가능할 만큼."

장난을 장난으로 돌려주는 것치고는 손바닥에 부딪쳐 오는 무게감이 상당했다. 희수는 저릿한 감각이 단숨에 심장까지 파고드는 것을 모른 체하고 웃었다. 조금 놀렸기로서니 너무 세게 나오잖아, 라는 불평을 삼키면서.

이로써 돌은, 아니, 공은 이쪽으로 넘어왔다. 하지만 지금은 그 기준이 누구냐고 단도직입적으로 물어도 좋을 때는 아니었다. 그의 대답이 윤희수가 아는 사람이든 아니든 상관없이. 그래서 희수는 안전한 곳에서 적당히 받아넘겼다.

"그냥 당신 수준이 높은 건 아니고?"

"그것도 사실이지."

한경이 가볍게 인정하며 씩 웃었다. 그제야 희수는 그가 방금 전까지는 웃음기를 전연 내비치지 않고 있었다는 걸 깨달았다. 물론 알았다고 해서 뭐가 어떻게 되는 건 아니지만 그녀 자신에 대해서라면 분명히 어떻게 되는 것이 있었다. 찰나의 설렘보다 그 뒤로 깊게 가라앉은 흔적이 더 선명하게 남는 것을 손 놓고 지켜보던 희수는 내심 어깨를 으쓱였다.

뭐, 이럴 줄 모르고 온 것도 아니니까.

마주 웃은 희수는 조금씩 줄어들고 있는 책 더미에 다시 집중했다.

4. 감수해야 할 일

"한 번만요, 누나. 네?"

"안 한다니까."

"에이, 야박하게 그러지 말고요."

희수는 속으로 한숨을 삼켰다. 한 번 말해서 못 알아듣는 상대를 끝까지 좋게 타일러 넘어가는 건 정말 성격에 맞지 않았다. 하지만 여기는 서한경의 세상이었고, 언젠가 떠날 윤희수가 마음대로 평화를 깨뜨리는 건 옳지 못했다. 그 대가를 치르는 건 한경일 테니까.

그래서 그녀는 인내심을 조금 더 발휘했다.

"다른 사람들도 많잖아."

"그 사람들이 누나는 아니잖아요."

영휘가 기다렸다는 듯 대꾸했다. 주변에서 대범하다며 놀리는 야유가 날아왔지만 그는 꿈쩍도 않는 얼굴이라 희수는 다시 한숨이 나올 것 같았다. 하긴 그래, 네가 무슨 죄겠니. 틈을 보인 내 실수지.

한경은 하루의 상당 시간을 체육관에서 보내고 있었다. 처음엔 일과려니 했었는데 가게도 비워 놓고 다니는 게 심상찮아 물어봤더니 둔해진 몸을 다시 가다듬기 위해서란다. 정식 의뢰도 아닌데 최선을 다하는 그가 참 서한경스러워서 희수는 웃음이 났다. 그녀 역시 운동을 좋아하기에 그를 따라다니며 함께 운동하는 게 기꺼웠다. 그가 운동하는 장소 이상의 의미를 두는 사적인 영역에 같이 있다는 것도 마음에 들었다.

그러나 그는 사람들에게 헌책방 주인이 되기 전의 사정을 다 밝히지는 않았다며 희수에게 미리 언질을 주었다. 그녀는 이해했지만, 동시에 이해하지 못했다. 듣던 중 말도 안 되는 소리였다.

"평범하게 회사 다녔다고 했다고?"

"왜?"

"그 몸에, 글러브 끼면 눈빛부터 다른데 그걸 누가 믿어? 차라리 그냥 말하는 게 덜 이상했겠다."

"믿어 주던데? 그리고 회사 맞잖아. 평범하게 다닌 것도 맞고."

"어…… 그래, 뭐. 아닌 건 아니지. 평범하게 최고였지."

떨떠름하게 엄지를 치켜든 희수는 파안대소하는 한경을 보며 눈을 굴렸다.

그리고 이 '운동에 미친 퇴직 사원' 은 타고난 붙임성을 발휘해 본인의 존재감을 키웠다. 그런 그의 애인이란 포지션은 체육관에서 거의 히로인이나 마찬가지여서, 덕분에 희수는 사람들을 만나는 족족 가까워지게 되었다. 그러다 첫날 한경과의 스파링을 기억한 사람들이 그녀에게 상대해 주길 청했다. 아마추어이기도 하고 한경의 친구들이라 희수는 선선히 응해 주었다. 무심코 집중해 버려 순간이나마 링 밖의 한경이 자리를 뜬 것도 모르기 전까지는.

그 뒤로는 상대가 한경이 아니면 거절하게 되었는데, 희수에게 처음으로 상대해 달라고 했던 대학생 영휘는 나중에야 희수가 스파링에 응해 줬던 때를 놓친 걸 알고 과장 조금 섞어 땅을 치고 후회했다. 그러고는 그녀를 볼 때마다 자신과도 한 번만 해 달라며 졸라 대기 시작한 것이다.

귀찮은 선은 진작 넘었지만 희수는 한 번 더 참고 웃었다. 저기서 혼자 나 몰라라 운동 삼매경인 애인 씨는 이 갸륵한 성의를 알까 몰라.

"그럼 누나 말을 더 잘 들어줘야겠네. 안 그래?"

"아, 진짜! 치사하게! 봐드린다니까요?"

와.

희수는 깜짝 놀랐다. 내가 이렇게 인내심이 강하다니.

역시 사람이 한다 하면 해내는 법이라고, 미소 뒤에서 감탄하는 가운데 그래도 눈치가 있는 관장이 끼어들어 영휘의 목덜미를 잡았다.

“야, 야. 질척대는 남자는 인기 없어. 그 정도로 하고 싶으면 나랑 하자.”

“예에? 관장님은 싫어요!”

“싫긴 뭐가 싫어. 넌 남한테 스파링 부탁하는 것보다 이상한 습관 고치는 게 먼저야. 이리 와.”

“으악!”

희수는 관장에게 질질 끌려가는 영휘를 손을 흔들어 배웅하고 고개를 돌렸다. 시선의 끝에서는 한경이 여전히 손가락으로 팔 굽혀 펴기를 하는 중이었다. 그녀가 시달리는 걸 다 들었을 텐데도 아무 관심도 없다는 듯 집중하고 있는 그를 보자 공연히 심술이 났다. 희수는 그에게 다가갔다.

“얼마나 남았어?”

“이제, 사 분.”

이번엔 개수가 아니라 시간을 재는 모양이다. 그녀는 그의 규칙적인 움직임을 내려다보다가 낮춰졌던 몸이 올라왔을 때 땀에 젖은 티셔츠에 손을 짚었다.

“도와줄게.”

그녀는 멈칫한 그의 등에 올라앉아 책상다리를 했다. 잠시 그대로 있던 그는 그녀가 자리를 잡고 나자 다시 움직였다. 다른 사람들이 이쪽을 보고 수군대는 소리가 났지만 희수에겐 그의 흐트러지지 않는 호흡이 훨씬 더 크게 들렸다. 위아래로 조금씩 흔들리는 감각을 즐기면서 그녀는 잠시 귀를 기울였다.

"숨소리 한번 섹시하네."

"하."

그의 어깨가 잘게 떨렸다.

"농담, 마."

"난 애인 칭찬은 농담 안 해."

"……그럼 진작, 붙어 서서, 듣고 있었어야지. 다른 남자하고, 사이좋게, 있을 시간에."

"뭐?"

희수는 황당해서 기가 막힐 정도였다. 무심코 그의 얼굴을 들여다보기 위해 몸을 숙이자 무게 중심이 옮겨진 탓인지 그의 등과 어깨, 팔의 근육이 일제히 꿈틀거리며 더욱 단단해졌다. 그녀는 제대로 만져 보고 싶은 마음을 누르고 일단 자세를 고쳤다.

"농담은 누가 하는데? 당신 내 성격 알면서 그런 말이 나와?"

"그러게, 오래 참아 주니, 재밌어서 저러나, 했지."

"아, 그러셔."

희수는 골이 났다. 참아 준 보람까진 기대 안 했지만, 재미라니, 어이가 없다.

"그럼 앞으론 당신 친구들 앞에서 성질대로 해도 되겠네."

"적당히, 해."

한경이 손가락 대신 손바닥으로 땅을 짚었다. 끝났다는 신호나 마찬가지였다. 희수가 재빨리 그의 위에서 내려오자 그는 훌쩍 몸을 일으켜 바로 섰다. 그리고 그녀가 내미는 수건을 받아 들면서 덧붙였다.

"아무나 다 반하게 두지 말고."

"……난 성질대로 하겠다고 했는데."

"그러니까 하는 말이잖아."

한경이 얼굴의 땀을 닦느라 시선이 가려진 덕분에, 희수는 동요를 무난히 감추었다. 거침없는 성격이 단점이란 말씀은 내내 무시해 왔다고 생각했는데 그게 장점이라는 말이 이처럼 달게 들리는 걸 봐선 은근히 마음에 남아 있었던 모양이다. 그녀의 입술이 뾰족하게 다물렸다.

"좀 싫다."

"뭐가."

"그냥, 그 말이 기분 좋은 게 자존심 상해."

"……철회 안 하는 대신 내가 저녁을 사면?"

웃어넘기거나 무슨 뜻인지 자세히 묻지 않고 진지하게 협상안을 제시하는 그의 앞에서, 그녀는 웃을 수밖에 없었다.

"뭐 사 줄 건데?"

"당신이 고르는 대로."

"좋아, 생각해 볼게."

"그럼 씻고 나가자. 오늘은 여기까지 하고."

"알았어."

두 사람은 나란히 있는 남녀 탈의실 앞에서 갈라졌다.

체육관에서는 간단히 샤워만 하는 희수는 오늘도 빨리 씻고 나왔다. 그녀는 입구 옆의 의자에 스포츠백을 내려놓고 앉았다. 말을 거는 사람들에게 대꾸를 하고, 한담을 나누면서 한경이 나오기를 기다리는데 십 분이 더 지나도 기미가 없었다. 희수는 마침 남자 탈의실에서 나오는 사람에게 물었다.

"한경 씨는 안에서 뭐 해요?"

"네? 안에 없는데요?"

그 대답이 뜻하는 바가 머릿속을 가득 채우기까지는 0.1초의 시간을 필요로 했다.

희수는 벌떡 일어났다. 바로 체육관을 나간 그녀는 아무도 없는 계단을 달려 내려갔고, 건물 밖으로 나가기 직전에 마주 들어오던 사람과 부딪쳤다.

"엇차."

반사적으로 밀어 내려던 희수는 한경의 얼굴을 보고 힘을 풀었다. 아니, 힘은 저절로 풀렸다. 그는 놀란 얼굴로 그녀를 붙들었고 그녀가 달려온 기세 덕분에 둘은 그 자리에서 반 바퀴를 가볍게 돌고서야 멈추었다.

그제야 희수는 차오른 줄도 몰랐던 숨을 내뱉었다. 한경의 표정이 묘해졌다. 그는 천천히 팔을 풀고는 그녀를 들여다보듯 응시했다. 잠시 입을 여닫더니, 그녀가 처음 들어 보는 말을 꺼냈다.

“혼자 둬서 미안해.”

“…….”

“다신 이런 실수 안 할게.”

“……당신이 실수한 거 아니야.”

그가 무슨 생각을 하는지 알 것 같아서 희수는 기분이 퍽 복잡했다.

“어디에 있는지 몰라서 놀란 것뿐이니까.”

물론 단순히 놀랐다고 하기엔 지나친 반응이었다. 그도 그것을 알고 있겠지만 그녀는 그렇게만 말했다. 예상대로 그는 더 파고들지 않고 부재했던 연유를 설명했다.

“탈의실 들어가자마자 전화가 와서, 조용히 통화하려고 나왔어. 계단에선 소리가 울려서 시끄러우니까.”

무슨 전화인지 물어봐도 되려나.

지금은 역시 아닌가, 희수가 그런 생각을 하는 참에 한경이 아래를 보더니 몸을 숙였다.

“머리 조심.”

“어?”

제대로 물을 겨를도 없이, 그가 그녀를 번쩍 안아 들었다. 졸지에 어린애처럼 팔에 앉혀진 그녀가 깜짝 놀라 그의 어깨를 붙들었다.

“뭐야, 왜 그래?”

"신발이 없잖아."

그녀는 아차 싶었다. 그런 그녀를 흘끔 쳐다보는 그의 얼굴은 좋지 못했다.

"……내려 줘. 어차피 더러워졌잖아."

"내가 있는 데선 안 돼."

그는 단호하게 말하고 걸음을 옮겼다. 유난스런 거구도 아니면서 사람을 안은 채로 어쩜 이렇게 가뿐하게 움직이는지 모르겠다. 희수는 별수 없이 천장에 머리가 닿지 않도록 몸을 숙여 그를 끌어안았다. 이 또한 내가 감수할 일이라고 되뇌면서.

희수가 그대로 체육관 문턱을 넘지 않고 내려진 건 순전히 문틀이 낮아서였다. 두 사람이 들어서자 모든 사람들의 이목이 집중된 건 아니지만, 역시나 호기심 어린 농담이 던져졌다.

"무슨 일 있어요? 희수 씨 갑자기 뛰쳐나가서 깜짝 놀랐네."

"그러니까 말이야. 아니, 나는 당연히 한경이가 쫓아다닌 줄 알았는데, 그게 아닌가 봐."

'무슨 일'인지 꼬치꼬치 캐묻는 것보단 차라리 이쪽이 낫다. 마침 잘되었다 싶어진 희수는 더러워진 양말을 벗으며 생긋 말을 받았다.

"그럼요. 고백도 제가 먼저 한걸요."

'애인'이 된 건 자신의 제안이었으니 양심에 한 점 거리낌이 없었다. 그다지 큰 목소리도 아니었는데 이번에야말로 이목이 모조리 이쪽으로 쏠렸다.

"우와, 진짜요?"

"희수 씨 성격 진짜 화끈하다. 멋있네."

"더 좋아하는 사람이 나서야죠."

"그건 아니지."

불쑥 끼어든 한경의 목소리에 희수가 고개를 돌렸다. 그녀가 알아서 말하도록 내버려 두고 탈의실로 가던 그가 돌아보고 있었다. 마주친 눈은 웃고 있지 않았다.

"지금 그 말, 그냥 넘길 순 없겠는데."

"……해 본 소리야."

"물론 그래야지. 조심해 줘, 농담으로도 듣기 싫으니까."

희수는 두 손바닥을 들어 항복의 몸짓을 보였다. 정말이지, 오롯한 진심이었다.

그제야 한경은 몸을 돌렸다. 그가 탈의실로 사라지는 동안 두 사람을 번갈아 보고 있던 사람들이 기다렸다는 듯 닭살이라느니, 지금 솔로 앞에서 자랑질이냐느니 놀려 대기 시작했다.

"아주 깨가 쏟아지시네. 어떻게 만났어요?"

"……아, 저희요? 일하다가요."

희수는 자신의 심장 소리에 묻혀 하마터면 놓칠 뻔한 물음을 얼른 받았다가 아차 싶어졌다. 아니나 다를까, 대번에 질문의 범위가 확장되었다.

"무슨 일 하시는데요?"

"한경이 형이랑 같은 회사였어요?"

"대박, 한경이가 진짜 회사원이었어요?"

"어, 그게…… 일단 회사원은 맞고요. 그냥, 평범한 회사예요."

이런 기분이었을까.

빡빡한 일상 속에 일부러 시간 내어 체육관에 등록해서 매일 운동을 할 정도인 사람들 앞에서 경호원이라는 직업을 밝히는 것은, 의외로 대단한 각오가 필요한 일이었다. 역시 뭘 배울 땐 경험이 최고다. 희수는 한경에게 마음으로나마 사과를 전하며 화제를 틀었다.

"그래서 한경 씨는 처음부터 눈에 확 띄었어요. 제가 원래 사내 연애는 질색인 사람인데, 두고 보자니까 안 되겠더라고요."

"오오."

사람들이 과장되게 감탄했다. 그들은 예상대로 '일의 종류'에는 더 이상 관심을 갖지 않았다.

"사내 연애는 왜 질색인데요?"

"대학생 때 같은 알바 하는 남자 친구를 사귀었는데, 비밀로 안 했더니 팀장이 사사건건 걸고넘어지더라고요. 좋든 나쁘든 뭐만 하면 다 연애해서 그렇다는 식이라서 아주 끔찍했거든요."

희수는 진저리를 쳤다. 이번만큼은 연극이 아니었다. 덕분에 얼마 가지 않아 헤어지고 말았다. 딱히 미련은 없지만 애석하게도 나쁜 기억으로 남아 있었다.

"거의 트라우마가 될 지경이라, 그 뒤로 직장 동료는 아예 열외로 쳤어요. 성격상 뭘 숨기고 살지는 못해서요."

"그랬는데 마음이 바뀐 거예요?"

"서한경이잖아요."

이 말도, 반드시 연극이라고 할 순 없을 것이다.

"헐."

"와, 나 이런 말 얼굴도 안 붉히고 하는 사람 처음 봐."

사실인데 부끄러워할 필요 있나. 어깨를 으쓱인 희수는 내친김에 양념도 쳤다.

"라이벌이 하도 많아서 앞뒤 가릴 새가 없더라고요."

"아, 하긴 형 인기 많았겠죠."

"희수 씨도 인기 많았을 거 같은데. 한경이도 속깨나 썩었겠어요."

"아뇨, 그건……."

"문드러졌지."

그건 아니라고 말하려던 희수의 목소리는 그보다 더 크고 단호한 목소리에 묻혔다. 어느새 탈의실을 나온 한경이 가까이 다가왔다. 심지어 한술 더 떠 속 썩었겠다고 말한 친구에게 "네가 뭘 좀 아는구나."라고 덧붙이는 그를, 희수가 뜨악한 눈으로 보았다. 말이야 바른말이지 그 점에 있어서 예나 지금이나 그녀는 무척 홀가분한 직장 생활을 영유하고 있었다.

"나 그렇게 쉬운 여자 아니었는데?"

"내 말이. 그런데도 당신한테 집적댄다면 보통은 넘는다는 뜻이잖아."

"……."

"이제야 말이지만 꽤 조마조마했다고."

그럼 그때 말하지 그랬어.

금방이라도 불평이 튀어나올 것 같아, 희수는 턱에 힘을 주었다. 공공연히 알려진 윤희수의 벽을 무시하지 않은 건 서한경의 마음이고 선택이었다. 그 이유를 이젠 짐작하고 있다는 사실을 그가 알아챌 틈을 보이고 싶지 않았다. 아직 그럴 때가 아닌 데다 무엇보다도 그들은 지금 무대에 올라와 있는 중이었으니까.

먼저 시작한 주제에 매번 까먹고, 매번 설렌다. 참 대책 없다며 희수가 속으로 혀를 차는 동안 주변에서는 흔한 농담과 야유가 오갔다.

"한경이 형도 만만찮네. 표정 하나 안 변하고, 천생연분이에요."

"고마워, 알고는 있는데 남한테 들으니까 색다르네."

"소개팅해 준다고 할 때마다 그렇게 비싸게 굴더니 다 이유가 있었구만. 진작 말하지. 생각 없다고만 하면 누가 아나?"

"자세히 말하면 보고 싶어 할까 봐. 아깝잖아."

한경은 그걸 또 일일이 귀담아 꼬박꼬박 대꾸를 하는 열연을 펼치고 있었다. 희수는 헛웃음을 삼키고 그의 팔을 잡아끌었다.

"가자, 나 배고파."

"그래."

그는 단박에 대답하고 내일 보자는 인사를 남겼다. 그것조차

놀림감이 되었지만, 두 사람은 모른 척 체육관을 나왔다.

어느새 어둑어둑해진 길 위로 노란 가로등 불빛이 쏟아지고 있었다.

도로 위로 바삐 차가 다니고 오가는 사람들과 스치면서도 직전까지 시끌벅적한 무리 속에 있어서였는지 한경과 둘만 남은 느낌이 강해졌다. 그래서 희수는 도롯가에 선 자신의 어깨를 가볍게 끌어안으면서 자연스레 위치를 바꾸는 그를 제때 말리지 못했다. 어깨에 그대로 안착한 그의 손으로 말할 것 같으면, 말리고 싶지도 않았다. 희수는 그에게 물었다.

"저녁은 뭐 먹을까?"

"당신이 먹고 싶은 걸로. 아직 못 정했어?"

"응. 일단 가게부터 가자. 너무 오래 비워 놨으니까."

"배고프다면서?"

정말인 줄 알았나 보다. 희수는 잠깐 망설이다가 솔직하게 대답했다.

"그거야 얘기 끊으려고 한 말이지. 그 정돈 아냐."

"……."

"몰입하는 건 좋은데, 적당히 해. 그러다 나중에 나 없어지면 술 한 잔 사 달라는 걸로 믿겠어?"

"그럼 두 잔 얻어 마셔야지."

희수는 웃어 버렸다. 기대한 대답은 아니지만 만족스러웠다.

"아무튼, 가게 가는 동안 생각해 볼게."

"그러든가."

두 사람은 가게로 이어지는 골목길에 들어섰다. 희수는 문득 희미한 진동을 느끼고 휴대폰을 꺼냈다. 기다리고 있던 문자 메시지였다.

「이상 무. 구역 외 접촉이 두 번 확인되었으며, 파악하기로는 일상적인 일입니다만 계속 주시 중입니다.」

희수는 고맙다는 답문을 전송한 뒤 메시지와 답문을 모두 삭제했다. 그녀의 손끝을 흘끗 쳐다본 한경이 지나가는 투로 물었다.

"누구?"

"이팀."

반사적으로 대답한 희수는 한 차례 눈을 깜박인 퇴직자를 향해 고쳐 말했다.

"이세연 씨."

"아아, 세연 씨."

고개를 끄덕이며 중얼거린 한경의 말투가 순간 너무 친근하게 들렸다. 희수는 그 사실보다는 그 말투로 인해 달라진 자신의 기분에 놀라 입을 다물었다.

"세연 씨 팀장 달았구나. 하긴 당연하지."

"……."

"아니다, 내가 나온 지 햇수로 2년이 넘었는데 이제 겨우 팀장인가. 그 동네도 참 여전하네."

한심해하던 그가 문득 그녀를 돌아보았다.

"세연 씨가 팀장이 됐다면 그럼 당신은?"

"팀장은 아니지."

희수는 앞을 보며 가볍게 대답했다.

서한경이 떠나고 나니 의외로 회사는 시시한 곳이었다. 거기서 어떤 직급을 갖든 희수에겐 별로 중요하지 않았는데, 사실 그건 그가 있을 때도 그랬다. 아마 그 역시 마찬가지니까 이미 다시 만난 지 며칠이나 지난 지금에서야 물어보는 게 아닐까…… 무관심해서가 아니라. 적어도 희수는 그렇게 생각하고 싶었다.

그녀는 옆얼굴로 물끄러미 닿아 오는 눈길을 느꼈다. 내버려 뒀더니 그가 갑자기 그녀의 한 손을 잡고 걸음을 멈추었다. 덩달아 멈춰 선 희수가 올려다본 그의 눈은 진지하기만 했다. 그는 한 마디 한 마디 곱씹듯이 느릿하게 말을 꺼냈다.

"그럼, 더 이상 현장에서 뛰지 않는 당신을 여기까지 내려오게 만들고 걱정하게 하는 상황이라는 뜻이네."

"와. 그렇게 말하니까 나 진짜 위험한 것 같은데?"

"희수 씨."

한경이 눈썹을 찌푸렸다. 작고 단순한 움직임인데도 드물게 보는 모습이어서인지 박력이 보통이 아니었다. 무심코 구경하고 만 희수를, 잠깐 주변을 둘러본 그가 길 한쪽으로 이끌었다.

"말해 두지만, 사정을 처음부터 확실하게 묻지 않았던 건 당신이 하고 싶어 하지 않는 말을 억지로 캐내지 않아도 내가 할 일은 분명하기 때문이었어. '모든' 위험으로부터 당신을 지키는 것."

"……."

"그러니까 지금 내가 묻고 싶은 사람은 의뢰인이 아니라 윤희수야. 당신이 이 정도로 위험해진 일인데 대체 언제까지 말해 주지 않을 작정이냐고."

잡혀 있는 손이 뜨거웠다. 올곧게 다가오는 진지한 눈빛만큼이나. 마치 그 고열이 고스란히 옮겨 온 것처럼, 어느새 입 안이 바짝 말라 있었다. 눈앞의 남자가 직장 동료도 가드도 아닌 서한경이란 것만으로도 고백을 들은 기분이 되고 말았다.

이런 건, 예상하지 못했는데.

희수는 혀를 내밀어 버석거리는 입술을 축이고 싶은 기분을 참으면서 천천히 말을 꺼냈다.

"세 가지는 확실해."

"듣고 있어."

"하나, 당신에게 끝까지 비밀로 할 생각은 없고. 둘, 나는 그때가 되기를 기다리고 있어. 당신보다 더."

한경은 진심인지를 확인하려는 것처럼 눈도 깜박이지 않고 그녀를 응시했다. 희수 역시 피하지 않고 그를 똑바로 마주 보았다. 알아주기를 바라면서.

잠시 후 그의 입술이 천천히 열렸다.

"좋아."

그는 고개를 끄덕였다.

"믿을게. 설마 정말로 나보다 더할까마는, 당신이 빈말하는 걸 본 적은 없으니까."

"정말이야."

"알아. 다만 나에 대해 함부로 단정 짓지 않는 게 좋을 거란 뜻이야."

그가 한 호흡 뒤 부연했다.

"내 감정에 대해."

가벼운 말투임에도 지나칠 수 없는 무게감이 들어 있었다. 희수가 무슨 말을 해야 할지 주저하고 있자니 그가 물었다.

"세 번째는?"

"……슬슬 인상 풀지 않으면 모처럼의 연극을 망칠 거라는 거."

그는 어깨를 으쓱거렸다.

"흔한 사랑싸움이라고 생각하겠지."

"무슨 수로?"

그렇게 정색한 주제에.

"그야 보면 알지."

그는 그녀의 손을 놓고는 두 손으로 그녀의 얼굴을 감쌌다. 놀랄 틈도 없이, 부드러운 감촉이 이마를 꾹 눌러 왔다. 희수는 순간 아무것도 할 수 없었다. 이어서 그가 자신을 힘주어 끌어안았을 때도 마찬가지였다. 이마로 느꼈던 것보다 훨씬 더 뜨거운 입술이, 이번에는 관자놀이에 낙인을 찍었다. 너무나 사랑스럽다는 듯이.

누가 봐도 토라진 연인을 달래 주는 모습일 것이 분명했다.

그럼에도 희수는 진지하게 항의하고 싶어졌다. 아무리 애인인 척하고 있지만 퇴직했든 어쨌든 일은 일인데, 의뢰인에게 사적인 접촉을 하는 게 금지라는 것도 규정으로 지켜야 되는 거 아니냐고. 그만큼, 단순히 애인 행세의 일환이 아니라 사적인 감정으로 가득 찬 입맞춤처럼 느껴졌다. 제멋대로 들썩대는 기분은 그가 입술에는 키스를 하지 않았기 때문에 더욱 강렬했다.

"갈까?"

그는 여상스럽게 말하며 물러났지만 한 팔은 그녀의 어깨를 끌어안듯 감싸고 있었다. 덕분에 반쯤 안긴 채 걷게 된 희수는 어처구니없는 심정으로 중얼거렸다.

"타고났네."

"뭐?"

"다 알면서도 나 좀 두근거렸어. 휘둘린 것 같아서 왠지 분하기도 하고."

"그럴 것 없어, 난 항상 휘둘리고 있으니까."

그가 소리 내어 웃으며 받아쳤다. 그녀는 진심이라고 말해 줄까 하다가 농담인 줄 아는 게 낫겠다 싶어서 입을 다물었다. 윤희수답지 않게 말을 아끼는 일이 잦아지는 건 썩 바람직하지 못했지만 어쩔 수 없었다.

희수는 주변을 둘러보고, 다시 한 번 보고, 실망했다.

"진짜 이게 다야?"

"처음부터 얼마 안 된다고 하셨잖아."

"그건 그렇지만."

발단은 한경의 단골 가게인 동네 재래시장 채소 가게 아주머니의 궁금증이었다. 홀몸인 시모를 요양 병원에 모시게 되어 집도 처분하는데 그런 경우에 책을 그냥 놔두면 알아서 버리느냐는 문의를 들은 책방 주인은 당연하게도 본인이 수거하고 싶다는 의사를 밝혔다.

"글쎄. 나야 상관없지만, 너무 멀고, 별로 많지도 않은데."

이제 와 확인한 바로 그것은 사실이었다.

"좀 더 적극적으로 말리셨어야 했다고 봐."

희수의 평에 한경은 피식 웃고 외투를 벗었다. 차로 편도 한 시간이 넘는 거리를 달려와서 가져갈 책이라곤 경트럭을 겨우 반 정도 채울까 말까 한 분량인 데다 과연 팔리려나 싶을 정도로 오래된 것들이 많은데도 그는 전혀 개의치 않는 얼굴이었다. 본인이 아무렇지 않아 하니, 희수도 불평은 그만두기로 했다. 그녀가 코트를 막 벗으려는 참에 그가 자신의 외투를 그녀에게 넘겼다.

"얼마 없으니까 오늘은 나 혼자 할게. 옷 좀 부탁해."

"그래도 둘이 하면 더 빠를 텐데."

"서두를 필요도 없는데 뭘."

말마따나 한경은 느긋하게 소매를 걷고 목장갑을 꼈다.

"당신은 거기 있어. 내 눈에 보이는 데에."

"……알았어."

희수는 더 권하지 않고 문가에 적당히 자리를 잡아 앉았다. 그의 스킨 향이 은은하게 밴 옷을 끌어안고 그가 작업하는 모습을 구경하는 재미가 제법 쏠쏠했다. 단순 노동조차 그림이 되는 남자라서 그렇겠지만.

"당신은 왜 경호 일을 했어? 길 가다가 명함도 많이 받았을 텐데."

"전시용은 관심 없고, 매번 다른 삶을 사는 건 피곤할 거 같아서."

한경은 그녀의 질문에 담긴 추측을 부정하지 않았다. 뜬금없는 질문에도 성실하게 대답한 그가 반문했다.

"그러는 당신은?"

"어릴 때 추행을 당한 적이 있어."

무심하게 대답한 희수는 돌연 한경과 시선이 맞부딪치는 바람에 저도 모르게 흠칫했다. 눈도 깜박하지 않고 정색한 표정이 낯선 만큼 설레었다. 그녀는 아닌 척 말을 이었다.

"그래서 운동을 시작했는데 이게 적성에 맞았던 거지. 이걸로 먹고살 만한 게 뭐가 있나 찾다 보니 이렇게 됐네."

"어릴 때, 언제?"

"아홉 살. 난 그때도 귀여운 어린이였거든."

그가 이렇게까지 진지하게 들을 줄은 몰라서 일부러 가볍게 덧붙였지만 정작 그는 조금도 웃지 않고 있어서 그녀는 슬쩍 민망해졌다. 정말인데.

"뭐, 아무튼 옛날 일이야. 누군지 기억도 안 나."

"……내가 그 자리에 있었다면 좋았을 텐데."

별거 아니라고 손을 내젓는 그녀를 잠시 응시하던 그는 고개를 숙이고 멈추었던 손을 다시 놀리기 시작했다. 그녀는 조금 전보다 힘이 들어간 손짓을 지켜보았다.

"말은 고맙지만, 당신도 어릴 때잖아. 뭘 할 수 있었겠어?"

"최소한 얼굴은 지금도 기억하고 있었겠지."

"여태 기억해서 뭐 하게?"

그는 말없이 웃었다. 서늘한 미소였다.

이런저런 얘기를 하는 동안 한경의 작업은 여유롭게 진척되어 끝을 맺었다. 차로 옮길 때는 함께 한 희수가 먼저 차에 탔고, 한경은 그녀가 안전벨트 매는 것을 확인하고 시동을 걸었다.

일은 수월하게 끝났지만 이제 갈 길이 또 멀다. 트럭에 실린 책을 제값에 다 판다고 해도 기름값도 안 나올 성싶었다. 희수는 내비게이션을 다시 설정해 목적지를 집으로 정했다.

"다음부턴 가려서 받아. 이렇게 장사하다간 금방 망하겠다."

"그래."

한경이 선선히 고개를 끄덕였다.

"너무 걱정하지 마, 오늘은 드라이브하는 김에 온 거니까."

"……그런 거였어?"

"계속 한곳에만 있기엔 답답하잖아. 그래도 밖으로 놀러 나오려니 핑계는 필요했지만."

본인의 변덕처럼 말하고는 있어도, 희수는 속지 않았다. 벌써 몇 년째 한곳에 있었던 사람이 새삼 답답할 리가 없으니까.

"고마워, 날 위한 거였네."

"그럼 달리 누가 있다고."

시원스레 인정하는 말에 허를 찔린 희수는 소리 내어 웃었다.

드라이브라고 생각하자 돌아오는 길은 놀랍도록 짧았다. 황량한 겨울의 논밭은 시원하게 탁 트인 들판 같았고 울퉁불퉁한 도로 위에서 덜컹거릴 때는 그 불편함에서 떠오르는 옛날 일을 가지고 농담을 주고받기도 했다.

사람의 마음이 바뀌는 데에 따라 얼마나 많은 것이 달라질 수 있는지, 그녀는 새삼 감탄하며 가게 앞에 정차한 트럭에서 먼저 내렸다. 땅에 발을 디딘 순간 그녀는 멈칫했다.

누군가가 이쪽을 보고 있다.

희수는 태연하게 차 문을 닫으면서 무심한 표정으로 주변을 한 차례 둘러보았다. 짐작 가는 방향은 물론이고 달리 눈에 띄는 것은 전혀 없었다. 하지만…….

"얼른 끝내고 밥 먹자. 나 배고파."

웃으며 돌아선 그녀는 트럭에서 짐을 내리기 시작한 한경에게로 다가갔다.

정리까지 마치고 나니 어느새 여덟 시가 지나 있었다. 마감 시간은 멀었지만 길을 나서기 전에 아예 책방 문을 닫고 갔기 때문에, 두 사람은 그대로 집으로 올라갔다. 먼저 씻고 나오라며 한경의 등을 떠밀어 욕실로 들여보낸 희수는 집 안을 살폈다. 아침에 떠났을 때와 다를 바 없다는 점을 확인한 뒤에는 손을 걷어붙이고 주방으로 향했다.

희수는 밥솥에 쌀을 적당히 넣고 물을 부어 열심히 쌀을 씻었다. 부연 쌀뜨물을 따로 부어 놓고 다시 물을 받던 그녀는 문득 아무 생각 없이 고개를 들었다.

"악!"

시커먼 거미 한 마리가 싱크대 위 찬장을 기어 내려오고 있었다. 너무 놀라 무심코 고함을 지르고 만 그녀는 별것 아닌 걸 깨닫고 한숨을 쉬었다. 거미 역시 놀라서는 황급히 방향을 틀어 위로 도망치기 시작했다.

거미는 죽이면 안 된다는데.

참을성 있게 거미가 완전히 사라지기를 기다리던 그녀는 욕실 문이 벌컥 열리는 소리를 들었다. 괜히 소리를 질러서 한경까지 놀라게 해 버렸다. 그녀는 아마추어 같은 자신의 행동에 속으로 혀를 차며 고개를 돌렸다.

"미안, 별거……,"

아니었어, 라는 말은 그를 본 순간 혀끝에서 얼어붙었다.

다 닦지도 못하고 뛰쳐나온 듯 아직 흠뻑 젖은 채 한 손에는 수건을 들고 있었는데 그저 들고 있을 뿐, 그는 완전한 나신이었다.

천하의 윤희수도 이 상황에는 아무런 반응도 못 하고 굳고 말았다. 심지어 고개를 돌리거나 눈을 감을 생각조차 못 하고 있는데, 정작 그는 그녀가 빤히 보고 있는 것도 전혀 개의치 않는 태연한 얼굴로 도리어 그녀를 머리끝부터 발끝까지 빠르게 훑었다. 그녀에게 아무 이상이 없다는 걸 확인한 그의 눈매가 노골적으로 긴장을 풀었다. 그는 그제야 수건을 펼쳐 허리에 감았다.

"뭐였어?"

"……어? 아니, 그게…… 벌레가 너무 가까워서. 미안."

"별일 아니면 됐어."

그는 어깨를 으쓱거렸다. 근육이 꽉 짜인 넓은 어깨 위로 맺힌 물방울이 매끄러운 피부 위를 내달렸다. 시력이 유달리 좋은 것도 아닌데 그 움직임이 세세하게 눈에 들어와 박히는 것만 같았다. 어쩐지 발밑이 묘하게 무른 기분이 들어 희수는 생각나는 대로 말했다.

"물, 떨어져."

그만 빨리 욕실로 들어가라는 소리였지만 눈을 깜박인 그는 피식 웃었다. 그러더니 성큼성큼 이쪽으로 걸어와 서로 닿지 않을 정도로만, 그녀의 옷이 젖지 않을 간격만큼을 두고 멈춰 섰다. 숨도 제대로 못 쉬는 그녀의 뒤로 그가 한 손을 뻗었다.

싱크대의 물소리가 뚝 그치고 사방이 조용해졌다.

희수는 마른침을 삼켰다. 잠깐이나마 물이 넘치는 소리도 못 듣고 있었는데 이젠 그 소리가 나지 않는 게 너무너무 신경 쓰였다. 이 순간 바늘이 떨어져도 당장 알 수 있을 것 같은 정적이 두 사람을 가득 에워쌌다. 물러나지 않고 그대로 서 있는 그와, 그의 탄탄한 가슴이 천천히 오르내리는 모습을 지켜보는 그녀를.

오랜 근무 기간 동안에도 그와 이처럼 사적인 느낌으로 맞부딪친 적은 한 번도 없었다. 그저 가깝게 서 있는 것뿐인데도 그의 존재감이 너무나 커서 숨이 막혔다. 그가 왜 바로 돌아서지 않는지, 무슨 생각을 하고 있는지, 그녀는 짐작도 가지 않았다. 그러나 분명한 건 지금 둘 사이에 무엇이 있든 간에 이 이상 계속될 수는 없다. 그게 무엇보다도 중요한 사실이었다.

희수는 숨을 크게 들이마시고 시선을 들었다. 이쪽을 깊게 응시하는 검은 눈동자와 마주쳤을 때, 그녀가 생각한 말은 오롯이 진심이 되어 밖으로 나왔다.

"당신…… 지금 되게 위험한 거 알아?"

"내가?"

"나한테 덮쳐지기 직전이라고."

그녀를 빤히 내려다보던 그가 소리 없이 웃었다. 즐겁게 벌어지는 잘생긴 입술은 여전히 무방비해서 그녀는 조금 얄미워졌다.

알아서 조심하라고 경고를 해 줬건만.

"내가 이쪽 규정 다 아는 관계자가 아니었어도 그렇게 웃을 수 있었을까?"

"틀려."

그가 단언했다.

"확실히 당신은 내가 내 일을 잘 할 수 있게끔 존중해 주겠지. 하지만 내가 여태 여자 고객들과 아무 일도 없었던 건 규정 탓이 아니야. 그게 중요한 적도 없었어. 그리고……."

"그리고?"

그녀는 말끝을 흐리는 그의 뒤를 바싹 따라붙었다. 성실함이라면 타의 추종을 불허할 서한경이 '규정 따윈 중요한 적도 없었다'는 말을 하는 게 믿어지지 않았다. 그가 다시 웃었다. 이번에는 즐거움이 하나도 없는 웃음이었다.

"난 지금 그 어느 때보다도 철저히 방비하고 있어."

"……."

"당신이 그걸 알아줄 필요는 없지만, 오해는 하지 마. 울고 싶어지니까."

"……그런 소린 옷이나 입고 해."

그녀는 겨우, 간신히 불평했다.

쓴웃음을 지은 그가 그녀에게서 물러났다. 한 걸음, 또 한 걸음. 그가 멀어질수록 그녀는 안도감과 아쉬움을 동시에 느꼈다. 그 역시 알고 있었다. 더 깊게 들어와선 안 된다는 걸.

"바닥은 내가 나와서 닦을게."

아니나 다를까, 젖은 머리를 쓸어 넘기고 돌아서는 그가 여상스럽게 건넨 말은 이미 평소와 다를 바 없었다.

"당연히 그래야지."

무심하게 대꾸한 희수는 두껍지도 않은 수건이 그의 또 다른 피부인 양 착 달라붙어 움직이는 모습을 못 본 척 다시 쌀을 씻었다. 그러나 머릿속을 차지한 번뇌는 좀처럼 지워지지 않아, 쌀을 너무 박박 문지르지 않도록 힘 조절을 해야만 했다.

5. 지금은 아냐

[책장 넘기는 소리조차 크게 들렸다.]

가게 안쪽에서 등받이 없는 의자 하나를 차지하고 책을 읽고 있던 희수는 눈에 들어온 구절에 시선을 들었다. 불현듯 문장과 현실의 괴리감을 느낀 탓이다. 작가의 센스보다 안정감이 드러나는 흔한 표현이었지만, 적어도 이곳에서만큼은 책장 넘기는 소리가 조용함의 척도가 되지 못했다. 여기저기서 책을 구경하고 뒤적이고 읽는 사람들이 많았기 때문이다. 아침과 낮은 아예 비워 두고 체육관에 머무르는 한경도 사람들의 퇴근 시간 즈음부터는 가게를 지킬 정도였다.

물론 누구나 편하게 들락거릴 수 있는 헌책방이란 이유도 있지만 지난 며칠간 지켜본 희수의 의견은 달랐다. 그녀는 압도적인 성비 불균형을 보이고 있는 책방 안을 둘러보고 '더 큰 이유'를 향해 고개를 돌렸다. 카운터를 겸한 책상 앞에서 한경이 자료에 몰두하고 있었다.

아니, 그런 줄 알았는데 그는 그녀의 시선을 귀신같이 알아채고 이쪽을 쳐다보았다. 그 작은 움직임을 따라 덩달아 좇아오는 다른 눈들이 꽤나 매섭다.

이 사람들이 전부 흘끔거리고 있는 건 신경도 안 쓰더니.

이런 식으로 나오면 아무리 내가 윤희수라도 우월감을 느낄 것 같단 말이지. 그녀는 별 뜻 없다는 의미로 씩 웃어 보였고 희미하게 마주 웃은 그는 하던 일을 계속했다. 해외 기사나 리포트, 홈페이지 자료 등을 한국어로 번역하는 아르바이트의 일감이었다. 책방만으로는 시간이 넘쳐 나서 도무지 적응이 되질 않아 소일거리로 시작했다는데 의외로 재미가 쏠쏠하단다.

희수는 그 말을 의심하지 않았지만 직접 보지 않았다면 믿지도 않았을 것이었다. 현역 때 서한경은 언제나 일선에서 가장 힘들고 바빠야 하는 일을 도맡았고, 팀장이 되고 나서도 마찬가지라 팀원들이 든든해하면서도 좀 맡겨 주시면 좋겠다는 배부른 투정을 하게끔 만들었었다. 그런 사람이 이렇게 정적이고 신체 활동량이 최소화된 일을 즐기고 있다니 누가 상상이나 할까.

마찬가지로, 그리 작지 않은 책방 안을 좁은 것처럼 느끼게 하는 이 여자들은 선하고 잘생긴 책방 주인이 한때 국내외 무수한 VIP의 안전을 책임졌던 남자라는 걸 모를 것이다.

아마 알게 되면 지금처럼 호감 있는 눈으로 흘끔대기만 하는 귀여운 수준에서 그치지 않겠지. 희수는 제풀에 피식 웃었다. 그녀는 이곳에서의 첫날, 책방 문을 열어 놓고 다닌다는 얘기를 들었을 때 가졌던 자신의 견해를 진작 수정해 둔 상태였다. 아무래도 아무도 없는 책방에 들른 손님들이 책을 읽으며 주인이 오기를 기다리는 건 딱히 세상이 아름다워서가 아니었던 것 같다. 아름다운 쪽은 세상이 아니라 서한경이었다. 물론 '멋지다'는 말이 더 정확하겠지만.

그리고 이 남자의 가장 멋진 모습들은 지금 이 자리의 그 누구보다 자신이 제일 잘 알고 있었다. 그 사실을 떠올린 순간 뿌듯함을 느낀 희수는 조금 낭패감이 들었다. 이래서야 잘난 남자와 아는 사이라고 덩달아 잘난 척 콧대가 높아지는 여자들과 다를 게 없지 않은가.

엉뚱한 생각에 너무 빠져 있었는지, 희수는 한경이 이쪽을 보는 것을 뒤늦게 알아채고 마주친 그의 시선 앞에서 무심코 움찔했다. 그는 이번에는 그냥 지나치지 않았다.

"왜 그렇게 봐?"

"……당신이 참 맛있어 보여서."

간단하게 대답한 희수는 오랜만에 바늘꽂이가 된 기분을 느꼈다. 설마 지금 본인들이 이해한 뜻이 맞는지, 뭘 저런 농담을 하는지 황당해하는 얼굴에다 제풀에 뺨까지 붉히는 여자도 있었다. 물론 윤희수에게 익숙한 한경은 단순한 농담으로만 듣고 웃었다.

"그렇게 배가 고파? 아, 그러네. 시간이 벌써 이렇게 됐나. 미안."

시계를 본 한경이 펜을 놓고 자리에서 일어났다. 기지개를 쭉 켜는 그에게 일순 전방 십오 미터 내의 모든 눈길이 집중되었다. 목을 이리저리 움직여 근육을 가볍게 푼 그는 책과 자료를 갈무리해 방 안에 들여놓고는 자신의 점퍼와 희수의 코트를 챙겨 나왔다.

"갈까?"

"저, 저기요!"

돌연 천장을 찌를 듯 높은 목소리가 끼어들었다. 이목을 한 몸에 받은 여자가 얼굴이 빨개지더니 들고 있던 책 두 권을 황망히 내밀었다.

"나, 나가실 거면 계산 좀 해 주세요."

"네. 주세요."

한경은 선선히 옷을 내려놓고 책을 받았다. 지갑을 찾아 가방을 뒤적이는 여자의 시선이 이쪽을 곁눈질하는 것을 보니 아무래도 계산이 유일한 목적은 아니었나 보다. 하긴 이 동네 여자들한테는 윤희수가 갑자기 튀어나온 강력한 라이벌일 것이다. 이해를 못 할 것도 아니라 희수는 조금 너그러운 마음이 되었고, 책을 꺼내 든 손님들이 하나둘 나서서 한경을 붙드는 동안 얌전히 기다렸다.

한경은 잠시 후 책을 구경하거나 읽는 사람들만 남은 것을 확인하고서야 희수와 함께 밖으로 나왔다. 한 걸음 먼저 거리로 나온 희수는 어떤 시선을 느꼈다. 그러나 그녀는 그 방향을 확인하는 대신 〈잠시 다녀오겠습니다〉 팻말을 문에 걸어 두는 한경을 보았다.

드라이브를 다녀왔던 날부터, 희수는 밖에 나올 때 종종 누군가에게 주시당하는 감각을 느끼게 되었다. 미묘하게 집착적인 그것은 그러나 한경에게 호감을 가진 사람의 것인지 아닌지, 그것까지는 구분하기 힘들었다. 살기나 증오 따위의 감정을 띠고 있다면 그 의도 역시 쉽게 추측할 수 있었을 텐데, 그저 지켜보는 기색 외에는 아무것도 느껴지지 않았기 때문이다. 그것은 동시에 그걸 헷갈려 할 만큼 서한경의 인기가 여기에서까지 만발하리라는 걸 예상치 못했다는 뜻이기도 했다. 이미 충분히 안다고 생각했는데, 잠시 못 봤다고 이 남자를 과소평가한 모양이다.

“미안, 오래 기다리게 해서.”

“괜찮아. 당신 독점하는데 그만하면 싸게 친 거지.”

“뭐?”

반문한 한경은 농담을 들은 것처럼 웃고는 그녀의 팔을 가볍게 잡아끌었다. 희수는 그의 착각을 바로잡아 주지 않았다. 정체 모를 시선은 그새 사라지고 없었다.

식사는 보통 집에서 해결하거나 근처 식당을 이용하기도 하는데 오늘은 낮에 칼국숫집으로 정해 두었다. 그들은 나란히 거리를 걸어 내려갔다.

이윽고 식당이 있는 골목 초입에 들어섰을 때, 차 한 대가 앞에서 불쑥 튀어나왔다. 희수는 반사적으로 한경을 밀치고 그의 앞을 막아섰다.

그러나 거의 동시에 그녀를 끌어안고 등을 돌린 그의 힘이 더 셌다. 그녀는 약간 분한 마음으로 길과 자신 사이를 몸으로 가로막은 그를 붙들었다. 차는 속도를 줄이지도 않고 그들을 아슬아슬하게 스치듯 지나가 골목을 빠져나갔다. 번호판이 달린 평범한 승용차였다.

"참, 몰상식하네. 이런 데서 막 달리면 어쩌자고."

손을 놓은 희수는 아무렇지 않게 투덜거렸다. 그러나 한경은 잠시만, 이라고 양해를 구하고는 당장 휴대 전화를 꺼냈다.

"안녕하세요, 서한경입니다. 네. 차량하고 차주 조회 좀 부탁드릴게요."

그의 입에서 흘러나온 것은 희수도 본능적으로 읽었던 차 번호판의 숫자였다.

"기다리고 있겠습니다."

정중한 재촉을 덧붙인 그가 전화를 끊는 것을 본 희수가 말했다.

"깨끗할걸. 운전자 성질이 급했던 것뿐이지."

"아는 차?"

"아니지만."

"그럼 확실하게 하는 게 좋아. 당신 직감에 동의하는 것과는 별개로."

희수는 수긍의 의미를 담아 어깨를 으쓱였다. 어차피 그녀 역시 조회를 해 보려고 했으니 상관없는 일이었다. 두 사람은 다시 걷기 시작했다.

"전화, 누구였어?"

"아는 형사님."

"근데 아직도 이름만 대면 바로 해 줘? 이쪽 일 완전히 접었다더니?"

"그야 당신이 온 뒤로 기름칠을 해 뒀으니까."

"와, 든든해라."

그녀는 감탄했다. 알고는 있었지만 새삼 믿음직스러워서 솔직하게 말한 것이었는데 그는 탐탁잖게 여기는 표정이었다.

"기본이지. 고작 이 정도로 당신한테 든든하단 소리 들으니 놀림당하는 기분인데."

"에이, 진심이야. 혹시 돌아올 생각은 전혀 없어?"

"왜?"

"왜긴, 아까우니까 그렇지. 다시 안 해 볼래?"

한경이 설핏 웃었다.

"용감하네. 내가 어떻게 나오게 됐는지 사정 다 알면서."

희수는 저도 모르게 흠칫했다. 아무리 세월이 흘렀다 해도, 그 일에 대해 이처럼 아무렇지 않게 언급할 줄은 미처 생각지 못한 탓이었다. 하지만 그는 다른 의미로 이해한 듯 의아해했다.

"설마, 모르는 거 아니지?"

"……알아."

"그래, 알고도 여기까지 오고 또 그렇게 말하는 건 당신다워. 하지만 말대로 복귀했다가 내가 또 사고를 치면 그 감당은 당신 몫이야."

선선히 말하는 그는 웃고 있었지만, 오히려 그 때문에 쉽게 시선을 돌릴 수 없었다. 그녀는 그와 똑같이 가볍게 받아칠지 아니면 그 사정이란 것을 아는 사람답게 진지하게 접근할지 고민하다가, 성격에 맞게 전자를 택했다.

"난 그렇게 생각하지 않는데."

"당신이 데려가는 거니까 책임도 당신이 지게 돼."

"아니, 내 말은 그게 아니라, 난 그 일을 당신이 사고를 친 거라고 생각하지 않는다고."

희수의 말에 그가 예고 없이 걸음을 멈췄다.

덕분에 두 걸음 앞서게 된 그녀는 멈춰 서서 그를 돌아보았다. 그리고 자신을 물끄러미 쳐다보는 시선을 맞받으며 말을 이었다.

"그러니 '또' 라는 말은 틀렸어."

"그러면?"

골목의 가로등이 그의 얼굴에 음영을 그려 표정을 제대로 읽기 힘들었다. 좇듯이 질문을 던진 그가 이내 건조하기 짝이 없는 목소리로 말을 길게 늘였다.

"사고가 아니면, 뭐라고 생각하는데."

"그렇게 될 수밖에 없었던 일."

스스로 자문해 본 적이 있는 질문이었기에 대답은 결코 가볍지 않은 확신을 담고도 쉽게 흘러나왔다.

"비록 실수라는 형태이긴 하지만 정말로 단순한 실수였다면 애초에 당신이 하지도 않았을 거야. 그 점에서는 당신도 피해자라고 생각해."

"……하."

그가 숨을 내뱉었다.

기가 막힌다는 듯, 어이가 없다는 듯 짧게 터져 나온 그 소리는 그녀보다는 자기 자신을 향하고 있는 것처럼 들렸다. 그대로 입을 다물어 버린 그가 무슨 생각을 하고 있는지 알 수 없었지만, 그녀는 묵묵히 기다렸다.

우뚝 선 두 사람 사이로 끼어든 침묵을 흩뜨린 것은 희미하게 울린 진동음이었다.

"여보세요."

한경이 전화를 받았다. 잠시 귀를 기울이던 그가 감사하다는 인사로 통화를 맺었다. 상대를 짐작한 희수가 먼저 물었다.

"문제 있대?"

"아니. 분실이나 도난 신고 된 적 없고, 차주는 이 동네 주민인 회사원인데 마지막으로 전입 신고한 때는 5년 전."

그가 휴대폰을 갈무리하며 말했다.

"깨끗해. 당신 말이 맞았어."

"정말 확실하네. 역시 서한경이야."

부탁한다는 전화 한 통화로 저처럼 의문의 여지 없는 대답을 받아 낸 건 보통의 기름칠이 아니었다는 뜻일 거다. 그녀의 스스럼없는 칭찬에 그는 희미한 웃음을 지었다. 밝은 것도 가벼운 것도 아닌 그 미소 하나로 간단하게 그녀의 시선을 묶어 버린 그는 목소리만큼은 평소처럼 서글서글했다.

"저녁 먹고 들어가서, 한잔 어때? 오랜만에."

희수는 눈을 크게 떴다.

그 서한경이 보호 대상자에게 함께 술을 마시자고 권하고 있다는 사실을 지적할 필요는 없었다. 그는 자신이 한 말을 충분히 알고 있는 눈을 하고 있었다. 그리고 사실 굳이 지적하고 싶지도 않았다. 그가 정말로 나누기를 바라는 것은 술잔이 아니라 이야기라는 걸 알았기 때문에, 희수는 오히려 그가 말을 번복하는 일이 없기를 바라면서 고개를 끄덕였다.

"좋아."

절대로 놓칠 수 없는 제안이었다.

희수가 회사에서 한경을 마지막으로 봤던 날, 그는 상당히 허심탄회한 태도를 보였다.

"지긋지긋하다, 눈."

별명이 부처인 데다 중재자로도 이름이 높은 그는 업무 외엔 부정적인 사견을 강하게 주장하는 법이 별로 없었고 불평을 자주 늘어놓는 사람도 아니었다. 그래서 희수는 그날도, 그를 다시 볼 수 없었던 이후에도 그날의 그를 하나도 흘려보내지 못했다. 나를 밀어낼 여자가 정말 없겠느냐는 그의 물음은 더욱 그랬다.

당시 희수가 이해한 속뜻은 "당신도 날 밀어내지 않을까?"였다. 사실 그녀는 그 점을 의심하지 않았고, 서한경이 작정하고 당기면 그럴 리 없다는 대답을 한 이상, 일본 출장에서 돌아오면 이제 어떤 식으로든 그와의 관계가 변화할지도 모른다고 생각했다. 그리고 그 기대는 정말로 현실이 되었다. 그가 사라짐으로써.

"무슨 생각 해?"

달칵거리는 소리와 함께 등 뒤에서 건너온 물음에, 희수는 눈을 깜박였다.

현실로 돌아오니 눈앞으로 그때처럼 하얀 겨울 잎이 나풀나풀 내려와 창밖을 채웠다.

"옛날 생각."

가볍게 대답하며 돌아본 희수는 조금 놀랐다. 거실의 낮은 테이블 위에 스카치위스키와 얼음통, 과일 안주 등을 내려놓은 한경이 쟁반을 바닥으로 치우며 앉았다. 그 옆으로 다가앉은 희수가 말했다.

"그냥 해 본 말인 줄 알았는데, 진짜였네?"

"빈말인 줄 알고 승낙한 거였어?"

"설마. 서한경 씨가 드디어 융통성을 발휘하신다면 나야 환영이지."

그녀가 잔을 골라 들고 내밀자 그는 선뜻 호박색 술을 채워 주었다.

두 사람은 각자의 기호에 맞게 얼음을 넣고 살짝 잔을 맞대어 건배를 했다. 얼음과 얼음이 부딪치는 소리가 잔잔하게 피어올랐다가 한데 녹아들었다.

"새 술이네."

"예전에 선물 받았어. 이런 날 올 줄 알고 아껴 뒀나 보지."

남 일처럼 얘기한 그가 물어 왔다.

"옛날 생각, 어떤 거?"

"그냥 당신 퇴사하기 전. 근데 그 얘긴 안 하고 싶으니까 그만할래."

"왜?"

"재미없어서."

혼자 기대했다가 실망한 얘기를 꺼내 봤자 재미 따위 있을 리가 없다. 더욱이 눈이 오는 날 좋아하는 여자를 만난 적 있기 때문에, 눈이 좋아질 수는 있겠다던 말도 생각나서 희수는 딱 잘라 대답했다.

한경은 더 묻지 않았다. 궁금하기 때문에 물은 건 분명하지만 상대가 선을 그으면 그 호기심을 깔끔하게 접는 성격은 여전했다. 그의 이런 점이 자신과 잘 맞는다고, 그녀는 새삼 생각하며 새로운 화제를 꺼냈다.

"그러고 보니 아까 당신 대답 못 들었네."

"무슨 대답?"

"복귀할 생각 없냐고 물었잖아."

조금 전 말을 돌렸던 것처럼, 이번에도 그는 쉽게 대답하는 대신 다시 물었다.

"진심이었어? 그거야말로 한번 해 본 말인 줄 알았는데."

"나, 윤희수야. 그런 말을 그냥 한번 해 보는 사람 아니라고."

"……."

"잘 생각해 봐. 사람이 인정이 있지, 그럼 못써."

희수는 일부러 농담을 섞어 타박했다.

"몸값을 그렇게 올려놓고 사라지면 줄 서 있던 여자들은 어떡해."

"그때 이후로 다 떨어진 거 아니었나."

"이 양반이 여심을 모르네, 원래 완벽하지 않은 남자가 더 인기 있는 법이라고. 게다가 고객을 위한 행동이었으니 오히려 점수가 더 높아지지."

"……아니야."

"여자 마음을 잘 안다고?"

그는 씩 웃었다.

"내가 사람을 죽인 건 나를 위해서였어."

강한 바람이 유리창을 거세게 내리쳤다. 그가 한 말의 파장이 순식간에 퍼져 나가 사방이 고요해진 탓에 바깥의 소리가 한층 두드러졌다.

희수는 한경에게서 눈을 떼지 않았다. 웃는 얼굴은 그대로였지만 잘못 들었을 리는 없었다. 침묵을 깨듯 그가 평온하게 말을 이었다.

"그리고 난 죄책감 따위 갖고 있지 않아. 당신이 말한 것과는 다른 의미로, 그렇게 될 수밖에 없었던 일이니까."

천천히 잔을 기울이는 그의 옆모습을 바라보면서 희수는 기억을 되짚었다.

당시 한경은 폭력 사건에 얽힌 국제 인권 변호사의 개인 경호를 전담하고 있었다. 재판이 시작되기 전부터 점점 높아지던 위험 수위가 결국 무시할 수 없는 지경에 이르러, 변호사는 도중에나마 경호를 받기로 결정했다. 처음 사측에서는 경호원을 세 명 둘 것을 추천했다가 고객의 강력한 주장에 따라 대표가 직접 나서서 서한경 팀장의 스케줄을 조정하여 그에게 맡긴 경우였다.

그들은 몇 번의 위기를 무사히 넘기다가 재판이 끝난 직후에 조직원 세 명의 공격을 받았다. 그리고 범인 중 두 명은 중경상, 다른 한 명은 사망에 이르게 된다.

한경은 회사에 전화해 고객의 안전을 확보한 다음 현장에서 직접 경찰에 자수했다. 인체의 급소에 대한 전문가인 그는 업무상 과실 치사의 혐의를 받았으나, 회사에서 즉각 파견한 변호사가 검사로 하여금 공격이 급작스러웠던 점, 일 대 다수였던 점과 피해자가 전과 기록이 다양한 조직폭력배임을 중요시하게끔 만들어 기소 유예를 이끌어 냈다.

사건이 종료된 후 한경은 사직서를 제출했다. 회사에서는 한동안 휴가 겸 자숙 기간을 가지는 것으로 마무리 지으려 했지만 본인의 의사가 워낙 완고하여, 결국 사표는 수리되었고 그는 즉시 회사를 떠났다.

희수가 일본에서 돌아왔을 때는 이 일련의 일들이 다 끝난 이후였다.

"윤 팀장님이 안 계셔서 더는 잡을 사람이 없더라고요."

사정을 설명해 주었던 비서실장은 뻔뻔하게 책임을 전가하듯 덧붙였다. 하지만 그것이 정말로 진실이라는 건 그도, 그녀도 알고 있었다. 윤희수가 그 자리에 있었다면 결코 그렇게 사라지도록 내버려 두지 않았을 테니까.

희수는 당시에도 한경이 그런 '과실'을 저질렀다는 사실을 믿을 수 없었다. 그는 서글서글하고 온화한 성격이지만 일에 대해서는 완벽과 철저함을 추구하는 사람이었다. 아무리 급박한 상황에서 나쁜 운이 작용했다고 한들 그 서한경이 사람 목숨을 상대로 실수를 했을 리는 없다는 믿음이 그녀 안에 굳건히 자리하고 있었다. 그래서 그녀는 언제나처럼 업무에 충실하면서 틈틈이 한경을 퇴직시킨 그 사건을 몰래 알아보았고 지금 이 자리에 이르게 된 것이다.

그의 고백은 그녀가 가졌던 믿음, 즉 실수가 아니었다는 사실을 증명해 주기에 충분했다. 그러나 그녀는 기쁘지도 놀랍지도 않았다. 그저 묵묵히 그를 바라볼 뿐이었다.

"그자에 대해 알고 있어?"

탁, 반쯤 비워진 잔을 소리 나게 내려놓은 한경이 물었다. 그녀는 감추지 않았다.

"따로 알아봤어."

"사진을 봤을 때 제일 먼저 눈에 띄는 특징이 뭐였지?"

"얼굴 왼쪽 뺨에서 턱까지 이어지는 붉은 반점."

처음엔 화상 자국인 줄 알았는데 아니었더라는 그녀의 덧붙임에 그는 원래부터 있었던 거라고 대꾸했다.

"난 그 사실을 여덟 살 때부터 알고 있었어."

한경의 시선이 희수를 비스듬히 지나쳐 창가에 머물렀다. 돌아본 그녀는 조금 전보다 눈이 더 많이 내리고 있다는 걸 알았다. 그녀의 귓가에 그의 목소리가 닿았다.

"지금처럼 눈이 오던 밤, 주택가 골목길에서 화재가 발생해. 눈이 와도 불이 붙는지가 궁금해진 어떤 중학생의 호기심으로. 불은 놀랍도록 잘 붙어서 금세 번져 나갔지. 생각 외로 일이 커지자 학생은 겁에 질려 도망쳤지만 금세 붙잡혔어."

그의 이야기는 낮고 담담하게 이어졌다.

"그날 학생이 만들어 낸 피해자는 다섯. 일찍 잠이 드는 바람에 미처 피하지 못하고 질식사한, 반지하방에 세 들어 살던 부부. 운 좋게 중상에 그친 그들의 아이. 연기를 들이마신 집주인. 그리고 도로에 뛰어든 학생을 피하려다가 미끄러지는 바람에 중앙선을 넘어 덤프트럭에 깔린 승용차의 운전자. 하지만 학생은 보호 처분만을 받았지. 열세 살이었거든."

만 14세 미만에 대한 소년법 적용…….

몰래 입술을 깨문 희수는 조용히 귀를 기울였다.

"골목이 좁아서 응급차는 도롯가에 대기해야 했는데 다행인지 불행인지 아이는 차에 실리기 직전, 경찰차에 태워지는 소년을 보았어. 누군지도 몰랐고 무슨 일인지도 몰랐으면서 뺨의 얼룩만이 각인되듯 남았지. 그 뒤로 아이는 병원에 입원해 있는 동안, 어른들이 수군거리는 소리를 들으면서 알게 될 수밖에 없었어. 나는 이제 고아가 되었고. 엄마 아빠를 죽게 만든 범인은 어리기 때문에 벌을 받지 않았고. '얼굴의 반점도 흉측하던' 소년이 바로 그 사람이었다는 것을."

달각거리는 소리와 함께 그가 잔을 마저 비웠다. 희수는 그 잔을 채워 주면서 다음 이야기를 기다렸다.

"맡겠다는 친척이 없어서 보호 시설로 들어간 아이는 커서 남을 지키는 사람이 되지. 경찰이나 법조계 쪽 권유를 받았지만, 법에 대한 불신을 도저히 지울 수가 없어서 좀 더 자유로운 틀 안에서 부당한 폭력에 맞설 수 있는 경호원을 선택해. 그리고 틈틈이 그때의 범인을 조사하지만, 폭력 조직에 들어가 있다는 걸 확인하고는 손을 뗐어. 굳이 자신이 개입하지 않아도 제대로 된 인생은 살지 못하겠다는 생각에서였지. 수명대로 편안하게 죽지는 못할 것이 분명하다고. 그랬는데…… 그걸로 다 잊었다고 여겼는데.”

한경은 숨을 크게 내쉬었다.

“맞닥뜨린 순간에 알아 버렸어. 나는 이자를 이대로 보내지 않겠구나. 사실은 이날을 위해서 지금까지 살아온 거구나, 라는 것을.”

침묵이 흘렀다.

이 무거운 고백을 이처럼 담담하게 털어놓다니. 그 때문에 오히려 희수는 똑같이 태연하게 맞받기가 어려웠다. 어떤 말, 어떤 행동을 해야 좋을지 알 수 없었다. 그를 쳐다보는 것조차 마음대로 되지 않았다. 그래서 그의 시선이 느껴진 때에야, 고개를 돌려 그를 보았다.

눈이 마주치자 그는 그녀를 가만히 들여다보듯 응시했다. 그리고 그녀에게서 무엇을 발견했는지 잘생긴 눈이 웃음을 띠고 살짝 휘어졌다.

“사표를 썼을 때 제일 고민했던 건, 과연 윤희수에게 사실을 알려야 할지에 대해서였어. 그런데 당신 일정이 바뀌어서 예정보다 빨리 들어올 거라는 말을 들으니까, 안 되겠더라. 의리 때문에라도 그러면 안 된다고는 생각하긴 했지만.”

“……누가 말해 줬어, 내 일정?”

“응? 비서실장님. 그러니 몰래 도망치듯 하지 말고 얼굴이나 보고 가라고."

거짓말을 할 정도로 나름 애는 쓰셨군.

역효과이긴 했는데 이 정도면 너그럽게 감안해 줄 수 있겠다. 고개를 주억거린 희수는 다른 것을 말했다.

"그런 생각도 했으면서 왜 기다려 주지 않았어?"

"겁이 나서."

주저 없이 나온 소박한 대답이 희수의 말문을 막았다. 그의 입술이 희미한 곡선을 그렸다.

"날더러 살인자라고 하는 사람들의 말이 맞는다는 건 내가 제일 잘 알아. 하지만 희수 씨한테도 같은 말을 듣게 된다면, 최소한 그런 눈으로 보는 걸 알게 된다면 못 견딜 것 같았어. 더구나……."

그는 말끝을 흐리더니 고개를 저었다.

"아니, 이건 다른 얘기고. 어쨌든 실장님 말이 맞아. 도망친 거야, 당신을 만나기 전에."

"……그럼, 지금은?"

희수가 천천히 물었다.

"지금 말해 주는 이유는 뭔데. 이젠 내가 그렇게 봐도 상관없어져서?"

"그럴 리 없잖아!"

순간 거짓말처럼 정색한 그가 목소리를 높였다가 이내 억누르는 듯 낮게 말을 이었다.

"하지만…… 그걸 사고도 아니고 심지어 실수도 아니었다고 할 만큼, 당신이 아무것도 모른 채로 마냥 나를 신뢰하도록 내버려 두는 것보다는 낫다고 생각해."

"……."

"그게 옳아."

덧붙인 말의 단호한 울림은 마치 그녀보다는 그 자신에게 주지시키는 것처럼 들렸다.

술을 들이켜는 그의 옆에서 그녀는 조용히 잔을 기울였다. 그리고 한 손을 들어 다시 술병을 향해 뻗어 가려는 그의 손을 붙들었다.

한경이 멈칫했다. 그녀는 겹쳐진 두 손을 탁자 위에 올려놓았다. 그리고 뿌리치는 대신 순순히 잡혀 주고 있는 커다랗고 따스한 손을 가만히 바라보며, 지금 해야 하는 말과 할 수 있는 말들 사이에서 하고 싶은 말을 신중하게 골라 입을 열었다.

"나는 당신이 생각하는 것보다 더 많은 걸 알아. 그렇지 않더라도 마찬가지겠지만, 그렇기 때문에 더더욱 달라지는 건 없어."

희수는 한경을 응시했다. 알아야 할 것은 충분히 알고 있다고 생각했지만 그럼에도 모르는 것이 남아 있었다. 그 남은 전부를 알게 된 지금 그녀는 그 어느 때보다도 그의 믿음을 원했다. 제대로 설명하지도 못하는 주제에 부디 그가 자신의 진심을 믿어 주길 바라는 것이 얼마나 큰 욕심인지 알지만 그럼에도 포기할 수는 없었다. 그녀는 그를 똑바로 바라보며 말을 이었다.

"지금 얘기를 듣고 새삼 확신하게 됐어. 설사 세상 모두가 당신을 손가락질한다 해도 난 그러지 않을 거야."

표정이 완전히 사라진 그가 눈조차 깜박 않고 그녀를 보았다. 그녀는 빙긋 웃으며 재차 선언했다.

"나한테만큼은 당신은 무죄야."

정적이 밀려드는가 싶더니 문득 강한 힘이 희수의 손을 조였다.

어느새 붙든 것이 아니라 붙들려 있게 된 손을 쳐다보고 다시 그를 본 희수의 얼굴에서 웃음기가 사라졌다. 자신을 향해 어둡게 가라앉은 눈을 마주한 순간, 그녀는 그의 손아귀에 잡힌 것이 손인지 심장인지 구분할 수 없게 되었다.

마치 처음 보는 사람처럼 희수 자신의 얼굴을 더할 나위 없이 진지하게 찬찬히 들여다보던 그의 시선이 입술에 머무르자 세상의 모든 소리가 전부 사라지고 단 하나, 심장의 요란한 울림만이 귓가에 가득 찼다. 쿵. 쿵. 쿵……. 귀를 막고 싶을 정도였지만 그녀는 어쩐지 움직일 수가 없었다.

몇 년 동안 한솥밥을 먹으면서 함께 장기 출장을 나간 적도 부지기수였고 술자리를 가진 적은 셀 수 없을 정도다. 그런데도 지금 이 순간이 그 모든 지나간 시간들이 무색해질 만큼 생경하고도 위험스러운 분위기를 자아내고 있는 이유가 대체 무엇인지, 희수는 혼란스러워졌다. 가슴이 메여 오는 고백 탓인 것이 분명하지만, 그 가운데에도 그가 가장 깊숙한 내면의 그림자를 털어놓은 것에 대해서인지 아니면 다른 누구도 아닌 윤희수의 눈이 두려워 도망쳤었다는 말인지.

그게 아니라면, 그저…… 더는 피하고 싶지 않다는 자신의 마음이 문제일까.

두근.

살짝 비스듬히 기울어진 그의 얼굴이 서서히 가까워졌다. 그녀의 머릿속에서는 이러면 안 된다는 붉은 경고등이 다급하게 깜빡이고 있었지만 반쯤 내리깐 그의 긴 속눈썹이 선명하게 보이자 멋대로 눈이 감겼다.

두근.

먼저 닿아 온 것은 희미한 숨결이었다. 그리고…… 그 순간, 감은 눈 너머로 암흑이 덧칠되었다.

희수는 번쩍 눈을 떴다.

한경뿐만 아니라 자신까지 삼킨 난데없는 어둠을 마주한 즉시, 무수한 훈련을 거듭해 온 몸이 반사적으로 움직였다. 모든 신경이 곤두서서 닥칠지 모를 위험을 날카롭게 대비하고 있었다.

잠시 후 빛이 깜박이며 돌아왔을 때, 두 사람은 등을 맞댄 채 서로의 손을 힘주어 잡으며 다른 손으로는 포크를 거꾸로 쥐고 각자 창문과 현관을 경계하고 있는 자신들을 발견했다.

"푭."

"……하."

언제 정전이었냐는 듯 환하기만 한 거실 형광등을 올려다본 그들은 다시 서로를 확인하고는 누가 먼저랄 것 없이 웃음을 흘렸다. 처음엔 작은 조각처럼 떨어지던 웃음은 이내 물결처럼 일어나 조금 전까지의 긴장감을 밖으로 내몰았다.

모든, 긴장감을.

"오늘은 좀 빨리 취했나 보네."

희수를 놓아준 한경이 자신의 머리칼을 가볍게 헤집었다. 조금 전 그녀를 옴짝달싹 못 하게 만들었던 남자는 사라지고, 그녀가 잘 아는 서한경이 거기 있었다. 희수는 일말의 아쉬움을 느끼는 자신을 속으로 후려치며 맞장구를 쳤다.

"음, 일탈은 1절만 하자. 이렇게 같이 술판 벌이는 것만으로도 충분하니까."

그가 픽 웃고는 몸을 일으켰다.

"안 하던 짓 하려니 힘들다. 내가 정리할게."

"도와줄까?"

"됐어."

희수는 두말 않고 물러났다. 화장실에서 양치를 하고 나오자 주방 싱크대 앞에서 설거지를 하고 있던 그가 흘끗 쳐다보고 인사를 건넸다.

"잘 자."

"당신도. 술, 맛있었어. 역시 여기 오길 잘했던 것 같네."

달그락거리던 소리가 멎더니 그가 그녀를 돌아보았다.

희수는 저도 모르게 주춤했다. 그 이유가 맛있는 술이기만 한 것처럼 가볍게 말하기는 했어도 그것이 전부가 아니란 걸, 그라면 잘 알 텐데. 좀 더 분명하게 말할 걸 그랬나?

그런 그녀를 안심시키려는 듯 그가 웃었다. 하지만 그녀를 안심하게 만드는 웃음은 아니었다. 오히려 그 반대에 가까웠을지도 모른다.

"내일은 날 믿고 맡겨 준 당신에게 고맙다고 할 수 있겠지. 하지만, 지금은 아냐."

"……."

"미안."

그의 사과는 반칙이라고 외치고 싶어질 만큼 솔직하면서도, 그렇지 않았다. 날것 그대로인 두 음절에서 드러나는 노골적인 마음은 미안함이 아니었던 것이다.

의뢰인과 가드라는 선으로 둘의 관계를 묶어 놓은 장본인인 희수가 지금 그에게 할 수 있는 대답은 하나밖에 없었다.

"……사과 받을게."

자신의 중얼거림에 그의 미소가 조금 더 '안전해진' 느낌이 들었다. 그녀는 입을 다물고 방으로 들어갔다. 문을 닫고 그대로 어둠 속에 기대어 선 채, 그녀는 등 뒤에서 들려오는 희미한 소음에 귀를 기울였다.

잠시 후 정리가 끝났는지 사방이 조용해졌다. 그리고 그의 기척이 가까이 다가오더니 문 바로 앞에서 멈췄다.

발소리를 죽이려는 시도조차 하지 않은, 도발이나 다름없는 행위였다.

아니…… 아니다. 희수는 정정했다. 도발로 해석하고 싶은 건 나야.

그래서 어쩔 건데?

아직도 정신을 못 차렸느냐고 이성이 꾸짖었지만 그녀는 이윽고 그가 천천히 멀어져 본인의 방으로 사라질 때까지, 그 자리에서 움직이지 않았다.

문짝 하나가 이토록 얇고도 두껍게 느껴진 적은 처음이라고 생각하면서.

6. 당신이었어

"이건 삼천 원, 그리고 삼천오백 원, 사천 원. 합해서 만 오백 원입니다. 비닐에 담아 드릴까요?"

"아뇨."

"네, 감사합니다. 안녕히 가세요!"

싹싹한 배웅에 시종일관 뚱한 표정을 하고 있던 중년 남자 손님은 다소 풀린 얼굴로 돌아섰다. 희수는 그 뒷모습이 사라진 다음 받은 돈을 서랍 속 수납함에 맞춰 정리했다. 한쪽에서 책을 정리하고 있던 한경이 그런 그녀에게 말을 건넸다.

"알아서 척척이라, 이젠 누가 봐도 주인 같겠어."

"주인 맞잖아."

희수가 어깨를 으쓱거렸다.

"지금 당신 돈은 내 돈이고 내 돈도 내 돈이니까."

"하하, 엄청 부자네? 그럼 나 맛있는 거 사 줘."

밝은 웃음과 함께 산뜻하게 조르는 한경의 태도는 매우 자연스러웠다. 어제처럼, 혹은 눈이 내리던 그 밤이 지나기 전처럼.

새벽이 오기 전에 그친 눈은 새로운 아침이 밝아 오자 아무 일도 없었던 것처럼 금세 녹았다. 그러나 거짓말 같던 고백의 여운은 하늘에 남은 구름 조각처럼 희수의 안에 그대로 걸려 있었다. 그것은 비단 그녀만의 일은 아니었다. 비록 그가 자신을 대하는 언행은 변함이 없었어도 그녀는 그렇게 생각했다. 윤희수가 아는 서한경은 드러내는 것만큼 감추는 것에도 능숙했으니까. 하지만 그럼에도 불구하고, 분명 달라진 무언가가 있었다. 이쪽을 향한 웃음이 살짝 깊어졌다거나 장난스럽게 머리칼을 흩뜨리는 손길이 조금 더 다정해졌다거나 하는 그런 소소한 사실 아래에 깔려 있는 것.

정확하게 알지 못해도 거기에 있다는 것만으로도 충분한, 그런 것들.

"아껴야 잘 살지. 커피 타 줄 테니까 그거나 마셔."

"저도 한 잔 얻어 마셔도 돼요, 제수씨?"

가게 안으로 들어서는 새로운 기척은 감지하고 있었지만, 희수는 걸걸한 목소리가 불쑥 끼어들고 나서야 고개를 돌렸다. 역시나 체육관 관장이었다.

"오셨어요, 형님."

"어서 오세요."

한경이 잠시 손을 멈추며 인사를 건넸고, 희수는 자리에서 일어나 반겼다. 한경의 친한 지인이라는 계산까지 하지 않더라도 희수 역시 털털하고 잔정이 많은 그가 마음에 들었다.

"물론이죠. 관장님은 특별히 공짜로 해 드릴게요."

"어? 그럼 한경이한테는 돈 받으실 겁니까?"

"에이, 아시면서. 나중에 돈 말고 다른 걸로 받을 건데요."

희수는 관장의 호탕한 웃음소리를 들으며 커피포트에 물을 받았다. 그리고 물이 끓는 동안 믹스커피 세 봉지와 종이컵을 준비했다.

"여기서 뵈니까 괜히 더 반갑네요. 어디 다녀오시는 길이세요?"

"은행에 볼일이 있어서요. 한참 줄을 섰다가 나오니까 진이 다 빠졌는데, 제수씨 덕분에 힘내서 돌아갈 수 있겠어요."

잠시 후 커피 특유의 향이 서적들 사이로 은은하게 퍼져 나갔다. 희수는 첫 잔을 관장에게 주었다.

"드세요."

"아, 고맙습니다."

관장은 커피를 받아 들고 한 모금 마시더니 "역시 제수씨가 타 주니까 더 맛있네요."라며 농담을 건넸다. 그리고 나머지 두 잔을 신중하게 제조하는 희수에게 말을 이었다.

"요새 여자 손님은 줄고 남자 손님은 늘어났다면서요? 온 동네에 소문이 쫙 퍼졌던데."

"그랬어요? 어쩌나, 전 그림의 떡인데요."

커피를 완성하고 한경을 부른 희수가 천연덕스럽게 안타까워하자 관장이 어깻짓을 해 장단을 맞추었다.

"뭐 원래 남자들이란 눈만 즐거워도 좋은 단순한 생물이니까요."

"그 얘기, 듣기 좀 거북하네요."

손을 탁탁 털고 다가온 한경이 희수에게서 커피를 받아 들었다.

"감히 누구 허락 받고 즐긴대요?"

"왜, 보는 것도 안 돼?"

관장이 싱글거리며 던진 물음에 한경은 웃지도 않고 대답했다.

"안 돼요. 닳으니까."

"우와, 진짜! 야 서한경 여기 보이냐, 나 닭살 돋았다!"

"그러게 누가 물어보시랬나."

관장이 과장되게 팔을 걷어붙이며 아우성을 쳤지만 한경은 태연하게 커피를 홀짝였다. 그 옆에서 희수는 고개를 끄덕였다.

"관장님이 잘못하셨네."

"……아이고, 서러워라. 이래서 남들 연애하는 데에 가까이 가면 안 되는 건데. 커피는 맛만 좋고."

"형수님 계시잖아요."

"야, 그 형수님도 네 편만 든 지 오래다. 뭐 아줌마도 눈이 있다나?"

"어머, 관장님이 어때서요?"

관장의 푸념에 희수가 끼어들었다.

"전 사실 한경 씨보다 관장님 같은 분이 취향인데."

"어…… 마음은 고마운데, 제수씨. 마음만 받을게요. 서한경이 노려보면 답 없거든."

관장이 장난스럽게 가리킨 끝에는 한경이 헛기침을 하며 시선을 돌리고 있었다. 설마 정말 노려봤겠느냐마는, 그가 아니라고 말하지 않는 점이 괜히 설레어서 희수는 일부러 농담을 던졌다.

"인품도 너무 좋으시다. 제 후배 같았으면 눈 간수 제대로 안 하냐고 뒤통수 좀 차분하게 만져 줬을 텐데."

"역시 우리 제수씨가 화끈한 데가 있다니까."

크게 웃은 관장이 말을 이었다.

"뭐 그래도 인지상정이란 게 있죠. 내내 입에 달고 살았던 애인인데 저만하면 귀엽게 봐줘야지."

"그랬어요?"

이건 또 무슨 재밌는 얘기람.

희수는 눈을 빛냈다. 이 또한 당연히 과장이 섞였을 얘기인데 초연하게 커피나 홀짝이고 있던 한경이 "네? 제가 언제요."라고 정색하며 끼어든 순간 신빙성이 천장을 뚫을 기세로 높아졌다. 한경은 정말로 짐작이 안 가는 표정이었지만 그녀의 즐거움은 줄어들지 않았다.

“당신 나 없는 데서 그런 기특한 짓을 했단 말이야? 왜 말 안 했어? 부끄러워서?”

“아냐, 그게 아니고……, 아, 형님. 제가 언제 그랬다고요.”

“뭐 꼭 예쁘다 좋다 말해야 애인 자랑이냐?”

한경의 항의를 귓등으로 흘려 넘긴 관장이 희수를 돌아보고 말했다.

“한경이가 여기 막 내려와서 얼굴 익힐 때쯤이었는데 말이죠. 과묵하던 애가 친해지면서 조금씩 말을 트는데, 전에 이런 일이 있었다는 얘기를 가끔 할 때 보면 얹혀서 나오는 친구가 있었어요. 그 친구가 이랬고, 그 친구는 어쨌고, 하면서.”

한경은 체념한 얼굴로 종이컵 속에 별다른 거라도 들은 양 탐구를 시작했다. 희수는 그를 흘끔 보고 얘기에 집중했다.

“그래서요?”

“그래서 어떤 친구냐고 물었더니 전에 다니던 직장 동료였다고 하데요. 뭐 처음엔 되게 친했나 보다 했는데, 이게 분위기가 그런 게 아닌 거야. 술 마실 때 슬쩍 떠봤는데 아니나 다를까 여자라고 하잖아요? 여태 애인 얘길 한 거였냐고 했더니 그건 또 아니래. 아니긴 뭐가 아니야, 눈이 다른데. 속일 걸 속여라.”

관장이 한경에게 핀잔을 던지자 한경은 “거짓말 아니었다고요.”라고 중얼거렸다. 희수는 그때 그가 어떤 눈을 했는지 몹시 궁금했지만 아쉬움을 삼키고 추임새를 넣었다.

"그래서 믿는 척해 주셨어요?"

"어? 어떻게 알았어요?"

"제가 사람 보는 눈이 좋거든요. 그 이후론 한경 씨도 얘기를 더 안 했겠네요?"

"아, 그건 틀리셨다."

관장이 신나게 말했다.

"그다음에도 나한테 들킨 거 전혀 신경 안 썼어요. 뭐만 하면 그 친구가. 그 친구는. 저게 은근히 뻔뻔하다니까. 근데 연락은 안 하고 산다고 하니까 더 물어보긴 뭐하고. 되게 심하게 차였나 보다, 세상 참 공평하다, 그러고 넘어갔어요. 근데 딱! 제수씨가 나타났다는 거죠. 얼마나 반갑던지."

"한경 씨한테 말씀 많이 들었어요."

"아, 저도 그렇습니다. 뵙게 돼서 영광이네요."

어쩐지 처음 체육관에 가서 인사를 나눴을 때 반응이 심상찮다 싶더니.

인생 선배님의 연륜을 바탕으로 희수 자신에게 맞춰 기름칠된 인사인 줄 알았는데 꼭 그렇지만은 않았던 셈이었다. 그때를 떠올린 희수는 납득했다. 그건 그렇고 따지자면 내가 찬 게 아니라 차인 건데. 그건 짚어 드리고 가야 되나, 어쩌나. 그녀가 속으로 가늠하는 사이 관장이 덧붙였다.

"실물을 뵙고 나니 얘가 끙끙댄 게 다 이유가 있었구나 싶고 말이죠."

"끙끙대기까지 했어요? 세상에."

서한경과 전혀 어울리지 않는, 잔뜩 부풀어진 표현들이 재미있어서 희수는 맞장구를 쳤다. 안 되겠다 싶었던지 한경이 헛기침을 하고 끼어들었다.

"저도 지금 듣고 있는데요, 형님. 간이 너무 센 거 아닙니까."

"그래서, 내가 틀린 말 했다고?"

"아뇨."

한경의 담백한 수긍에 관장이 짓궂게 웃다 말고 뜨악한 표정을 지었다. 희수는 웃음을 터뜨렸다.

이윽고 한담을 나눈 관장이 돌아간 뒤, 희수는 빈 컵들을 치우면서 아무 말도 듣지 않은 것처럼 여상스럽게 말했다.

"좋은 분이네."

관장이 한경을 대하는 태도는 친형이라 해도 좋을 만큼 친숙한 정이 듬뿍 묻어나 있었다. 그는 희수에게도 매우 친절하고 사소한 것도 신경을 써 주었는데, 그것은 당연히 윤희수의 인품에 감복해서가 아니라 서한경의 애인이기 때문이었다. 희수는 이 낯선 지역에서 한경이 마음을 붙이고 살 수 있도록 해 주었던 인연들 중의 하나가 분명한 그 사람이 참 고마웠다.

"한경 씨가 인복이 있어."

"감사한 일이지."

한경도 감추고 싶은 일은 전혀 없다는 것처럼 대답했다. 언제 중단했느냐는 듯 자리로 돌아가 책 정리를 하는 그를 보자 조금 더 놀려 주고 싶은 심술과, 관장이 같이 있을 때 연극의 일환인 척 안아 줄 걸 그랬다는 아쉬움이 교차했다. 그는 자신이 했던 일의 영향력을 전혀 모르고 있었다. 그가 말했던 '친구'의 의미가 정말 단순한 친구였는지 아니면 그 이상이었는지는 중요하지 않았다. 관장이 말한 대로라면 어느 쪽이든 그가 떠난 뒤에도 윤희수는 내내 그의 곁에 있었다는 뜻이었고, 그녀에겐 그 사실이 매우 감동적으로 다가왔다.

생각할수록 태연함을 지키기 어려워질 것 같아서, 희수는 화제를 바꾸었다.

"나, 다 끝난 다음에 놀러 와도 돼?"

한경이 그녀를 흘끔 돌아보았다.

"나 때문이라면 언제든 환영하겠지만."

"뭐?"

무심코 되물은 희수가 웃음을 터뜨렸다.

"아까 내가 한 얘기 농담 아닌 거 알았구나?"

"……아니었어?"

"응. 난 나이 차가 위로 많이 나는 남자 좋아해. 파더 콤플렉스가 좀 있거든."

"그건 또, 새로운 일면인데."

한경이 정말 의외라는 표정을 지었다.

"그런 얘기 처음 들어."

"당신이 몰랐던 내 얘기가 그것뿐이겠어?"

장난삼아 가볍게 응수한 희수는 말없이 쳐다보는 한경의 시선을 마주하자 마치 그를 자극하는 셈이 된 것만 같아 내심 당황스러워졌다. 그녀는 모른 척 하던 말을 계속했다.

"뭐 그래서 다들 팀장님들 좋다고 아우성일 때 난 라이벌 없는 부장님들 보면서 즐겁게 출퇴근했지. 하루아침에 판매 중지되고 품절됐다고 난리일 때도 강 건너에서 구경 좀 했고."

'판매중지' 된 팀장님이 피식 웃으셨다. 예상한 반응에 안심이 된 희수는 마음 편히 물었다.

"관장님 때문에 오는 거면 내쫓을 거야?"

"아니. 가둬 둘 거야."

찰나 희수의 숨이 멈추었다. 그녀는 천천히 숨결과 말을 혀끝으로 밀어 냈다.

"어머…… 난 그편이 더 끌리는데."

어떻게 하지. 희수가 진지하게 팔짱을 끼고 고민하자 한경이 헛웃음을 지었다.

"진짜 겁도 없다. 윤희수."

"뭘 새삼스럽게. 다 알고 좋아하는 거 아니었어?"

"하긴."

그가 선선히 수긍했다.

"그건 그렇지."

희수는 입을 열었다가 그냥 닫았다.

먼저 아무렇지 않게 물은 쪽은 자신이었기에 불평을 하자니 공정하지 못했고 웃어넘기자니 조금도 우스운 일이 아니었다. 한경의 손놀림은 빠르지도 느리지도 않았다. 하지만 웃음기 없는 짧은 대답은 확실하게 희수의 귀에, 아니, 마음에 감겨들었다.

그 잠깐의 침묵을 깬 것은 밖에서 날아든 남자 목소리였다.

"저기요! 여기 건 얼마 해요?"

가게 밖 벤치 옆에도 책과 잡지를 꽂은 가판대가 세워져 있었다. 마침 잘됐다는 심정으로 희수가 의자에서 일어났다.

"내가 나갈게."

"아니, 내가 해. 당신은 여기 있어."

한경이 그녀를 제지하고 밖으로 나갔다. 그녀는 별수 없이 자리에 앉았다. 그러다 한경이 하던 거라도 하자 싶어 다시 일어났다.

그녀가 소설책 두어 권을 책장에 꽂았을 무렵, 난데없이 자동차 엔진 소리가 울렸다.

희수는 들고 있던 책을 팽개치고 밖으로 달려 나갔다. 뛰쳐나간 그녀의 시야에 들어온 것은 한경이 아니라, 번호판을 청 테이프로 가린 채 이미 저만치 멀어지고 있는 검은색 밴의 뒷모습이었다.

아마도 그를 태우고 있을.

"……젠장."

희수는 숨을 크게 들이마셨다. 심장이 마구 뛰었다. 움켜쥔 주먹을 풀고 두 뺨을 찰싹 내리친 그녀는 전혀 흐트러지지 않은 가게 주변과 지나는 사람 하나 없는 거리를 냉정한 눈으로 살피고 다시 가게 안으로 들어갔다. 휴대 전화를 찾아 통화 버튼을 누르는 손은 희미하게 떨리면서도 단호했다. 통화 대기음이 두 번 울린 끝에 익숙한 목소리가 대답했다. 희수는 거두절미하고 용건을 밝혔다.

"위치 확인 부탁해요. 지금 당장."

통화를 끝낸 그녀는 〈나중에 다시 와 주세요〉 팻말을 찾아 걸어 두고 가게 문을 걸어 잠근 다음, 2층 자신의 방으로 올라갔다.

그 행동에는 조금의 주저함도 찾아볼 수 없었다.

하루의 마지막 햇살 아래 지상이 붉게 빛났다.

부도난 아스팔트 공장 부지의 낡은 건물은 산기슭에 우뚝 선 그 자체만으로도 황량하고 음산했다. 점차 사라지는 빛이 건물 뒤로 그늘을 길게 드리웠다. 그늘 속 짙은 그림자의 일부는 윤희수의 모습을 하고 있었다. 하나로 묶은 긴 머리칼을 비니 모자 아래 감추고 특징 없는 검은 옷을 입고 있는 그녀가 주시하는 전방의 목표물은 버려진 창고들 중 하나였다. 저 안에 한경이 있다는 것은 창고 앞에 세워진 검은 차 두 대 중 한 대가 몇 시간 전 보았던 밴과 똑같다는 사실에서도 확인할 수 있었다. 희수는 시간을 확인한 다음 신중하게 접근했다.

차량까지 다가가 그것을 엄폐물 삼아 몸을 숨긴 그녀가 닫혀 있는 창고 문을 보며 어떻게 할까 생각하던 그때, 안에서 남자 한 명이 나왔다.

그는 주변을 경계하러 나온 것인지 창고를 따라 천천히 걸음을 옮겼고 희수는 그 뒤를 쫓았다. 창고 뒤편에 이르렀을 때 기척을 드러낸 그녀는 들고 있던 호신용 경봉으로 돌아보는 남자의 눈가를 후려쳤다.

"윽……!"

희수는 남자가 주춤하는 틈을 타 명치를 내리쳐 기절시켰다. 그러나 다시 창고 입구로 향하려던 차에 남자들 두 명이 새롭게 나타나더니 놀라는 것도 순간, 상황을 파악하고 그녀를 덮쳤다.

짧은 격투 끝에 희수는 경봉을 뺏기고 양팔을 붙들려 창고 안으로 끌려 들어갔다.

"뭐야, 그년은."

텅 빈 창고 안에는 검은 양복의 장정 셋이 둘러싼 가운데, 하얀 양복을 입은 장년의 남자와 의자에 묶여 있는 한경이 마주 보는 상태였다.

한눈에도 보스로 보이는 흰옷의 남자에게 희수의 팔을 붙든 부하 한 명이 바깥 상황을 짧게 설명하는 동안 희수는 재빨리 한경의 상태를 살폈다. 그는 무사했다. 비록 팔다리가 의자에 묶이고 얼굴이 터져 엉망인 데다 보이지 않는 곳도 성치 않을 게 분명하지만, 일단 살아 있었다.

희수는 그 사실에 엄청난 안도감을 느껴 하마터면 경계를 풀 뻔했다. 아직 늦지 않았을 거라고 스스로를 설득하고 있었는데, 직접 얼굴을 보게 되자 그녀는 그제야 자신이 내내 무서워하고 있었다는 사실을 깨닫게 되었다.

심지어 그는 기운도 남아 있었다. 적어도 잡혀 들어온 희수를 보고는 이를 갈면서 고함칠 만큼은.

"여자는 건드리지 않겠다고 했잖아!"

그 외침으로, 가게 앞에서 저항의 흔적을 전혀 찾아볼 수 없었던 점에 대한 수수께끼가 풀렸다.

그럼 그렇지.

어쩐지 이상하더라니. 희수가 때에 맞지 않는 납득을 중얼거리는 사이, 흰옷 남자가 희수를 훑더니 코웃음을 쳤다.

"눈깔이 있으면 봐라, 누가 먼저 건드린 건지. 아주 제 발로 찾아온 게 빤한데."

남자는 느긋한 걸음으로 희수의 앞에 섰다. 마치 그녀의 몸을 조각조각 스캔하듯, 혹은 품평하듯 머리끝부터 훑던 그가 발치를 보더니 코끝으로 웃었다.

"군화를 다 구해 신었어? 별 희한한 년을 다 보겠네."

"……나한테 용건이 있는 거라면 여자는 그냥 보내."

그 고저 없이 무감한 목소리에서, 희수는 한경이 지금 얼마나 화가 나 있는지를 알 수 있었다. 그러나 남자는 그 사실을 모르는 게 분명했다.

"이 새끼 상황 파악 못 하네. 네가 지금 협상할 처지 같아?"

비웃음과 함께 일축한 남자가 희수를 향해 히죽거렸다.

"이렇게 작정하고 구하러 오셨는데. 저 막대기 말고도 다른 장난감이 또 있는지 확인을 해 드려야지, 암."

남자는 희수의 모자를 홱 벗겼다.

하나로 묶여 있던 긴 머리채가 등을 때리는 가벼운 감각이 느껴졌다. 모자를 주물러 아무것도 없다는 것을 확인한 그는 그것을 아무렇게나 던지더니 두 손으로 그녀의 머리를 잡았다. 머리칼 속을 뒤지고 귓불 뒤, 턱, 목덜미부터 천천히 더듬으며 내려가는 손길은 가슴에서부터 더욱 느리고 끈적끈적해졌다. 다리 많은 벌레가 기어가는 듯 소름 끼치는 감각을 무시하며 희수는 끈질긴 몸수색을 무표정으로 버텼다. 그 광경을 지켜보는 한경의 눈빛이 점점 더 살벌해졌다.

엉덩이와 허벅지 안쪽을 깊게 더듬고 내려온 그의 손이 무릎 뒤에서 멈칫했다. 그가 한 손을 옆으로 내밀자 부하 하나가 접이식 칼을 펴서 건넸다. 남자는 그것으로 희수의 바지 자락을 찢고 그 안에 붙어 있던 작고 납작한 둥근 기계를 꺼냈다.

"이야. 기대를 저버리지 않네."

몸을 바로 한 남자가 그것을 이리저리 뒤집으며 신기해하는 눈으로 들여다보았다.

"이건 뭐야? 도청기?"

"……."

"대답해. 진짜 궁금해서 묻는 거니까. 내가 좀 오래 쉬어서, 최신 유행을 잘 몰라."

"……녹음기."

"허, 요샌 뭐 별걸 다 잘 만든다? 세상 좋아졌네."

남자가 초소형 녹음기를 바닥에 떨어뜨렸다. 그것을 구두코로 건드리며 한가롭게 질문을 던졌다.

"꼴을 보아하니 서로 붙어먹는 사인가 본데. 맞아?"

"그래."

"역시, 그렇단 말이지……. 똑같은 것들끼리 잘도 만났네. 아주 지랄들을 해요."

남자는 이죽거리며 녹음기를 지그시 밟았다. 기계가 작게 부서지는 소리에 웃음기가 싹 걷힌 목소리가 이어졌다.

"그럼 생각할 것도 없겠네. 둘 다 죽여."

그 말이 신호가 되었다.

희수는 칼을 들고 있는 남자의 손을 힘껏 걷어찼다.

빠각, 손가락이 부러지면서 칼이 바닥에 떨어졌다. 그사이 그녀는 자신을 세게 붙들고 있는 자들의 힘을 지지대 삼아 하체를 띄웠다가 뒷굽으로 각각의 한쪽 무릎을 사정없이 내리찍었다.

"크윽!"

비명 섞인 신음을 내지른 남자들의 힘이 느슨해졌다. 팔이 풀린 희수는 떨어져 있던 칼에 덤벼들었다. 그녀가 그것을 손에 쥔 것과 흰옷 남자가 멀쩡한 다른 손으로 그녀의 머리채를 휘어잡은 것은 거의 동시의 일이었다.

"이 미친년이!"

고개가 확 꺾였을 때, 희수는 망설임 없이 칼 든 손을 뒤로 휘둘렀다. 서걱. 머리가 가벼워진 느낌과 함께 자유로워진 그녀는 잘린 머리채를 들고 황당해하는 남자의 목에 칼을 들이댔다.

"이……!"

"풀어. 당장."

희수는 그에게서 눈을 떼지 않으면서, 고갯짓으로 한경을 가리켰다.

"말대로 내가 좀 미친년이거든. 남의 피는 많이 볼수록 좋아해."

증명하듯 그녀는 손에 힘을 주었다. 목덜미에서 흘러내린 피가 하얀 옷깃을 물들이자, 남자는 벌레 씹은 얼굴로 부하들에게 눈짓했다.

이내 발소리와 부스럭거리는 소리가 창고 안에 조용히 울렸다. 한경이 앉아 있던 의자가 삐걱거리며 그가 일어나는 기척이 전해졌다. 괜찮은지, 많이 다치지는 않았는지 묻고 싶고 직접 살펴보고도 싶었지만 희수는 남자에게만 주의를 집중했다. 남자가 퉤, 바닥에 침을 뱉었다.

"제법이긴 하다만. 그래서 이다음은 어쩔 건데? 이 몸을 인질로 빠져나가겠다?"

"설마. 법대로 할 거야."

"법?"

그게 뭐냐는 듯 혼잣말 같은 되물음은 정면이 아니라 등 뒤에서 나왔다. 중얼거린 한경에게 희수가 입을 열었지만, 갑자기 창고 문이 열리는 바람에 말할 기회를 빼앗겼다.

"모두 꼼짝 마! 경찰이다!"

무장한 정복 경찰들이 우르르 들어와 누구에게랄 것 없이 무기를 겨누었다.

그리고 그들 사이로 당면한 상황에 놀란 기색이 퍼져 나갔다. 사복을 입은 형사가 앞으로 걸어 나오더니 주변을 죽 훑은 끝에 희수에게 시선을 두었다.

"혹시 당신이 신고자입니까?"

"네. 때맞춰 오셨네요."

"우선 그것부터 놓으시죠."

그가 신호하자 경찰들이 흰옷 남자와 다른 부하들을 포박했다. 희수는 순순히 칼을 떨어뜨린 다음 입을 열었다.

"박성광. 52세. 현재 가석방 중. 저자를 납치, 감금, 폭행, 그리고……."

그녀는 옷 안으로 손을 집어넣어 브래지어 안에 감춰 두었던 또 다른 녹음기를 꺼냈다. 그리고 모두의 시선이 집중된 가운데, 그것을 앞으로 감고 재생시켰다.

— ……것 없겠네. 둘 다 죽여.

"살인 교사 혐의로 고발합니다."

달칵.

조용해진 창고 안에서 정지 버튼을 누르는 소리가 유난히 크게 울렸다. 녹음기를 끈 희수는 그것을 형사에게 보여 주었지만 넘기지는 않았다.

"어차피 저도 경찰서로 가야 할 테니까요. 갖고 있다가 그때 제출하겠습니다."

"……뭐, 좋습니다."

형사는 고개를 끄덕였다.

"성함과 연락처는 알고 있습니다. 금방 연락드릴 겁니다."

"네. 기다리겠습니다."

형사는 증거품들과 일당들을 모두 쓸어 담아 일행들과 함께 그 자리를 떠났다.

흰옷 남자가 끝까지 그녀를 노려보았지만 희수의 주의력은 이미 그에게서 완전히 멀어져 있었다. 다른 사람들이 한 걸음씩 멀어질 때마다, 그녀의 모든 신경이 뒤로 쏠리기 시작했다.

문득 가벼운 무언가가 그녀의 머리칼 끝을 살짝 건드렸다.

천천히 몸을 돌린 희수는 한경을 마주 보게 되었다. 그가 읽기 힘든 눈으로 그녀의 짧아진 머리카락을 만지작거렸다. 흘러나온 목소리 역시 언뜻 듣기 힘들 만큼 가라앉아 있었다.

"머리가 엉망이야."

"상관없어."

희수는 어깻짓을 했다.

"그래도 예쁘잖아."

일부러 더 가볍게 한 말에 그는 희미하게 웃었다. 그리고 다음 순간 표정이 흐트러지더니, 머리칼을 쓰다듬던 그의 손이 더 깊게 들어와 그녀의 뒷머리를 감싸 강하게 끌어당겼다. 저항 없이 끌려간 그녀는 그의 품에 안겼다.

"하……."

깊고 무거운 숨결이 갖고 있는 것은 단순한 안도의 감정만이 아니었다.

맞닿은 몸으로부터 느껴지는 강한 힘과 체온에 희수는 그제야 온몸의 긴장을 풀고 눈을 감았다가 다시 떴다. 계속 이대로 있고 싶었지만 아직, 끝나지 않은 일들이 있었다.

같은 생각을 한 듯 한경이 팔을 풀고 그녀를 놓아주었다. 그러나 움직이지 않은 채 여전히 밀착된 간격을 유지하고 있어서, 그녀가 고개를 들었을 때 눈이 마주친 그는 몹시도 가까웠다. 그가 천천히 입을 열었다.

"지금, 이해가 안 되는 게 몇 가지 있는데…… 당신한테 확인하고 싶어."

"……맞아."

희수는 한 걸음 물러났다. 그리고 한 걸음 더.

그의 얼굴을 온전히 바라볼 수 있는 동시에 자신의 표정을 단번에 보여 줄 수 있는 솔직한 거리에서 그녀는 후련함마저 느꼈다. 내내 기다려 왔던 때에, 바로 지금 도달한 것이다.

"실제 타겟은 당신이었어. 내가 아니라."

7. 계약 종료

은은한 커피 향이 공기 중에 느긋하게 감돌기 시작했다.

티스푼을 내려놓은 한경이 두 개의 머그잔을 들고 몸을 돌렸다. 거실 테이블 앞에 앉아 창가를 바라보는 희수의 단정한 뒷모습은 익숙하기도 하고, 그렇지 않기도 했다. 커트 친 짧은 머리 아래 고스란히 드러난 하얀 목덜미가 유난히 선명해서 눈에 박혀 드는 것만 같았다. 그는 희수와 같은 회사에서 몇 년이나 함께 일을 했었지만 그녀의 머리카락이 저렇게 짧아진 적은 한 번도 없었다.

탐스럽던 머리채가 잘린 그 순간, 그는 지금 본 것을 남은 평생 기억하고 살 것이라고 확신했다. 그것은 그가 여태까지 살아오면서 가졌던 몇 안 되는 확신 중에서도 매우 두드러진 것이었다.

"고마워."

한경은 그녀의 앞에 설탕 없는 블랙커피를 내려놓고 맞은편에 자신의 커피를 놓았다. 그가 자리에 앉아 그녀와 눈을 맞추자, 그녀의 입술에 미소가 떠올랐다. 그리고 그는 그녀가 했던 말을 새삼 수긍했다. 머리카락 길이나 그 형태는 아무런 상관이 없다는 것을.

커피를 한 모금 마신 희수가 입을 열었다.

"내가 어디까지 얘기했지?"

"박성광이, 내가 죽였던 김준일의 의형이라 내게 복수하려고 벼르고 있었다는 것까지."

즉 그녀는 이제 겨우 운을 뗀 거나 마찬가지였다.

창고는 길게 얘기할 장소가 되지 못했기에 그들은 우선 그 자리를 빠져나왔다. 그리고 희수의 성화에 못 이긴 한경이 병원에서 치료를 받는 동안 희수는 차림새를 정리한 다음 경찰서로 가서 사건 수습에 일조했다. 그처럼 다른 급한 일들에 미뤄지는 바람에, 아직 대부분의 진실이 그에게는 미답지로 남아 있었다.

희수는 그가 설명한 표현에 대해 찬성하지 못하겠다는 듯한 표정을 잠깐 짓더니, 이내 고개를 끄덕였다.

"박성광이 그 바닥 물을 먹기 전부터 알던 동생이었어. 직접 데리고 있지는 않았지만 꽤 많이 챙겼지. 당시에 그는 수감 중이었는데, 김준일이 죽은 직후부터 공공연히 복수 노래를 부르고 다녔다고 해. 그랬던 그자가 가석방이 결정된 무렵부터 갑자기 얌전해졌다는 걸 알게 되었지. 그래서 만에 하나를 대비해 여기로 온 거야."

만에 하나.

확실히 그녀는 처음 왔을 때도 같은 표현을 했었다. '보험' 이라고도 했지. 그가 물었다.

"개인적으로?"

"개인적으로. 휴가라는 건 사실이야. 회사에선 세연 씨만 알아."

"그럼 전에 연락한 것도 이 일 때문이었어?"

"맞아. 사정을 설명했더니 흔쾌히 동향 파악을 맡아 줬어. 일하는 중에 틈틈이 신경을 써 줬지. 물론 회사 밖의 친구들에게도 신세를 좀 졌고."

"……왜?"

"그야 난 당신 옆에 붙어 있어야 했으니까."

희수가 별걸 다 묻는다는 표정으로 대답했다. 그 말의 달콤한 울림은 잠시 접어 둔 한경이 고개를 저었다.

"내가 묻는 건 그게 아니라, 왜 처음부터 나한테 말하지 않았냐고."

커피를 마신 그녀가 그를 보았다. 그는 문득, 그녀의 미소가 투명하게 채색된 것처럼 느꼈다. 담담한 말투조차 그랬다.

"전에도 말했듯이 당신을 한번 지켜 보고 싶었어."

그는 소리 없이 숨을 들이켰다.

그래, 들은 적이 있는 말이었다. 그러나 그때도 이처럼 가슴이 먹먹했었는지는 기억이 나지 않았다. 그는 조곤조곤 흘러나오는 그녀의 말 한마디라도 놓칠세라 귀를 기울였다.

"우리는 둘 다 누군가를 지키는 입장이었으니까. 기회가 왔을 때 차마 유혹을 떨쳐 내지 못했어. 아니, 사실, 기꺼이 잡았다고 하는 편이 맞을 거야. 그 서한경을 윤희수가 지킨다는 것. 자랑을 할 수 없다는 게 이 일의 유일한 단점이었지. 물론……."

희수가 느리게 말을 맺었다.

"완벽하진 못했지만."

상처가 난 그의 얼굴을 바라보는 그녀의 눈빛이 어두워졌다. 무슨 생각을 하는지 알 것 같아서, 그는 방해하기 위해 더욱 강한 어조로 말했다.

"내가 따라나선 거야. 당신이 자신감을 잃을 필요는 없어."

"난 그런 상황도 예상했어야 했어. 당신을 속이고 있었으니까."

확실히, 자신이 그들을 따라간 것은 그들의 협박이 마치 윤희수가 아니라 서한경이 목표인 것 같은 뉘앙스를 풍겼기 때문이다. 하지만 그것이 윤희수가 무능하다는 증거는 될 수 없었다. 결코.

"자괴감 같은 건 손 하나 까닥 않고 구조된 내 몫이야."

"……."

"당신한테 새삼 반한 내가 이상하다는 것처럼 말하지는 마."

그를 가만히 쳐다보던 그녀가 피식 웃었다.

농담이 아니라고 못을 박으려던 그는, 이어진 그녀의 말에 입을 닫았다.

"그리고, 이렇게 상냥한 당신이 만약 '그 사건'으로 인해 조금이라도 죄책감을 갖고 있다면 그것을 없애 줄 생각이었어."

한경은 적당한 말을 바로 찾지 못했다.

잠시의 침묵 끝에 간신히 나온 말은, 조금의 꾸밈도 없는 의문이었다.

"갖고 있지 않아서 실망했어?"

"아니."

즉답한 희수가 작게 미소했다.

"다행이라고 생각해. 그런 사정이 있는데도 죄의식을 느끼고 살았다면, 그거야말로 실망할 일이지. 적어도 나한테는 그래."

"……."

"처음의 의도는 사라졌지만 그래도 할 말은 해야겠지."

"……무슨?"

"당신의 죄책감을 없애 주는 방법."

그는 의아해졌다.

"당신이 날 이해해 준 것 말고도 다른 게 있다는 뜻이야?"

희수가 할 말을 잃은 얼굴로 그를 빤히 응시했다. 그는 시선을 피하지 않고 대답을 기다렸다. 그 이상 무엇이 더 있을 수 있단 건지 짐작도 가지 않았다.

"……있어."

잠시 후에야 중얼거림 같은 대답이 흘러나왔다.

희수는 천천히 커피를 마셨다. 머그잔에 가려졌다가 다시 드러난 고운 얼굴은 어쩐지 약간 상기되어 있었다. 그녀는 잔을 내려놓고 말을 이었다.

"당신에게 고마워하는 사람이 있어."

무슨 뜻일까. 가만히 듣고 있는 그를 향해 이어진 그녀의 말은 귀를 의심할 만한 것이었다.

"태어날 때 어머니를 잃고 몇 년 후에 아버지도 사고로 잃고 나서 착한 이모의 손에서 자라 성인이 된 다음에야, 아버지의 사고가 단순한 교통사고가 아니었다는 사실을 알게 된 여자아이가."

찰나 한경의 모든 움직임이 멈추었다. 호흡조차도.

희수는 여전히 미소를 짓고 있었다. 차분하게 이어지는 말들은 그를 뒤흔들었다.

"이모가 자세히 말해 주신 적이 없어서 난 사고 원인이 아버지의 운전 미스나 신호 위반일지도 모른다는 생각을 하고 있었어. 그래서 일부러 더 묻지도 않았고. 당신이 퇴직한 뒤에 도저히 가만히 있을 수 없어서, 또 당신의 '실수'가 아니라는 걸 나 자신한테 증명해 보이고 싶어서 조사하지 않았다면 영영 몰랐을지도 몰라. 그렇게 되지 않아서 기뻐. 당신이 떠났기 때문에 아버지 일의 진실을 알게 되었다는 건 조금 복잡한 기분이긴 하지만."

"……."

"아버지가 도로로 갑자기 뛰어든 사람을 피하려다가 시신도 제대로 못 알아볼 지경이 되셨다는 사실과 그럼에도 범인은 처벌을 피했고, 결국 편안히 죽지도 못했다는 것을 한꺼번에 알게 되었을 때, 나는 그 생각을 했어. '아, 세상이 아주 미친 건 아니구나.'"

한경은 눈도 깜박 않고 희수를 응시했다.

한가로운 말투에 비해 한 마디 한 마디에 실린 무게는 남달랐다. 이런 고통스런 이야기를 이처럼 평온하게 털어놓을 수 있게 되기까지, 마음의 고통이 얼마나 컸을까를 생각하자 가슴이 아렸다. 그는 그 점에 대해 누구보다도 잘 알고 있었다. 그리고 이런 감정에 동질감을 느껴 주는 타인이 있을 거란 사실을 기대하기는 커녕 예상한 적도 없었기 때문에, 그 사실이 고맙거나 기쁘지 않았다. 심지어 그 타인이 다른 누구도 아닌 윤희수임에야.

그는 윤희수가 자신과 같은 사건의 피해자라는 사실이 믿어지지 않았다. 같은 날 같은 사람으로 인해 가족을 잃은 두 아이가 수십 년이 지나 한자리에 모였다는 그 거짓말 같은 사실에서 오는 감각은 그저, 안타까움이었다. 그는 그녀조차 그런 식으로 허망하게 소중한 사람을 잃었다는 사실이 너무나 안타까웠다.

그런 사람은 한 명만으로도 충분했는데.

"이미 말했지만, 모두가 당신을 살인자라고 해도 내게만큼은 당신은 정의야."

희수의 말은 아직 끝나지 않았다. 그것은 여전히 그의 숨을 앗아 갈 만큼 파급 효과가 컸다.

"그렇기 때문에 당신이 죄의식을 갖게 내버려 두고 싶지 않았던 거야. 그자가 누군가의 손에 죽은 건 운명이란 걸 확신할 수 있었으니까. 다만 그 누군가가 하필 당신이라는 게, 정말, 너무나 미안했어. 당신 입으로 직접 듣기 전까진 그저 나와 그자의 악연에 끼이게 된 애꿎은 피해자라고 생각했거든."

"사고가 아니면, 뭐라고 생각하는데."

"그렇게 될 수밖에 없었던 일."

일전의 대화가 바로 오늘 아침의 일처럼 생생하게 떠올랐다.

"비록 실수라는 형태이긴 하지만 정말로 단순한 실수였다면 애초에 당신이 하지도 않았을 거야. 그 점에서는 당신도 피해자라고 생각해."

그때 그녀가 어떤 마음으로 그 말을 했는지 완전히 이해하게 되자 그때와는 비교도 할 수 없는 안타까움과 애틋함이 일어났다.

"물론…… 사실은 그게 아니었다는 걸 알고도 홀가분해지지는 않았지만."

한경은 불현듯 궁금해졌다. 상관없는 사람이 아닌 걸 알고도 마음이 가볍지 않았던 이유가, 자신이 가진 이유와 똑같은지. 하지만 그는 커피를 마시는 그녀를 묵묵히 바라볼 뿐이었다.

이내 잔을 내려놓은 그녀는 이제야말로 홀가분하다는 얼굴로 그를 향해 웃었다.

"그동안 고마웠어."

"……."

"처음 당신을 만나기로 결심한 순간부터 당신에게 이 이야기를 하게 되기를 내내 기다렸지만, 워낙 편하게 잘 대해 줘서 나중엔 이런 날이 천천히 와도 좋겠다는 생각까지 들었어. 여길 떠나기 전에나 할 수 있는 얘기니까."

떠난다.

당연한 일이었고 충분히 알 수 있었는데도, 그는 그 한마디에 놀라울 만큼 커다란 상실감을 느꼈다. 말로 하게 되면 그것이 통제가 어려울 만큼 쏟아져 나와 버릴 것만 같아서 눈으로 묻는 그에게 그녀가 고개를 끄덕였다.

"사실 휴가는 그제까지였어. 어제부터는 병가였는데, 일이 해결됐으니 내일 당장 출근하려고. 밀린 일 하려면 빨리 올라가야지."

"……그럼 언제?"

"곧 기차 시간이야."

기습을 당해 허우적대기에 바쁜 그 자신과 달리, 그녀는 이미 모든 것을 다 정리해 두고 있었다. 어느 날 갑자기 나타났던 것처럼 사라지는 것 역시 신속하고 깔끔했다. 그는 그 사실에 감탄해야 할지 화를 내야 할지 쉽게 가늠할 수 없었다. 손목시계를 확인한 그녀가 몸을 일으켜 방으로 들어갔다.

금세 다시 나온 희수는 왔을 때와 똑같은 코트 차림에 캐리어를 들고 있었다. 그가 일어나자 그녀는 한 손바닥을 내보였다.

"나오지 않아도 돼. 아니, 안 나와 줬으면 좋겠어. 그냥 여기서 헤어지자."

"……배웅도 못 하게 할 셈이야?"

"응. 처음부터 끝까지, 내 멋대로 할래."

당당하게 말한 희수가 밝은 소리를 내며 웃었다. 그리고 그 상쾌한 얼굴 그대로 인사했다.

"고마워. 신세 많이 지다 가."

그는 그런 그녀를 물끄러미 보다가 픽 웃었다. 예전에 비해 많은 것이 달라졌지만 여전히 변함없는 것들도 있었다. 윤희수가 웃을 때 따라 웃지 않기란 참 어려운 일인 것을 포함해서.

"고마운 건 내 쪽이지."

그녀의 표정이 미묘해졌다.

"……계속 속다가 뒤통수까지 맞아 놓고도 그런 소리가 나와?"

"계속 속이다가 뒤통수까지 쳐 놓고도 물을 소리는 아닌 거 같은데."

"듣고 보니 그러네."

깔끔하게 인정한 희수가 쿡쿡거리며 손을 내밀었다. 그는 이끌리듯 악수를 받았다. 한 손에 쏙 덮일 만큼 자그마한 손이 그의 손을, 아니, 그를 힘주어 보듬고 놓아주었다.

"계약 종료."

시원스러운 선언이 떨어졌다.

그 짧은 말이 의미하는 바가 한경의 귀를 통해 심장으로 스며든 순간, 그는 현관으로 돌아선 그녀를 향해 입을 열었다.

"하나만 묻자."

그녀가 돌아보았다. 기다려 주듯 까맣게 반짝이는 눈을 보면서 그는 천천히 말을 이었다.

"내가 당신에게 무죄인 이유는 그게 전부였어?"

그를 마주 보던 그녀는 이내 빙긋 웃었다.

"아니."

잘못 들은 게 아닌가 싶을 만큼 간단하고 단호한 대답.

한경은 더 이상 충동을 누르지 못하고 걸음을 내디뎠다. 그가 의식한 것은 단 한 걸음이었다. 다음 순간, 그녀가 자신의 품에 들어와 있었다.

이제 그는 그녀가 고용한 가드도 아니었고 회사 동료도 아니었다. 보육원 출신의 고아, 가진 건 몸뚱이 하나뿐이며 사람을 죽이고 안도감을 느끼는 결점투성이의 인간 서한경일 뿐이다. 그런데도, 그럼에도 불구하고 그녀에게 있는 그대로 이해받을 수 있었고 심지어 그 이상까지 꿈꿀 수 있었다. 이런 자신이 이토록 과분한 그녀를 솔직하게 욕심내도 괜찮았다. 여태 그를 단념케 했던 그 모든 장애물이 거짓말처럼 사라진 지금, 그는 오로지 서한경으로서 윤희수를 끌어안았다.

"계속…… 이렇게 하고 싶었어."

오래전부터.

잔뜩 거칠어져 형편없는 목소리는 전혀 다른 사람의 것만 같았다. 그녀는 그를 밀쳐 내지 않았다. 두 팔이 천천히 올라와 자신의 등을 감싸는 감각은 이보다 더 비현실적일 수 없었지만, 바싹 다가온 부드러운 몸과 따스한 체온은 분명 현실이었다.

언젠가 조심스럽게 바라본 적 있었던 것보다 더한 충만감이 그를 채웠다. 기회가 없을 거라 여기고 가슴속 가장 깊은 곳에 가라앉혀 놓았던 마음이 수면 위로 올라와 제 주인을 찾아갔다.

"사랑해. 희수 씨."

자신을 감싼 그녀의 팔에 힘이 실리는 것이 느껴졌다. 이어서 그의 귓가에 부드러운 목소리가 나직이 내려앉았다.

"아무런 사정이나 이유가 없었더라도, 난 여기에 왔을 거야."

한경은 눈을 깜박거리다가 문득 웃었다.

늘 솔직하고 직설적인 윤희수가 처음으로 이렇게 에둘러 말하는 이유를 모를 수가 없었다. 품 안의 그녀가 너무나 사랑스러워서, 마음껏 사랑스러워해도 좋다는 사실이 기뻐서 웃음이 그치지 않았다. 몸의 떨림이 전해졌는지 그녀가 멈칫하고 살짝 밀어 내려는 기색이 있었지만, 그 무엇도 빠져나갈 수 없도록 그는 그녀를 더 꼭 안았다.

내내 그녀를 향해 달음박질쳤던 심장이 드디어 목적지에 도착했다. 그럼에도 한껏 달아오른 그것은 멈출 줄 모르고 마구 뛰었다.

숨이, 차올랐다.

e. 그리고 함께

上

일찌감치 어둠이 깔리고 가로등 불빛이 형형한 창문 밖은 시간을 가늠하기 어려웠다.

어쩐지 한밤중 같다는 생각이 들자 피로가 더 쌓이는 것 같아, 희수는 밖을 내다보면서 굳은 어깨와 목을 가볍게 스트레칭으로 풀어 주었다. 관리직으로서 책상 앞에서 쓰는 근육은 마치 현장에서 쓰는 것과는 종류가 다른 듯 좀처럼 익숙해지지 않았다. 그녀는 곧 컴퓨터가 꺼진 것을 확인하고 의자에 걸쳐 뒀던 코트를 입었다. 이내 아무도 없는 사무실의 불이 꺼지고 보안 시스템이 작동되었다. 기척 없는 복도는 조용하기만 했다.

아직 야근 중인 몇몇 부서들을 지나쳐 엘리베이터를 탄 희수는 지하 주차장 버튼을 누르고 벽에 기댔다. 하루의 시간이 사적인 영역으로 넘어오자 의식하지 않고도 잘 아는 얼굴이 자연스럽게 생각났다. 희수의 입가가 멋대로 풀렸다. 그러나 그를 만나지 못한 지 벌써 보름이 다 되어 가는 걸 연이어 떠올리자 미소는 금세 씁쓸해졌다. 원거리 연애가 되어 놔서 어쩔 수 없기는 하지만.

그녀는 한경과 서로 마음이 통했다는 걸 확인하고도 그 직후에 바로 서울로 올라와야 했고, 벼르고 있었던 첫 번째 주말은 그녀의 사정으로 그냥 흘려보내고 말았다. 몇 년이나 못 만난 적도 있는데 고작 보름 정도로 이렇게 애가 타는 걸 보면 사람 마음이 참 간사하다 싶기도 하고, 연애란 게 이런 거구나 싶기도 해 마음 한 구석이 간질거렸다.

이번 주말에는 꼭 가 봐야지.

깜짝 방문을 위한 그녀의 하얀 거짓말대로, 그는 이번 주에도 만나지 못할 것으로 알고 있었다. 반가워하는 그의 얼굴을 빨리 보고 싶은데 현실의 몸은 아직 평일에 매인 처지라 한탄스러웠다. 벌써 익숙해진 불평을 속으로 늘어놓으며 엘리베이터에서 내려선 희수는 전화를 걸었다. 바로 시작되는 통화 대기음을 들으며 자신의 차로 향하는 그때, 귀에 익은 벨 소리가 튀어나와 그녀의 발목을 잡아챘다.

희수는 그 자리에 우뚝 멈춰 섰다.

대기음이 끊어진 것과 벨 소리가 멎은 것은 동시에 일어난 일이었다.

"전화를 해 줄 줄은 몰랐네."

전화기 너머의 웃음 섞인 목소리가 주차장의 울림을 타고 그녀의 귓가에 감겼다.

"놀라게 하려고 했는데. 이런 실패라면 아쉬워할 수도 없겠어."

퍼뜩 고개를 돌린 희수는 자신의 차 옆 기둥 뒤에서 나타난 한경을 발견했다.

반가움도 찰나, 그녀는 한 걸음 뒤로 물러서고 말았다. 의아해하며 차 앞으로 나온 그가 문득 놀란 듯 눈을 깜박이더니 얼굴을 굳혔다. 그리고 성큼성큼, 금세 다가와 어찌할 바를 모르고 주춤하고 있던 그녀의 뺨을 두 손으로 감싸 시선을 맞췄다. 더할 나위 없이 심각한 눈을 지척에서 마주하니 무방비하던 가슴이 덜컥 설레었다.

"아팠어?"

역시 들키고 마는구나.

하긴 지난주 내내 앓았으니 오죽할까. 컨디션은 이제 완전히 정상으로 돌아왔지만 회사에서도 아직 아픈 것처럼 보인다는 말들을 듣고 있었다. 주말이 오기 전까지 열심히 먹어서 빠졌던 살을 찌워 놓으면 감쪽같을 거라고 생각했는데, 설마 그가 먼저 이렇게 보러 올 줄은 몰랐다.

"……조금."

희수는 좋아해야 할지 말아야 할지 애매한 마음으로 중얼거렸다. 그의 미간이 설핏 구겨졌다.

"조금? 거울 안 봤어? 당장 병원에 있어도 안 이상해."

"에이, 그건 아니다."

희수는 그의 손을 부드럽게 잡아 내렸다.

"차에 타서 얘기하자. 차 갖고 왔어?"

"아니, 차 키 줘. 내가 운전할게."

"나야 고맙지."

선선히 차 키를 넘겨주자 그는 다른 한 손으로는 그녀의 손을 잡고 돌아섰다. 희수를 향해 조수석 문을 열어 준 다음 차에 올라탄 그는 당장 그녀 쪽으로 몸을 틀었다.

"어디가 아팠던 거야? 병원은 갔고?"

"응. 몸살감기가 좀 심했던 것뿐이야. 근데 지금은 괜찮다는 건 어떻게 알았어?"

"그야 걷는 거 보면 알지. 피곤한 거하고 아픈 건 다르니까."

"와, 역시 매의 눈이네. 회사에선 다 나았다고 말해도 안 믿던데."

희수가 일부러 계속 가볍게 말해도 한경의 표정은 풀리지 않았다. 오히려 말할수록 근심이 더 깊어지는 것처럼 보였다.

"지난주에 바쁜 것도 아니었네, 그럼."

"음…… 바쁘긴 했어."

"왜 말 안 했어?"

"걱정시키기 싫어서."

괜한 자책 하게 만들고 싶지 않기도 했고.

그녀는 뒷말을 삼키고 빙긋 웃었다. 지난 일이니까 감출 수 있었지, 만약 계속 아프던 중이라면 사실은 몸살감기가 아니었다는 걸 바로 들켰을 것이다. 그와 함께 지내는 동안 그녀는 움직임의 제약을 없애기 위해 약을 써서 생리 주기를 늦추었다. 그래서 서울로 돌아오자마자 생리를 시작했는데, 피임약의 부작용인 복통과 부정출혈, 두통 등이 겹쳐진 생리통은 지옥의 문턱이 오락가락 보일 지경이라 병원 신세를 져야 했다. 하지만 희수는 한순간도 자신의 선택을 후회하지 않았다.

그리고 지금, 그가 이토록 가까운 거리에서 진지하게 걱정해 주는 이상, 그 선택은 분명 옳은 것이었다. 희수는 못을 박았다.

“이젠 안 그럴게.”

“……약속한 거다.”

한경은 여전히 할 말이 많아 보였지만 한숨 섞인 다짐만 받고 물러났다. 그는 운전석을 본인에 맞게 조절했다. 희수는 안심하고 조수석의 안전벨트를 잡아 빼려다가, 덜컥 걸리는 바람에 끝을 놓쳐 버렸다.

그러고 보니 이게 좀 문제였지.

자주 안 쓰는 거라 고친다고 하면서도 놔둔 게 벌써 몇 년인지 모른다. 희수는 몸을 조금 틀어 안전벨트의 안쪽을 주의 깊게 잡았다. 나름의 요령대로 빼내려는데 커다란 손이 다가와 그녀의 손 위를 겹쳐 쥐었다.

“여전하네.”

웃음기 어린 목소리가 지나치게 가까웠다. 무심코 고개를 돌린 희수는 이쪽으로 몸을 기울인 한경을 보고 흠칫 놀랐다. 안전벨트를 들여다보던 그의 시선이 그녀를 향했고, 눈이 마주쳤다.

심장이 풀쩍 제자리에서 뛰어올랐다. 속눈썹까지 세밀하게 보일 만큼 가까운 간격이 몹시 너무나도 신경 쓰였다. 어쩐지 낯설지 않은 긴장감이 그녀를 에워쌌다. 언젠가 이런 비슷한 일이…… 있었나? 어른대는 기억을 더듬으려는데 문득 그의 까만 눈이 웃음으로 가늘어졌다. 그녀가 방금 무슨 생각을 했는지 잊은 찰나, 안전벨트가 그의 손으로 쭉 끌려 나왔다.

찰칵.

안전벨트가 채워지는 소리가 작게 울렸다. 어쩐지 머쓱해진 희수가 고개를 들었을 때, 막 꺼내려던 고맙다는 말은 부드럽게 맞물려 온 한경의 입술에 눌려 지워졌다.

희수는 깜짝 놀라 저도 모르게 숨을 들이켰다. 살짝 열린 사이로 그의 혀가 매끄럽게 들어와 그녀의 입술 안쪽을 문지르고 혀끝을 건드렸다. 톡톡, 두드리는 듯 가볍던 움직임이 이내 거짓말처럼 짙게 변해 그녀를 얽매고 입술이 틈도 없이 겹쳐졌다. 순식간에 격해진 키스에 그녀의 손이 안전벨트를 구명줄처럼 부여잡았다.

손쉽게 희수의 혼을 앉은자리에서 쏙 빼 놓은 한경은 다가왔던 것만큼 빠르게 물러났다. 그는 멍해진 눈을 깜박이는 그녀의 젖은 입술 위로 소리 내어 한 번 더, 이번에는 짧게 입 맞추었다. 무척이나 즐거워하는 기색은 달리 이유가 있는 것처럼 보일 정도라 그녀는 무심코 물었다.

"기분이 왜 그렇게 좋아?"

"아, 알겠어?"

되물으면서도 그는 웃음을 감추지 않았다.

"이젠 더는 안 놓쳐도 되니까, 그럴 수밖에."

"뭘?"

"당신한테 키스할 기회."

키스 말고 다른 이유가 있다는 데에 심통이 나려던 희수는 말문이 막혔다.

"이제야 말이지만, 뻔히 보고도 모른 척해야 하는 게 아주 고역이었지."

"……모른 척, 안 해도 됐는데."

희수는 그렇게 중얼거릴 수밖에 없었다. 한경의 미소가 진해졌다.

"알아. 그건 단지 내 문제였어."

그래도 그렇게 말해 줘서 고맙다며, 그는 희수에게 다시 가볍게 키스하고 자리에 바로 앉았다. 이내 차가 부드럽게 움직이기 시작했다.

능숙한 손놀림으로 운전하는 그는 일상적인 분위기로 돌아와 있었다. 사람을 흔들어 놓고 혼자 금방 태연해지는 게 얄밉기는 했지만 좀 좋기도 해서 희수는 그에게 맞춰 넘어가기로 했다. 하긴 이제 이런 일들이 일상이 되기는 할 테니까.

"당신도 기분이 좋아 보이네."

소리 없는 웃음이 크게 드러났는지 한경이 말했다. 희수는 굳이 감추지 않았다.

"당신 만난 게 실감 나서. 서한경 씨가 가게까지 던져두고 이 먼 길을 달려와 줬잖아. ……참! 가게는 어떻게 했어?"

말하고 보니 퍼뜩 걱정이 들었다. 희수의 말을 듣고 있던 그는 운전대를 지그시 쥔 손에서 힘을 풀었다. 평연한 대답이 이어졌다.

"임시로 알바 고용해서 맡겨 놨어."

"내가 가면 됐는데. 이번 주말엔 가려고 했어, 그때까지 많이 먹고 원상 복귀 하려고 했단 말이야."

"일 있어서 안 된다더니?"

"놀라게 해 주려고 한 소리지."

"뭐, 반은 성공했네. 놀라서 여기까지 쫓아온 거잖아."

"놀라서?"

"2주 연속 바람맞힐 만큼 열심히 다니는 그 회사의 남녀 비율이 얼마나 터무니없는지 잘 아니까."

"……응?"

"옛날엔 내가 같이 있기라도 했지."

투덜거리는 그는 전혀 농담하는 분위기가 아니었다. 희수는 무심코 커다랗게 웃었다.

"그럴 리가 있겠어? 내 악명은 당신 있을 때보다 더 탄탄해.

옛날엔 그냥 마녀였지만 지금은 권력을 가진 마녀라고."

"그건 당신 생각이지."

"진짜라니까. 그런데 지금 어디 가는 거야?"

"빨리도 묻는다."

그가 픽 웃었다.

"당신 고기 좀 먹이려고. 저녁 아직이지? 잘 아는 맛집 있어."

"좋아. 근데 오랜만에 서울 온 사람이 오자마자 운전기사에 가이드에, 역할이 바뀌었네. 미안하게."

"미안해할 거 없어, 윤희수 씨 애인이란 포지션대로 하고 있는 거니까."

이렇게 아무렇지 않은 말투로 깊숙이 치고 들어오니, 휘둘리지 않을 도리가 없다. 희수는 그저 웃을 뿐이었다.

저녁 내내 한경은 정말로 본인이 말한 그 포지션에 충실했다. 덕분에 희수는 한우갈비를 배 터지게 먹고 시원한 주스로 입가심을 하면서 강변 드라이브를 즐긴 다음 집 앞까지 곱게 모셔졌다.

"여기야?"

"응. 3층."

"그동안 이사는 안 했나 보네."

그는 어쩐지 감회가 새롭다는 표정으로 불 꺼진 3층 창문을 올려다보았다. 그녀는 맞잡은 손을 가볍게 당겨 그의 주의를 끌었다.

"바로 갈 건 아니지? 좁긴 하지만 재워 줄 수 있어."

"……."

"괜찮아, 손만 잡고 잘게."

와락 쏟아지듯 터져 나온 커다란 웃음소리가 사방에 울려 퍼졌다. 그가 이렇게 크게 웃는 건 오랜만이라 그녀는 조용히 감상하다가 웃음이 그치고 난 다음에 물었다.

"그게 무서운 거 아니면 왜 망설여?"

"그야, 갑자기 들이닥쳤는데 재워 준다고 덥석 좋아하는 건 양심 없잖아. 고민하는 척은 해야지."

"좋기는 하고?"

"왜 이래, 나 윤희수 없으면 갈 데 없는 사람이야."

당당하게 말한 그는 어깨동무하듯 그녀의 어깨를 감싸 끌어안았다.

"모처럼 약속해 줬고 하니 안심하고 신세 질게. 고마워."

"어쩌겠어, 길에 놔뒀다가 다른 사람이 주워 가면 나만 아쉽지."

"맞아, 당신만 아쉽지. 난 막 울 거거든."

"……그것 참 되게 시끄럽겠네."

"안 울리고 잘 데리고 있는 게 낫겠지?"

농담과 진담 사이에서 줄타기를 하는 잡담을 주거니 받거니 하며, 희수는 한경을 자신의 집으로 안내했다.

다 낫고 나서 제일 먼저 대청소부터 한 것이 이렇게 기특해질 줄이야. 그녀는 가방을 내려놓고 욕실에서 손부터 씻고 나와, 방 안을 흥미롭게 둘러보는 그를 욕실로 밀어 넣었다.

"먼저 씻어, 수납장 보면 새 칫솔이랑 수건 있으니까 편하게 쓰고. 옷 찾아 둘게."

"고마워. 그럼 먼저."

그녀에게 외투를 순순히 넘긴 한경이 욕실로 들어갔고 얼마 안 있어 물소리가 나기 시작했다.

희수는 분주하게 움직였다. 외투를 옷장 안에 걸고 그가 입고 잘 만한 옷을 찾아 욕실 앞에 내놓은 다음 초겨울에 덮던 이불을 꺼냈다. 지금 날씨엔 얇지만 전기장판을 더하면 괜찮을 것이다.

침대가 없는 바닥에 이불 두 채를 나란히 놓고 보니 어쩐지 기분이 묘했다. 투룸만큼 넓은 원룸이라 마음에 들었던 방이 괜히 비좁게 느껴졌다. 그렇다고 한방에서 각각 멀찍이 자리를 깔아 두는 것도 이상하니 다른 방법은 없지만.

괜스레 이불 모서리를 만지작대던 희수는 등 뒤에서 욕실 문이 열리는 소리에 화들짝 놀랐다. 앞에 놓아둔 옷을 발견한 듯 문은 다시 닫혔고, 그녀는 어색해하는 자신을 더욱 어색해하며 씻고 갈아입을 옷을 챙겼다.

"나한테 맞는 옷이 다 있었네."

다시 나온 한경이 중얼거렸다. 돌아본 그녀는 저도 모르게 푸흡 웃고 말았다. 프리 사이즈 운동복이긴 하지만 아무래도 키와 체격 차이가 있어서 바지는 조금 깡똥하고 윗옷은 지퍼를 다 잠그지도 못했다. 그런데도 '맞는 옷'이라고 말해 주는 그는 역시 상냥한 서한경다웠다. 알게 모르게 느끼고 있던 긴장이 웃음 덕분에 조금 누그러졌다.

"사촌 동생이 가끔 놀러 오거든. 이모네 아들."

"그렇구나. 아…… 혹시, 회사에도 놀러 온 적 있어?"

"놀러 온 건 아니고 가끔 약속 있을 때 회사 앞에서 만난 적은 있지. 왜?"

"그냥, 궁금해서."

산뜻한 대답은 다른 의도를 상상할 여지도 주지 않았다. 희수는 두 채의 이불 중에서 그의 자리를 알려 주고 편히 쉬라고 말한 다음 욕실로 들어갔다.

욕실 안 따뜻하게 데워진 공기 속에 스며든 익숙한 향은 방금 지나친 그의 것과 같았다. 그 당연한 사실에 어쩐지 두근거린 희수는 뜨거운 물로 샤워를 하면서 다시 긴장하기 시작했다. 그의 집에서 지낼 때 이미 며칠씩이나 욕실도 함께 쓰고 살았건만 입장이 바뀌었다는 것만으로도 같은 방에서 잔다는 것조차 신경이 쓰이는 게 신기할 지경이었다.

아무래도 연애를 너무 오래 안 했나 봐.

사내 연애를 질색했던 거지 연애를 싫어했던 건 아니지만, 가드에 입사한 뒤 서한경을 만나고부터는 다른 남자가 도통 눈에 들어오질 않았고 그러다 보니 본의 아니게 연애란 단어와 거리를 두고 살았다. 가끔 호감을 표하는 남자들도 있었지만 유일하게 마음이 가는 남자가 임자 없는 공공재였기 때문이다. 그래도 한경과는 서로의 마음을 짐작하는 가운데 농담 반 진담 반으로 줄다리기를 한 지 오래라 나름대로 익숙해져 있다고 생각했는데, 그때는 애인이 아닌 동료였다는 게 의외로 큰 요소였던 것 같았다. 자신의 집인데도 왠지 머쓱한 기분이 들어 희수는 샤워를 마치고도 바로 나가지 못하고 주저했다. 하지만 막상 나갔을 때 그가 이미 자고 있는 것을 발견하자 안심보다 황당함을 먼저 느꼈다.

"……한경 씨?"

나른한 숨소리가 방 안을 희미하게 맴도는 가운데, 희수는 허탈함을 끌어안고 그의 옆에 다가앉았다. 느긋하게 이완된 얼굴 위에서 한 손을 흔들어 보이기까지 했지만 그는 눈꺼풀을 움찔하지도 않았다.

"진짜 자는 거야?"

아니, 그래. 내가 편하게 쉬라고는 했어. 그래도 그렇지 우리가 지금 얼마 만에 만난 건데, 심지어 한 집 한 공간에 같이 있는 건데, 이렇게 냉큼 잠을 잔다고? 아니, 잠이 와?

"뭐야……."

저절로 불평이 튀어나왔다. 작게 투덜댄 희수는 스스로를 향한 한심함 반, 그를 향한 황당함 반으로 버무려진 복잡한 기분 속에 잠든 그를 물끄러미 바라보다가 결국 헛웃음을 지었다. 처음 온 낯선 곳에서 이렇게 마음을 턱 놓고 편안하게 자는 그의 모습을 보고 있자니 뭐 이것도 나쁘지 않다는 생각이 불쑥 든 탓이었다.

어쩔 수 없지.

오늘만 날은 아니니까. 희수는 불을 끄고 누웠다. 그리고 손은 잡고 자겠다는 공약을 스스로에게 지키기 위해 이불 속에서 그의 가까운 손을 조심스레 찾아냈다. 닿았을 때 본능적인 반응처럼 멈칫한 그의 손이 천천히 힘을 풀었다.

희수는 눈을 감았고, 곧 다시 떴다. 그녀는 어둠을 익힌 눈으로 한경을 쳐다보다가 잡은 손을 끌어 올려 그의 손끝에 입을 맞추었다. 그는 가만히 누워 있을 뿐이었다. 덕분에 조금 대담해진 그녀는 손가락을 맛보기 시작했다. 혀를 살짝 내밀어 핥다가 하나를 입 안에 넣어 가볍게 빨아들이자, 드디어 그가 항복의 웃음을 낮게 흘렸다.

"아, 안 되겠다. 졌으니까 그만해."

"어딜 속이려고."

그녀는 승리의 미소를 지으며 그를 놓아주었다.

"진짜 손잡을 줄은 몰랐지. 그것만 아니면 안 들켰을 텐데."

"그러게 왜 그렇게까지 자는 척을 해, 얄밉게."

"……모르겠어?"

부스럭, 한경이 이쪽으로 돌아눕는가 싶더니 순식간에 그녀의 몸 위로 올라왔다. 어느새 웃음기가 가신 눈이 어둠 속에서도 짙게 빛났다. 희수는 입을 열려다가 그가 의도적으로 허리를 낮춰 하체를 맞부딪치는 바람에 무슨 말을 하려고 했는지 잊고 말았다. 뜨겁고 단단한 감촉이 옷을 사이에 두고도 너무나 뚜렷한 나머지 얼굴이 저절로 화끈거렸다.

"왜 몰라, 고작 손가락에 장난 좀 친 걸로 이렇게 만들어 놓고."

"……."

"참아 줄 수 있을 때 참게 놔둬. 그러다 후회한다, 윤희수."

"……안 해, 그런 거."

희수는 자신의 심장 소리를 들으며 빙그레 웃었다.

"당신이 뭘 어떻게 하든 날 후회시킬 수는 없어. 내가 반한 남자니까."

그의 눈매가 가늘어졌다. 그녀는 말을 이었다.

"난 이제 아프지 않고, 우리 오랜만에 만났잖아. 그런데 내가 어떻게 알아. 그리고 내 책상 밑에서 첫 번째 서랍 안 열어 보면 당신이야말로 후회하게 될 거야."

그는 묵묵히 듣고 있다가 몸을 일으켰다.

스탠드를 켜고 그녀가 말한 서랍을 열어 본 그가 멈칫하더니 돌연 폭발적인 웃음을 터뜨렸다. 덕분에 방금 전까지 피부가 따끔거릴 정도로 팽팽하던 긴장감은 눈 녹듯 사그라졌다. 예상대로의 반응이라 희수는 그가 실컷 웃도록 내버려 두고 일어나 앉았다. 한참을 웃던 그가 그녀를 돌아보았다.

"웬 거야?"

"저번 주에, 당신 보러 갈 때 갖고 가려고 인터넷으로 샀었어."

그녀는 그의 손에 들린 박스가 콘돔이 아니라 과자로 채워진 것처럼 태연하게 대답했다.

"물어봐 주니까 좀 덜 민망하네. 먼저 말했으면 꼭 변명 같았을 텐데."

"평소 서랍에 콘돔 채워 두고 사는 사람인 것처럼?"

장난스럽게 대꾸한 그가 다시 웃었다.

"아무래도 좋아. 어차피 내 전용이잖아."

"당신 전용이지."

희수는 선선히 수긍했다.

그는 뭔가 말하려는 것 같더니 그저 조용히 다가와 예고 없이 입술을 겹쳤다. 그녀는 눈을 감았다. 맞물린 입술은 따뜻했고 촉촉한 입 안은 뜨거웠다. 순식간에 되살아난 긴장감이 짜릿했다. 가볍게 얽힌 혀는 이내 처음부터 하나에서 갈라졌던 것처럼 서로를 탐하고, 키스는 목 안쪽에서 터지는 신음과 함께 깊어졌다.

"……내일, 당신이 없으면 안 되는 일정 있어?"

한참 만에 고개를 든 한경이 물었다. 젖은 입술이 섹시하게 달싹대는데 목소리마저 젖은 것처럼 들려 잠시 멍해졌던 희수는 일깨우듯 입술을 가볍게 핥는 감촉에 그가 한 말을 돌이켰다.

"아니…… 아마도."

"다행이네, 그럼 마음 놓고."

"무슨, 앗……!"

제대로 묻기도 전에 희수는 균형을 잃고 바닥에 등이 닿았다. 그녀를 눕히고 훌쩍 위로 올라온 한경이 싱긋 웃었다. 그녀가 참 좋아하는 그 얼굴이 맞는데, 어쩐지 묘하게 불길한 기분이 들었다. 그런 마음이 겉으로 드러났는지 그가 눈을 빛냈다.

"걱정 마. 설마 한 번에 다 쓰기야 할까."

한층 짙어지는 웃음을 따라 그녀의 심장도 세게 뛰었다. 남자들 특유의 허세라고 생각하면서도 금방 말이 나오지 않았다. 덕분에 '난 상관없는데' 라고 역시 허세로 받아칠 기회는 다시 덮쳐온 입술에 묻혀 사라졌지만 상관없었다. 그와 마침내 닿은 지금, 다른 뭘 하든 시간을 낭비하는 짓이었다. 그녀는 그의 목에 팔을 감고 마주 키스했다.

이때 아무 말 안 한 게 정말 잘한 일이란 걸 절감하기까지는 그리 오랜 시간이 걸리지 않았다.

"아……! 잠, 깐만……, 흣!"

"미안. 싫어."

그 짧은 대답을 하는 시간도 아깝다는 듯, 그는 그녀의 가슴에서 입도 떼지 않고 중얼거렸다. 유두를 스치는 혀의 움직임이 또 다른 자극이 되어 그녀는 재차 숨을 삼켰다. 세상에서 가장 달콤한 과실을 먹어 치우는 것처럼 집요하게 구는 입술과, 몸 안에서 섬세하고도 끈질기게 애무하는 손가락은 서로 같은 듯 다른 방식으로 그녀를 몰아세웠다. 여느 때 같았으면 벌써 여러 번 봐줬을 텐데, 그는 조금도 그러지 않았다.

제멋대로 나오는 신음이 자신의 귀로 듣기에도 터무니없이 야해서 그녀는 급한 대로 손등을 깨물었지만 귀신같이 알아챈 그에게 붙들렸다.

"방음 하나는 잘 되는 집이라며."

정작 본인은 전혀 기억나지 않는 말이 황당하면서도 계속 가슴을 물고 있는 그가 더는 말하길 원치 않아 그녀는 반박하지 못했다. 사실 그렇지 않더라도 제대로 대꾸할 수 있었을까 싶을 정도로 정신이 하나도 없었다. 손끝에서부터 발끝까지 모든 신경으로 전류가 흐르는 기분이었다. 몸 안쪽에 멋대로 힘이 들어가 그의 손가락을 조이는 바람에 그녀는 귀까지 빨개졌지만 제어할 수가 없었다. 오히려 그를 더 깊이 끌어들이려는 것처럼 허리가 자꾸만 흔들렸다. 피부에 닿는 그의 숨결이 한층 뜨거워졌다. 등허리를 감은 그녀의 다리가 저절로 튕겨 그를 세게 내리치고 말았는데도 그는 꿈쩍도 하지 않았고, 그를 받아들일 준비가 되고도 남은 그녀를 한참 만에야 손끝으로 천천히 확인하면서 물러났다.

가쁜 숨을 고르는 그녀의 얼굴 여기저기에 키스를 뿌린 그는 손가락에 씌웠던 콘돔을 빼고 새것을 집어 들었다. 포장지 한쪽을 이로 물어 찢는 모습이 어디선가 영화에서 본 장면과 겹쳐져서 그녀는 무심코 웃었다. 이렇게 섹시한 남자가 내 남자라니. 온 세상에 대고 외치거나 반대로 아무도 보지 못하게 꼭꼭 숨겨 놓고 싶은 상반된 욕심이 일었다. 하지만 그의 중얼거림에 웃음이 싹 가셨다.

"여유 있네. 하긴 시작도 안 했으니까."

"아냐, 그냥, 다른 생각을 좀……."

"아하."

실수였다. 희수는 얼른 말끝을 삼켰지만 소용없었다. 재미있는 말을 들은 양 웃으면서도 한경의 번쩍 빛나는 눈은 웃고 있지 않았다.

"아니, 다른 생각이란 게, 아!"

황급히 설명하려던 그녀는 그새 자연스럽게 자신의 다리를 벌리고 자세를 잡은 그가 당장 밀고 들어오는 바람에 탄성 같은 소리를 내고 말았다. 조금 전과는 비교도 할 수 없이 꽉 채워진 몸 안이 후끈 달아올랐다. 한참 공들여 애무해서인지 빠듯하게 열린 몸은 고통보다 쾌감을 더 크게 느꼈다. 그녀의 표정을 신중하게 살핀 그가 그 사실을 알아차린 듯 기꺼운 기색으로 자신의 입술을 가볍게 핥았다. 그것뿐인데도 짜릿한 열이 올랐다. 역시 영화 생각이 났지만, 이번엔 웃지 못했다. 그가 움직이기 시작했기 때문이다.

"앗, 아앗!"

"그 얘기는, 하, 천천히, 들을게. 천천히."

"아니, 라, 으응, 읏, 한경, 씨……!"

"사랑해, 희수 씨."

머릿속까지 아득해진 와중에도 애틋한 속삭임은 무리 없이 심장을 직격했다.

희수는 물기가 도는 눈을 꼭 감았다가 떴다. 그래도 그는 없어지지 않았고, 여전히 자신을 보고 있고, 자신의 품 안에 있었다. 꿈이 아니었다. 그가 홀연히 사라진 뒤 그녀를 끈질기게 괴롭혔던

허전함과 그리움이 거짓말처럼 아득하게 느껴졌다. 이젠 완전한 과거가 된 것이다.

"……이제는."

뿌듯한 마음이 저도 모르게 흘러나왔다. 갑자기 그가 그녀를 끌어안더니 그대로 이불 위에 앉았다. 그녀는 신음 섞인 비명을 지르며 그를 붙들었다. 중력 탓에 더욱 묵직하게 찌르는 감각은 오싹할 정도였다.

"아니, 전에도, 앞으로도."

그게 아니라!

반박하려는 말은 금세 자신조차 알아들을 수 없는 목소리로 변하고 말았다. 탄탄한 피부에 쓸리는 살결마다 불이 붙었고 그가 드나드는 몸속 깊은 곳에서는 낯선 쾌감이 날을 세웠다.

등허리에 머물러 있던 그의 한 손이 문득 그녀의 뒷머리를 감쌌다. 가볍게 움켜쥐는 손길이 무척이나 부드러웠다. 그녀는 자신을 올려다보는 그와 시선을 맞추었다. 커다란 손에 다 잡히고도 남는 짧은 머리칼을 만지는 얼굴이 희미하게 일그러졌다. 말로 표현할 수 없는 아릿함이 자신에게까지 전해지고 있어서 그녀는 불현듯 울고 싶어졌다.

그가 그대로 손에 힘을 주어 내려서는 그녀에게 키스했다. 그녀는 가만히 입을 열었다. 그러다 집요하게 쫓아오는 혀를 밀어내 입술을 뗐다. 순순히 물러나면서도 불만스런 기색을 감추지 못한 그를 보자 웃음이 났다. 그의 이마며 눈썹, 뺨에 입술을 누르고 몸을 살짝 일으킨 그녀는 이내 그를 더 깊게 삼켰다. 땀에 젖은 그의 근육이 일순 바짝 당겨졌다. 그녀가 온 마음으로 속삭였다.

"사랑해."

길게 심호흡을 한 그가 다시 그녀를 낚아채듯 끌어당겨 입술을 덮쳤다. 그녀도 마주 키스해 똑같이 돌려주었다. 그리고 두 사람은 함께 눈을 감았다.

열을 받은 하얀 쌀이 조금씩 숨을 터뜨리기 시작했다.

이윽고 물기가 보글보글 올라오는 모습을 지켜보던 한경은 신중하게 불을 줄였다. 숟가락을 들고 젓기 시작하는데 등 뒤로 인기척이 가까워졌다. 가만히 서 있는 그의 양옆으로 두 팔이 뻗어와 허리를 부드럽게 감싸고, 따스한 체온이 세상에서 가장 다정한 방식으로 그에게 닿아 마음까지 덮었다. 입가가 저절로 풀렸다.

"뭐 해? 죽?"

"계란죽."

희수가 순조롭게 진행되는 그의 과업을 옆에서 들여다보았다. 그는 그녀를 향해 고개를 틀어 가볍게 키스했다. 그녀가 턱을 들어 주는 작은 동작 하나에도 가슴이 벅찼다.

"더 자도 되는데. 많이 시끄러웠어?"

"아냐, 그런 거. 슬슬 준비해야지."

"……미안."

그렇잖아도 야위었던 얼굴에서 밤새 더 살이 내린 것처럼 보였다. 그녀의 눈 밑 그늘에 지대한 공헌을 한 그는 다시 자책했다.

새벽녘에 기절하듯 잠든 그녀는 직장인답게 평소 기상 시간에 눈을 뜨고는 몸이 안 좋으니 오전 반차를 내겠다는 전화 한 통을 걸고 다시 곯아떨어졌다. 언뜻 들리기를 전화 상대가 한경 자신도 아는 사람 같아서 차마 반차가 아니라 월차를 쓰라며 끼어들 엄두를 못 냈다. 나갈 생각인 줄 알았으면 자제했을 텐데. 뭐, 과연 가능했을지는 몰라도, 아무튼 노력은 했을 것이다.

"됐어, 내가 먼저 꼬드겼잖아. 근데 사과하는 거 보니까 이제 내가 아는 서한경이 맞네."

간밤의 태도가 평소와 달랐던 건 사실이기에 한경은 대답이 궁했다. 희수가 웃으며 그의 뺨에 소리 나게 입을 맞추었다.

"씻고 나올 테니까 맛있게 만들어 줘."

"맡겨 둬."

그에게서 멀어져 욕실로 향하는 그녀는 티셔츠 한 장과 속옷 차림이었다. 그는 옷으로도 다 감춰지지 않는 몸의 곡선과 늘씬하게 뻗은 다리에서 의식적으로 시선을 떼어 내 냄비에 더욱 집중했다. 그리고 그녀가 월차를 쓰지 않은 데에 아쉬워하는 자신의 이기심을 인정하고 마음껏 아쉬워했다.

잠시 후 욕실에서 나온 희수가 옷을 갈아입고 출근 준비를 마치는 데에 맞춰 그도 상차림을 끝냈다. 계란죽은 다행히 호평이었다.

"오늘은 몇 시에 퇴근해? 내려가기 전에 당신이랑 저녁 먹을 수 있으려나."

"늦어도 일곱 시엔 나올게. 어때?"

"좋아. 괜히 속 부대낄까 봐 죽을 쒔는데, 저녁엔 기대해도 돼."

"와, 저녁도 만들어 주게? 벌써 기대된다."

환호한 희수가 고개를 갸웃했다.

"근데 낮에는 뭐 하고? 같이 회사 갈래?"

"내가 가서 뭐 하게."

"회사 나간 서한경도 불러올 정도로 내 능력치가 높다는 걸 보여 주는 거지."

"어…… 그건 좀 혹하는데."

과연 퇴사 때만큼 회사에서 여전히 자신을 열렬히 원해 줄지 알 수 없지만 희수가 도움이 된다고 말한다면 그 정도는 될 것이다. 그가 진지하게 중얼거리자 그녀는 소리 내어 웃더니 그를 가볍게 끌어당겨 뺨에 입을 맞추었다. 마치 상을 주는 듯해 그 이유는 몰랐지만, 아무래도 상관없었다. 그는 멀어지려는 입술을 제때 붙들어 키스했다.

마치 늘 그래 왔던 것처럼 희수와 서로 무릎이 닿을 간격에서 마주 앉아 밥을 먹고, 소소한 잡담을 나누는 매 순간이 좋았다. 차를 대신 운전해 희수의 출근을 배웅해 주는 것도 즐거운 일이었다. 능력치 운운했던 그녀는 정작 회사가 가까워지자 근처 골목에 정차하게 해서 운전석으로 갈아탔다.

"회사 사람들 눈에 띄어서 좋을 거 없어."

그가 회사로 복귀하길 원하면서도 그의 거절을 존중하는 것이었다. 그는 그런 그녀를 붙잡지 않기 위해 노력했다.

"조심히 가고 이따 봐."

"바로 코앞이잖아. 퇴근하고 전화할게."

그는 그녀의 차가 시야에서 완전히 멀어진 다음에야 돌아섰다.

모처럼의 서울 나들이답게, 그는 남은 반나절 동안 친구들을 만났다. 미리 예고한 적도 없이 들이닥쳤는데도 그들은 하나같이 그를 반기고 기꺼이 자리를 내준 덕분에 희수와 떨어져 있는 시간도 짧게 느껴졌다. 긴 대화는 다음을 기약하며 간단한 안부 인사만을 하고 다니던 그는 해가 저물 무렵 희수가 사는 동네로 돌아와서 장을 보았다. 양손의 묵직한 짐을 능숙하게 추스르며 골목으로 막 들어서는데, 무엇인가가 그의 뒷덜미를 잡아챘다.

시선에서 자유롭지 않다는 경고의 감각.

착각할 리는 없었다. 한때 일상이었기도 했지만 멀지 않은 과거에 다시 느꼈던 적이 있기 때문이었다. 윤희수에게 경호를 받고 있었던 시기에.

걸음걸이를 늦추면서도 그는 주변을 돌아보지 않았다. 소용없는 짓이고 오히려 저쪽의 경계심을 높여 주기만 할 것이었다. 짐이 벅차기만 한 것뿐인 양 느릿느릿 걸어가면서 그는 여기서 기척을 숨기고 지켜볼 만한 대상이 무엇인지를 고민하기 시작했다.

그때, 짧은 클랙슨 소리가 경쾌하게 그의 등을 두들겼다.

"거기, 잘생긴 아저씨! 태워 줄까?"

운전석 창을 통해 고개를 빼끔히 내밀고 환하게 웃는 희수를 본 순간, 그의 고민이 해결되었다.

"열심히 일하다 보니 이래저래 원한을 사서, 협박을 좀 받았거든."

몇 년 만에 꿈결처럼 그의 앞에 나타난 그녀가 했던 말이 그대로 머릿속에 재생되었다. 그게 사실은 단순한 핑계가 아니었다면?

더 그럴듯하게 속이기 위해 진실을 섞은 거라면?

"뭐야, 설마 고민하는 거야? 아저씨라고 불러서?"

"……설마."

그는 머릿속에 불어닥친 바람을 들키지 않도록 웃어 보였다.

"기대했던 것보다 더 빨리 와서 놀란 거지. 할아버지라고 불렀어도 당신 차는 안 놓쳐."

"진짜?"

"그럼. 아닌 건 당신이 제일 잘 알 테니까."

일부러 진지하게 받아쳤더니 못 말린다는 듯 웃는 그녀의 뺨이 살짝 붉어졌다. 그뿐인데도 그는 익숙한 갈증을 느꼈다. 언제든 손쉽게 서한경을 사춘기 소년처럼 만드는 사람은 예나 지금이나 오로지 윤희수 하나였다. 그러니 먼저 가라며 그녀를 보낸 건 단지 집 앞 골목에서 차를 타는 게 비효율적이란 이유만은 아니었다.

이쪽을 주시하는 시선은 어느새 사라지고 없었다.

그가 건물 입구에 다다르는 사이 주차하고 나온 희수가 잰걸음으로 다가와 비닐봉지에 손을 뻗었지만 그는 가볍게 피하고 계단을 올라갔다. 그녀가 바로 뒤따라와 현관문을 열었고, 그는 싱크대 위에 저녁 식사거리를 내려놓았다.

"뭐 해 줄 건데?"

"찜닭."

"와, 기대한 보람이 있네."

봉지 안의 재료를 하나씩 꺼내던 그는 생글거리는 희수를 흘끔 돌아보았다.

"나 며칠 더 있어도 돼? 대신에 밥은 책임질게."

"가게는 괜찮고?"

"응."

"나야 상관은 없는데……, 밥만?"

무슨 소린가 싶었던 한경은 다음 순간 웃음이 터졌다. 그는 그녀의 허리를 감아 끌어당겨 더없이 사랑스러운 입술에 키스하고 정답을 말했다.

"밥이든, 밤이든. 원하는 대로."

"그럼, 좋아."

도도하게 허락을 내리신 집주인님이 참고 있던 웃음을 터뜨리며 그의 목에 팔을 둘렀다. 그는 기쁜 마음으로 협조했다. 물론 머무를 결심을 한 이유는 따로 있었지만 이런 주객전도라면 얼마든지 환영이었다.

中

잘 마른 수건에서는 상쾌한 겨울 햇살의 냄새가 났다. 모처럼 화창한 날씨라는 예보가 들어맞은 덕분에, 한경은 희수가 출근 전 남긴 임무를 무사히 완수할 수 있었다. 수건과 옷을 하나하나 반듯하게 개어 놓는 작업은 이미 손에 익을 대로 익어서 그는 머릿속으로 마음껏 다른 생각을 할 수 있었다. 수상쩍은 지난 며칠에 대해서였다.

겉으로는 평온했지만 그는 집을 드나들 때마다 어떤 시선을 느꼈다. 아예 잡아서 물어볼까 말까, 고민할 필요도 없는 일을 고민하는 건 희수에게는 아무것도 묻지 못해서였다. 솔직하게 물어본다고 해서 대답해 줄 것 같지도 않았고, 또 대답이 돌아와도 그걸 믿을 것이냐의 문제가 남는다.

물론 그가 세상에서 믿을 수 있는 사람의 목록을 작성하면 제일 윗줄에 올라갈 이름이 윤희수지만 그녀는 서한경을 위해서라면 얼마든지 태연하게 거짓말을 할 수 있다는 걸 이미 증명한 바 있었다. 그래서 그는 그녀가 눈치채지 못하도록 그녀의 신변에 대해 따로 알아보았는데, 아직까지는 연락도 없고 조용했다.

"과장님이 원래 적이 없는 편은 아니셔서요."

그의 정보원 중 희수와 가장 가까이에 있는 이세연 팀장은 딱히 유난한 것은 없었다고 말하면서 솔직한 의견을 덧붙였다. 그것은 사실이었고 같은 이유로 그 역시도 그녀를 해코지할 상대를 쉽게 특정 짓기가 어려웠다. 웃는 얼굴에도 침을 뱉을 수 있는 게 사람인데 심지어 희수는 아무 데서나 웃지 않았다. 그게 매력이지만…… 아니, 매력 중의 하나지. 그는 정정했다. 중요한 건 확실히 짚고 넘어가야 되는 법이다.

그녀가 가진 가시가 아무리 날카롭고 단단하더라도 상식을 벗어난 곳까지 뻗치지도, 마구 휘두르지도 않았다. 간혹 의아한 적도 있었지만 그녀의 설명을 들으면 납득이 갔다. 그래서 그는 희수를 이성으로 좋아하기 전부터도 그녀를 두고 기가 세고 감당하기 힘들다며 꺼리는 동료들에게 동감할 수 없었다.

언젠가는 반드시 저 사람을 늦게나마 알아볼 놈들이 나타나리라 생각했고, 그 꼴 보기 전에 용기를 낼 결심을 했지만 예의 그 사건이 터져 윤희수의 옆은 내 자리가 아니라고 단념해야 했다. 그런 전적이 있었기 때문에, 그는 바빠서 이번 주도 못 만난다는 그녀의 연락을 받은 다음 생각도 하기 전에 이미 가끔 가게를 봐 주는 휴학생에게 전화를 걸고 있는 스스로를 탓하지 않았다.

어쨌든 이 상태로 언제까지나 있을 수는 없는 노릇, 그는 오늘이나 늦어도 내일까지 아무 변화가 없으면 희수와 진지하게 얘기를 나눠 보기로 결정했다. 그러는 동안 그의 손은 착실하게 움직여서 빨래를 다 정리하고 저녁 식사 준비까지 마쳤다.

무엇을 만들어도 맛있게 먹어 주는 그녀의 얼굴을 상상하니 절로 흐뭇했다. 책방 주인조차 너무 정적靜的이라며 자신에게 어울리지 않는다고 말해 준 그녀에게는 미안한 일이지만 그는 자신의 천직이 어쩌면 주부일 수 있겠다는 새로운 가능성을 깨닫고 있었다.

이 얘기도 확실하게 해야 하는데.

알고 지낸 시간은 짧지 않지만 정식으로 사귀게 된 건 얼마 지나지 않았으니 청혼은 조금 이를지도 모른다. 하기야 만난 지 세 번 만에 결혼하자고 말하는 사람들도 있다지만 그는 신중하게 행동하고 싶었다. 한 번에 승낙받을 수 있도록.

이제 희수를 기다리는 일만 남아 시간을 확인하자 어느새 그녀가 퇴근하고 올 때가 되어 있었다. 집에 사람이 있는 걸 알아 퇴근한 직후엔 늘 메시지를 짧게나마 보내 주는데, 그의 휴대폰은 아직 조용했다. 아무 생각 없이 건 전화는 뜻밖에도 음성 사서함으로 연결이 되었다.

— 고객님의 전화기가 꺼져 있어…….

조곤조곤한 기계음이 바늘 끝으로 찌르듯 그를 희미하게 자극했다.

단지 배터리가 나간 걸 모르거나, 충전할 시간이 마땅찮아 그냥 놔두고 오는 길일 수도 있었다. 그렇게 생각하면서도 그는 세연에게 전화를 걸었다.

"안녕하세요, 세연 씨. 서한경입니다."

— 네, 안녕하세요!

"바쁜데 미안하지만, 희수 씨 퇴근했어요? 전화가 안 되어서."

— 네? 네, 그럼요.

안심하려던 한경은 이어지는 세연의 말에 멈칫했다.

— 오늘은 일찍 들어가셨는데요?

"……몇 시요?"

— 세 시쯤이요. ……설마요.

한경과 비슷한 예상을 했는지, 세연의 목소리가 딱딱해졌다.

— 별일 아닐 거예요. 평소랑 똑같으셨어요.

"고마워요. 이만 끊겠습니다."

침착함도 거기까지였다. 현장을 뛰던 습관대로 갖고 있던 검은 장갑부터 찾아 낀 그는 외투를 들고 집을 뛰쳐나갔다. 머리보다 심장의 반응이 더 빨랐다. 벌써 몇 시간이 지난 데다 연락조차 되지 않고 있으니 최악의 경우를 상정해 움직이기로 했다.

겉옷을 입으며 계단을 달려 내려와 건물을 나섰을 때, 한경은 익숙한 시선을 알아차렸다.

그는 큰길 방향과 정반대인 골목으로 달렸고 갈림길의 모퉁이를 돌자마자 몸을 숨겼다. 곧 차 한 대가 불쑥 튀어나와 급정거를 했다. 당황한 얼굴로 주변을 둘러보던 남자는 내리려는 듯 운전석 문을 열어젖혔다. 때를 놓치지 않고 튀어 나가 문을 붙든 한경은 깜짝 놀라는 남자의 콧등을 주먹으로 갈겼다.

"악!"

붉은 피가 터졌다. 한경은 얼굴을 감싸는 남자의 멱살을 잡아 조수석으로 처박듯 밀어 넣고 대신 운전석에 앉았다. 남자는 욕설을 지껄이며 뒤늦게 주먹을 휘둘렀지만 협소한 공간에서 마구잡이로 던진다고 맞을 턱이 없었다. 남자의 공격을 피해 얼굴을 몇 대 더 치자 그제야 기세가 한풀 꺾였다. 한경이 그의 멱살을 바짝 조였다.

"너희 뭐야. 여자는 어디 있어?"

"……여, 여자?"

그는 말없이 뺨을 후려쳤다. 세 번 쳤을 때 남자가 피투성이가 된 입을 벌렸다.

"모, 몰라! 진짜 모른다고! 난 감시하고 연락만, 컥!"

"휴대폰."

남자가 부들부들 떨리는 손으로 바지를 뒤적여 휴대폰을 꺼냈다. 그것을 받아 든 한경은 잠금장치가 따로 없는 걸 확인하고 남자의 목젖을 쳐 기절시켰다. 휴대폰 전화 내역을 죽 훑어 내려가던 손가락이 중간 지점에서 멈추었다. 기억을 잠시 뒤적인 한경은 다른 손으로 자신의 휴대폰을 꺼냈다.

"갑자기 죄송합니다, 형님. 저 한경입니다."

— 어, 그래! 웬일이야.

"연락처 몇 개 조회 좀 부탁드리고 싶은데요."

— 연락처? 개인?

"개인도 있고 사무실도요."

— 어디 보자……. 일단 불러 봐 봐.

전화기 너머로 종이가 부스럭대는 소리가 나고, 이내 컴퓨터 자판 소리가 뒤를 이었다. 휴대폰을 귀와 어깨 사이에 끼우고 있는지 희미하게 들리던 숨소리가 잠깐 들썩댔다. 한경에게는 그것으로도 충분했다.

"도남회, 맞습니까?"

— 어……, 그렇기는 한데, 야, 여기, 혹시…….

"감사합니다. 나중에 다시 연락드릴게요."

뚝, 한 번의 손길로 다시금 정적이 찾아왔다.

확인이 되자 오히려 머릿속이 차가워졌다. 그는 길게 심호흡을 했다. 그가 흔하디흔한 폭력 조직들 중 하나인 도남회를 기억하는 이유는 하나였다. 간부 하나의 이름이 박성광이라는 것.

그리고 가석방 중이었던 박성광을 다시 교도소로 돌려보낸 사람이 윤희수라는 사실은 이미 비밀도 아니었다. 사람을 죽이고 은퇴한 서한경이 관련되어 있었기 때문이다.

……그래, 그녀를 끌어들인 게 바로 나였지.

희수에게 다른 위협은 없었다. 이번에도 그녀를 위험에 빠뜨린 것은 서한경 그 자신이었다.

한경은 울컥 치솟는 분노를 이기지 못하고 운전대를 쾅 내리쳤다.

늦어도 내일까지 변화가 없으면, 이라니. 어쩌면 그렇게 안일한 생각을 다 하고 있었을까. 그러나 이제 와 후회해 봤자 소용없는 짓이었다. 그는 자꾸만 엄습해 오는 불길한 생각을 의식적으로 끊으며 차에서 내렸다.

주변을 둘러보자 이사를 나간 건지 공사를 한 건지, 마침 가전제품 등이 쌓여 있는 재활용 쓰레기장이 눈에 띄었다. 그는 그곳을 뒤져 제법 쓸 만한 쇠 파이프를 하나 골라내 차로 돌아왔다. 그리고 뺨을 맞고 깨어난 남자의 턱 밑에 그 끝을 들이밀었다.

"회장님 좀 뵈러 가자."

벌게진 얼굴로 잔뜩 흐트러져 날뛰는 남자들의 인상이 또렷했다.

술병이 나뒹구는 테이블에는 하얀 가루가 여기저기 묻어 있고, 남자들 사이에 끼어 시달리는 헐벗은 몸들은 화장이 무색할 정도로 어린 여자아이들이었다. 하나같이 구역질이 나지 않는 광경이 없어, 희수는 턱에 지그시 힘을 주고 사진에서 시선을 돌렸다. USB를 집어 든 그녀는 아이패드에 연결해 고객 리스트 파일을 확인했다.

"이거면 되겠어요. 고맙습니다."

맞은편의 남자는 말없이 고개를 끄덕였다.

그는 도남회 회장의 측근으로, 예전 희수가 서한경 퇴사 사건과 박성광에 대해 조사하는 과정에서 이런저런 인맥을 거쳐 접선했던 인물이었다. 가정을 꾸리고 아이를 낳으면서 하던 일에 환멸을 느끼고 있었던 그는 최근 조직의 주 자금원에 소아성애가 포함되면서 충성심이 무너졌다. 도남회를 아예 경찰에 넘겨 다신 서한경에게 허튼짓을 못 하도록 만들 생각으로 은밀히 증거를 모으고 있던 희수는 그를 놓치지 않았다.

"저는 이 길로 떠날 겁니다. 뒷일은 알아서 하시고……, 잠시만요."

그는 품 안에서 끈질기게 울리는 휴대폰을 꺼냈다. 볼일도 끝났고, 배도 고파서 슬슬 일어나 보려던 희수는 전화기를 뚫고 튀어나온 고함에 멈칫했다. 통화하고 있던 남자가 이쪽을 돌아보는 표정이 심상찮았다. 그는 알겠다고 말하다 말고 전화가 중도에 끊어졌는지 황당해하며 휴대폰을 떼어 냈다. 물어도 되는 일일까를 가늠하던 머릿속 생각이, 그의 첫마디로 싹 날아갔다.

"지금 그 사람이 혼자 회장님 사무실로 쳐들어왔답니다."

이 자리에서 '그 사람'으로 언급될 만한 사람은 한 명뿐이었다. 희수는 이름을 확인할 필요는 느끼지 않았지만, 너무 뜬금없는 얘기라 저도 모르게 입을 열었다.

"왜요?"

"글쎄요. 어디서 뭘 잘못 처먹고 와서 다짜고짜 여자 내놓으라고 지랄한다고 하는데요."

희수는 벌떡 일어났다. 자료와 가방을 황급히 챙기고 뛰쳐나가는 그녀의 등 뒤를 평연한 목소리가 배웅했다.

"이 번호로 전화 온 거면 이미 늦었을 겁니다."

맙소사, 어떻게 이런 일이.

희수는 당장 차에 올라탔다. 며칠째 집을 감시하는 눈을 한경이 알아채지 못했을 리가 없었다. 그래도 모른 척해 주고 별다른 말이 없기에 그가 궁금해하기 전에 얼른 일을 처리하려고 했던 것인데, 이런 문제가 생길 줄이야.

중요 정보를 받을 때면 휴대폰을 꺼 두는 습관은 말 그대로 습관이라 자신에겐 당연한 일이어서 미처 염두에 두지 않았던 게 실수였다. 자신의 전화기가 꺼져 있고 회사에서 퇴근한 이후의 소재 파악이 안 되자 그는 납치라는 최악의 경우를 생각했을 것이 틀림없었다. 그녀는 그 점에서 확신이 있었다. 입장이 바뀌었어도 그랬을 테니까. 하지만, 설마, 혼자서 거기까지 가다니. 대화가 통하는 놈들이 아닌데.

"이미 늦었을 겁니다."

남자의 말이 희수를 더욱 부추겼다. 그녀는 교통 위반 딱지를 끊는 것을 각오하고 브레이크를 한 번도 밟지 않은 채 목적지까지 쭉 내달렸다.

도남회 회장의 사무실은 조직이 금융 회사 간판을 내걸고 통째로 쓰는 8층 건물의 최상층에 있었다. 근처 골목에 차를 세운 희수는 휴대폰을 켰다. 연이어 쏟아지는 부재중 통화 알림과 메시지를 무시하고 주소록을 여는데, 마침 세연에게서 전화가 걸려 왔다.

— 과장님! 다행이다, 어디세요?

"마침 잘됐네요. 지금 바로 경찰이랑 119 신고 좀 해 줘요."

— 주소 불러 주세요.

긴 설명 필요 없이 재깍 대답하는 부하 직원의 빠른 판단력이 고마웠다. 희수는 건물 위치를 알려 주었다.

"이상한 소리가 난다는 정도로만 얘기해요."

— 네, 조심하세요!

전화를 끊은 그녀는 글러브 박스에서 장갑을 꺼내 끼고 차에서 내렸다.

휴대하고 다니는 삼단 봉을 빼 들고 경계한 것이 무색하게도 건물은 입구부터 침묵에 잠겨 있었다.

희수는 계단을 통해 위로 올라갔다. 가는 길마다 폭력이 남긴 특유의 정적이 그녀를 맞이했다. 여기저기 쓰러져 있는 남자들은 급소만 깔끔하게 공격당한 흔적이 있었는데, 올라갈수록 보이는 부상의 정도가 처참해졌다. 한경이 일 대 다수로 싸우면서 점점 여유를 잃었다는 뜻이 그대로 읽혀져서 희수의 걸음은 더욱 빨라졌다.

마침내 8층에 도착했을 때, 활짝 열린 문 안쪽에서 퍽, 퍽 하는 단조로운 소음이 들렸다. 희수는 발에 밟히는 놈들을 걷어차고 달려 들어갔다.

"한경 씨!"

멈칫, 내려쳐지던 팔이 허공에서 정지했다.

외투는 어디론가 사라지고 셔츠며 바지가 여기저기 찢긴 채 피투성이가 되어 이쪽으로 등을 보이고 있던 한경이 천천히 고개만 움직여 그녀를 보았다. 희수와 눈이 마주친 순간, 무표정하던 얼굴에 거짓말처럼 온기가 돌아왔다.

마네킹이나 로봇 같은 인조물이 돌연 숨을 쉬는 사람으로 탈바꿈하기라도 한 양 너무나 극적인 변화가 희수의 숨길과 말문을 막았다. 심장이 조금 전까지와는 전혀 다른 의미로 크게 들썩댔다.

"……진작 보내 줬으면, 서로 좋았잖아."

다시 앞을 보고 중얼거린 한경이 쥐고 있던 멱살을 놓았다.

털썩 쓰러진 회장이 무어라 웅얼거리며 기침을 했지만 이미 한경은 등을 돌린 후였다. 희수에게 다가온 한경이 그녀를 향해 팔을 뻗다가 주춤했다. 당혹해하는 그의 시선을 따라간 그녀는 피에 젖은 장갑과 잔뜩 지저분해진 그의 옷을 발견했다.

희수는 웃어야 할지 울어야 할지 도무지 알 수가 없어서, 그냥 그를 끌어안았다. 그는 잠깐 굳는 듯하다 안도의 한숨을 내쉬며 마주 안았다. 그녀의 목덜미에 코를 묻고 들이마시는 숨이 무척

깊었다.

"무사해서 다행이야."

"……아냐, 한경 씨. 나는……."

위험해진 적도 없었어.

당신이 착각한 건 내 실수 때문이야. 용기를 내어 고백하려는 참에 점점 가까워져 오는 사이렌 소리가 희수를 방해했다. 그녀는 퍼뜩 현실로 돌아왔다.

"경찰이 올 거야. 일단 나가자."

그는 그녀가 이끄는 대로 순순히 걸었다. 두 사람은 비상계단을 통해 밖으로 빠져나갔고, 희수의 차에 올라 지체 없이 그 자리를 떠났다.

한동안 달리던 희수는 어느 조용한 골목에 있는 무인텔 주차장에서 차의 시동을 껐다. 한경을 당장 병원부터 데려가고 싶었지만 여전히 흉흉하게 날이 서 있는 그를 진정시키는 게 우선이란 판단에서였다. 더러워진 장갑을 벗은 정도로는 어림도 없었다. 그는 차에 타고부터, 아니, 무사해서 다행이라고 말한 이후 내내 조용했고 그저 그녀가 하는 대로 따랐지만 힘이 빠지거나 지쳐서는 아니었다.

한발 먼저 대실한 방에 들어간 희수는 카드 키를 꽂기 위해 벽에 한 손을 짚었다. 등 뒤로 문이 닫히는 소리가 난 직후 강한 힘이 그녀를 돌려세우고 입술을 덮쳤다.

카드 키를 떨어뜨릴 만큼 놀란 것도 잠시, 희수는 기꺼이 그를 끌어안고 어둠 속에서 쏟아지는 키스에 응했다. 뜨겁게 밀려드는 입맞춤은 그의 무사함을 가장 빠르고 쉽게 체감할 수 있는 증거였다. 희수도 무사한 그를 마주 안을 수 있다는 사실이 너무나 기쁘고 가슴이 벅차, 적극적으로 키스를 되돌렸다.

서로 잡아먹을 듯 절박한 키스는 숨이 턱까지 차오르고서야 조금씩 느려졌다. 숨을 고르는 그 잠깐조차 아까운 건 희수뿐만이 아니었다. 재차 각도를 바꾸어 짧고 깊게 혀를 얽으며, 그는 두 손으로 그녀의 외투를 벗겼다. 그녀 역시 그의 옷을 벗기려는데 그녀에게 협조해 주던 그가 불현듯 신음을 흘렸다. 쾌감이 아니라 고통이 섞인 호흡이었다. 그녀는 눈을 번쩍 떴다.

"다쳤지? 빨리 병원에, 읍!"

키스로 말을 막은 그가 잠시 후에야 입술을 붙인 채 대꾸했다.

"멍이 들었나 봐. 괜찮아."

"아니, 그래도, 읍, 으음……."

"……무슨 일이 있어도 지금은 아무 데도 못 가. 안 돼."

그는 다시 키스했다. 이번엔 앞서와 달리 입막음의 수단이 아니라 그저 너를 원한다는 간절한 고백이었다. 일말의 망설임이 날아갔다. 그녀는 눈을 감고 그를 붙들었다. 그녀 역시 그를 간절히 원하고 있었기 때문에, 그가 그대로 그녀의 바지와 속옷을 한꺼번에 끌어 내리고 다리를 위로 밀어붙였을 때도 그를 잡은 손을 놓지 않았다.

"아!"

뜨거움에 관통당하는 듯 아찔한 감각이 그녀를 꿰뚫었다.

단숨에 들어온 그의 것이, 혹은 심장이 입 밖으로 튀어나올 것만 같아서 그녀는 입술을 깨물었다. 그러나 거세게 들이치는 그의 움직임이 멋대로 그녀의 입을 열었다. 신음인지 울음인지 모를 낯선 소리들이 마구 흩어졌지만 그걸 부끄러워할 여유는 조금도 없었다. 불이 붙은 머릿속에서는 아무 생각도 나지 않았다. 그저 쉴 새 없이 품을 파고드는 그가 전부였다.

"아흣, 읏, 아! 하앗!"

"희수 씨, 희수, 윤희수……!"

한계를 모르고 치달아 가던 그녀는 이내 세상의 끝에서 추락하듯 절정을 맞았다. 몸 안 깊은 곳이 저절로 꽉 조여들어 틈도 없이 파고든 그의 형태가 고스란히 느껴지는 바람에 그녀는 새삼 얼굴이 뜨거워졌다. 숨을 훅 들이마신 그가 그녀를 안은 채로 자신의 것을 빼냈다.

툭, 투둑. 점액질의 액체가 희미하게 떨어지는 소리가 굉장히 야하게 들렸다. 희수는 그의 어깨에 얼굴을 묻었다. 살짝 고개를 든 그가 귓불이며 목덜미며, 입술이 닿는 자리마다 키스했다. 아직 가라앉지 않은 흥분 섞인 숨결이 진득하게 남아 있는 입맞춤에 그녀는 다시 갈증을 느꼈다. 그런 마음이 들켰는지, 그가 그녀의 몸을 가볍게 추슬러 침대로 향했다.

침대 위에 내려진 그녀는 다리에 거추장스럽게 걸려 있던 옷가지를 치우고 자신의 셔츠 단추를 풀기 시작했다. 찰나 무표정한 얼굴로 빤히 쳐다본 그 역시 자신의 옷을 아무렇게나 벗어 던지고는 아직 반나체인 그녀를 눕히고 위로 올라왔다.

당장이라도 다시 찔러 들어올 듯 여전히 뜨겁고 단단한 그의 것은 오히려 조금 전보다 더 성성해진 것 같았다. 희수는 어이가 없으면서도 웃음이 났다. 그러나 그는 뜬금없이 웃음을 터뜨린 그녀에게 이유를 묻는 대신 마치 눈이 부신 것처럼 아련하게 바라보다가 다른 말을 꺼냈다. 그것은 예상한 적은 없어도 여전히 웃으며 대답할 수 있을 만큼 아주 쉬운 요청이었다.

"결혼해 줘."

"응."

대답을 들은 한경은 정색했다.

보이지 않는 연막을 덮어쓰기라도 한 듯 표정이 사라진 채 망연하게 눈을 깜박이는 그는, 차마 윤희수를 의심할 순 없어서 자신의 귀를 의심하고 자신이 한 말을 돌이켜 보는 기색이었다. 어둠에 익숙해진 희수의 눈은 그런 그가 고스란히 보였다. 가슴이 먹먹해진 그녀는 일부러 더 환하게 웃었다.

"서한경이 윤희수한테 결혼하자고 한 거 맞으면, 윤희수가 좋다고 한 거야."

"……."

"사랑해, 한경 씨. 당신이랑 결혼하고 싶어."

그녀를 응시하는 그의 얼굴이 서서히 웃음으로 물들었다. 그녀가 두 손으로 그의 뺨을 감싸자 그는 고개를 숙여 그녀에게 입을 맞추었다. 가볍게 시작된 키스가 깊어져 전희로 이어지기까지는 금방이었다.

덕분에 희수가 한경과 밀린 대화를 한 것은 상당히 오랜 시간이 지난 뒤였다.

그녀가 위험한 줄 알고 단신으로 폭력 조직에 덤벼든 그에게, 단지 휴대폰을 꺼 둔 것이고 아무 일도 없었다고 고백하는 것은 역시 용기가 필요했다. 고맙게도 그는 그럴 수도 있다는 말로 흔쾌히 넘어가 주었다.

“뭐, 어차피 정리는 해야 했잖아.”

“……내가 말하긴 뭣하지만, 당신, 너무 너그러워.”

“단순히 기분이 좋은 것뿐이야. 지금이라면 뭐든 다 웃어넘길 수 있어.”

“왜?”

무심코 물은 희수는 한경의 미소에 움찔했다.

“아, 모르겠어? 그럼 가르쳐 줘야지.”

“아니, 알아! 농담이야! 안다고, 아……!”

그녀는 깜박 잊고 있었다.

그는 가끔은 결코 물러나지 않는다는 것을.

그리고 그 실수에 대한 대가는 새로운 아침이 밝아 올 때까지 직접 경험해야 했다.

下

익숙한 환경, 익숙한 사람. 그다지 인정하고 싶지 않았지만 한경은 고향에 돌아오는 사람이라면 이런 비슷한 기분을 맛볼 것 같다고 생각했다. 확실히, 정붙이면 고향이라는 얘기는 그냥 나온 소리가 아니었다. 그의 모든 정은 '이곳에 있는 사람' 에게 있으니까.

"……했고 이제는 너도……. 서한경."

"네, 대표님."

딴생각에서 빠져나온 한경은 시치미를 뚝 떼고 대답했다. 영진이 눈을 가늘게 떴다. 분명 확신범인데 증거가 없어 얄밉다는 시선으로 한경을 보던 그는 넘어가 주는 것 같더니 대뜸 물었다.

"그래서 할 거야, 말 거야."

"하겠습니다."

영진의 눈썹이 꿈틀했다. 너 처음부터 돌아올 생각 하고 있었지? 그럴 리 있겠습니까. 자영업도 해 보니 적성에 맞더라고요. 침묵의 대화가 눈으로 빠르게 오갔다. 영진은 여전히 의심하는 것 같았지만 어쨌든 원하던 대답을 들어서인지 길게 추궁하지 않았다.

"좋아."

영진은 고개를 끄덕였다.

"인사과에 말해 둘 테니 세부 사항은 거기서 얘기해."

"알겠습니다."

몇 마디를 더 주고받은 다음, 한경은 대표 사무실을 나왔다.

그가 나오길 기다려 들어갈 생각이었는지 문 옆에서 대기하고 있던 비서실장이 밝은 얼굴로 악수를 청했다. 무심결에 오른손을 내밀었다가 주춤하는 그에게, 한경이 웃으며 자유로운 왼손으로 그의 손을 잡았다.

"다시 잘 부탁드립니다, 실장님."

"제가 드릴 말씀입니다."

손을 놓은 그가 한경의 오른팔 깁스와 어깨 보호대를 살폈다.

"좀 어떠세요?"

"괜찮아요. 그냥 좀 부딪쳐서 멍이 든 줄 알았더니, 이렇게 됐네요."

열상이니 타박상 같은 건 예상했던 바였지만 뼈에 금이 갔다는 말은 엑스레이 사진을 보고서야 믿을 수 있었다. 정말로 괜찮았는데. 고작 하룻밤 만에 침대를 벗어나 병원에 간 건 순전히 희수를 안심시키기 위해서였던 한경은 인간의 잠재력에 감탄했다. 아마 아드레날린이 폭주해서 통각이 무뎌졌던 모양이다.

비서실장은 농담인 줄 알고 웃었지만, 한경은 굳이 고쳐 주지 않고 다른 용건을 꺼냈다.

"제 파일, 아직 있죠?"

"네?"

무슨 말씀이냐는 태연한 대꾸 뒤로 눈동자가 흔들렸다. 한경이 싱긋 웃었다.

"지워 주실 필요 없게 됐으니 윤희수 씨한테 갚으실 빚도 남은 겁니다."

"……뭐, 그래요. 어쩔 수 없죠."

계속 시침을 뗄 줄 알았는데 실장은 어깨를 으쓱였다.

"일부러 약속 무시하고 놔둔 건 아니에요."

"압니다. 하지만 두 번은 안 돼요."

"아, 그럼요. 저도 오래 살고 싶으니까. 다음에 또 봐요, 팀장님."

"네, 그럼 또."

한경은 엘리베이터에 올라타 익숙한 숫자를 눌렀다.

문이 열리자 엘리베이터를 기다리고 있던 두어 명이 그를 보고 문득 놀란 얼굴이 되었다. 그는 눈인사를 건네고 엘리베이터에서 내렸다. 복도를 지나가며 마주치는 사람들마다 거의 비슷한 반응이라, 짐작은 하고서도 그는 헛웃음이 나오려는 것을 참았다. 이제 그의 동료들은 거의 간부나 퇴직자가 되어 있어서 그는 대부분의 사원들을 알지 못했다. 마찬가지로 그들 역시 이쪽을 잘 몰라야 하는 게 정상이지만, 일이 그렇게 잘 풀렸다면 여러 가지로 참 편했을 것이었다.

하긴 조용히 넘어가기란 처음부터 무리였다. 희수가 확보한 증거를 활용해 사건을 도남회 내부 싸움으로 만든 사람이 영진이어서 가드와도 연관이 되었고, 또 서한경이 형사에게 도남회 연락처를 확인한 직후에 본거지가 뒤집혔으니 숨겨 봤자 눈 가리고 아웅인 셈이었으니까.

더 이상 윤희수가 얽히는 것을 원치 않았던 한경의 뜻과 성의에 따라, 그녀는 이세연과 비슷한 비중의 관계자로 남았다. 이번 사건은 그저 김준일을 죽인 서한경에게 복수하려던 박성광이 실패하고, 도남회에서 대신 해결하려던 참에 서한경이 선수를 친 일이었다. 그러나 그만한 정황으로도 소문은 물밑에서 일파만파 퍼져 나가고 한경은 복귀하자마자 유명세를 치러야 할 팔자가 되고 말았다.

"근데 결국에는 마찬가지셨을 거예요."

병원에 문병을 왔던 세연의 평이 불쑥 떠오른 것은, 그녀가 말한 다른 유명세의 근원이 저편에서부터 굉장한 기세로 구두 소리를 울리며 걸어오고 있었기 때문이다.

사람들의 시선이 소리가 나는 방향으로 돌아가고, 복도를 오가는 흐름이 자연스럽게 양쪽으로 갈라지는 가운데 눈길이 빠르게 교환되는 광경은 퍽 익숙해서 한경은 문득 그리움마저 느꼈다.

그런 거라면 내 팔자가 맞지.

다른 놈이 나서도 사수해야 할 일이었다. 뭐 사람 보는 눈이 나쁜 놈들이 워낙 많으니 걱정할 필요는 없지만. 수긍한 그는 자신을 발견하고 더욱 사나워진 기세로 점점 가까워지는 희수를 보았다. 그리고 지척에서 걸음을 멈춘 그녀를 향해 빙그레 웃었다.

"안녕하십니까, 과장님."

숨을 들이켜던 희수가 허를 찔린 듯 멈칫했다.

딱 짚을 수 없는 감정들이 그녀의 얼굴 위로 빠르게 스쳐 갔다. 보자마자 쏟아 낼 말이 잔뜩 있었는데 선수를 빼앗기고 나자 당장 무엇부터 말할지 모르겠다는 눈치였다. 열렸다 닫히기를 반복하느라 분주한 예쁜 입술에 저절로 시선이 가려는 것을 의식적으로 통제한 그는 급한 것처럼 보이지 않게 신경 써서 말했다.

"드릴 말씀이 있습니다만 시간 좀 내 주시겠습니까?"

"……따라오세요."

얼마든지, 어디까지나.

한경은 앞장서는 희수의 뒤를 느긋하게 쫓았다. 그녀가 고른 장소는 비어 있는 회의실이었다. 문이 닫힌 즉시 참았던 고성이 터질 줄 알았는데, 희수는 팔짱을 끼고 잠시 그를 노려보기만 했다. 어쩐지 불길한 예감이 들었을 즈음에 희수가 드디어 입을 열었다.

"회사에 다시 오고 싶지 않았잖아."

무겁게 떨어지는 그녀의 목소리는 한숨에 가까웠다.

아, 역시. 그는 이편이 훨씬 더 무서웠다. 어떻게 해야 좋을지 알 수 없어지니까. 그는 농담 섞어 화를 풀어 주려던 생각을 바꾸고 신중하게 말을 골랐다.

"그런 건 아냐. 쉽게 결정할 수 없는 문제라 말을 아꼈을 뿐이지."

"그럼 내가 없었어도 돌아왔을까?"

"그건……."

"대표님 핑계 대지 마, 아무리 뭐라 그래도 당신이 한 번 아니라면 끝까지 아니라는 거 아니까."

대꾸할 말이 없어진 한경이 입을 닫았다. 희수는 조금도 즐거워 보이지 않는 웃음을 피식 물었다.

"그것 봐. 역시 나 때문이었어."

"글쎄, 부정은 못 하겠지만 그 표현은 좀 이상한데."

"뭐가?"

"보통 당신 때문에 행복하다는 말은 안 쓰잖아. 덕분이라고 하지."

이번엔 희수가 말문이 막힌 얼굴로 그를 보았다.

그가 손을 뻗어 끌어당기자 그녀는 선선히 다가와 안겨 주었다. 하필 팔을 다쳐서 두 팔 가득 그녀를 품에 안을 수 없다는 사실에 대한 새삼스런 아쉬움을 삼키며, 그가 말을 이었다.

"이 일은 좋아해. 하고 싶어서 시작한 것도 맞지. 하지만 윤희수를 만나지 않았으면 진심으로 즐기지는 못했을 거야. 내가 제일 잘할 수 있는 일이 된 것도 당신이 있어서였고."

인명을 지키는 일이니 느슨한 마음가짐으로 임하지는 않았다. 그러나 '직업'에 일부러 의미를 부여해서 애착을 만들어 가질 정도로 착실한 성격은 아니었다. 희수를 만나고 속수무책으로 흘러가는 마음을 좇아, 그는 그녀에게 가장 믿음직한 동료가 되기 위해 노력했다. 희수 본인이 유능했기 때문에 그것은 퍽 보람 있는 목표였다.

"둘 다 내 손으로 내던지는 거, 미치지 않고서야 두 번은 못 하지. 그러니까 그냥 나하고 다시 같이 일하게 돼서 좋다고 해 줘."

"당연히, 좋지만……그럼 이미 돌아올 생각을 하고 있었다는 거네."

"사실은 그래. 당신이 나 받아 줬을 때부터."

대표님한테는 비밀이야, 농담처럼 진담을 덧붙인 한경에게 희수가 고개를 들며 황당해했다.

"뭐? 그럼 여태 나한테도 시치미를 뗐던 거야?"

응?

"무슨 소리야, 그건."

"내가 당신 받아 줬을 때부터 돌아올 생각을 했다며. 그럼 내 휴가가 끝난 직후였잖아. 아니다, 그 전인가?"

청혼을 수락해 준 일을 염두에 두었던 한경은 어리둥절해졌다가, 지금 희수가 그녀의 입으로 한경 자신을 향한 사랑을 이미 오래전부터 이어 오고 있었다는 고백을 하고 있는 거나 마찬가지란 사실을 깨달았다.

그녀가 말하는 때가 정확히 언제인지는 상관없었다. 그는 벅차오르는 감정을 참지 못하고 여전히 본인조차 감을 못 잡고 있는 사랑스러운 그녀의 턱을 들어 키스했다.

"잠깐, 읍, 말, 돌리지 말고……, 진짜."

어이없다는 듯 피하려던 희수가 결국 못 말린다는 듯 웃어 주었다. 그는 다시 짧게 입을 맞추고 정정했다.

"미안, 내가 말을 잘못했다. 회사로 올 결심을 한 건 당신이 나와 결혼해 준다고 했을 때야. 당신한테 절대 모른 척한 적 없어."

"흐음……. 뭐, 어쨌든 억지로 떠밀린 게 아니라니 됐어."

눈을 가늘게 뜨고 그를 보란 듯이 관찰하던 희수는 너그럽게 넘어가 주었다. 얼결에 마음을 고백한 셈인데 전혀 부끄러워하지 않는 모습이 너무나 그녀다워서 못내 좋았다.

"난 대표님이 날 걸고넘어져서 설득하신 줄 알았는데 아니었구나."

"그러셨던 거 같긴 한데, 사실 제대로 안 들어서 기억 안 나."

한경이 뻔뻔하게 고백했다.

"하마터면 애먼 사람 잡을 뻔했네. 중간에 만나서 다행이야."

"뭐? 아, 대표님한테 가던 길이었어? 내 얘기 하려고?"

"응."

윤희수는 여전했다. 한경은 소리 내어 웃었다.

"역시 아쉽다니까."

"뭐가?"

"기왕 복귀하는 거, 당신 밑에서 일해 보고 싶었는데."

유능한 동료가 유능한 상사가 된다는 절대적인 법칙은 없지만 윤희수라면 기대를 걸어 봐도 좋지 않았을까. 하지만 이미 물 건너간 일이 되었다.

“어? 그럼 경호과로 오는 게 아니야?”

“그게, 좀 희한해. 굳이 소속을 대자면 대표님 직속에 하는 일은 신입 교육 플러스 경호랄까.”

“뭐?”

“알아서 한 팀 맡으래. 입사부터 현장까지 책임지고.”

희수가 눈을 크게 떴다.

“진짜? 처음 들어, 그런 경우.”

“아마 말 많고 탈 많은 직원을 그냥 현장에 내보내긴 조심스럽고, 책상 앞에 앉혀 두기는 애매하니까 꼼수를 좀 쓰신 거 아닐까. 뭐, 이것도 나쁘지 않다 싶어.”

“그러게. 그러고 보니 당신, 옛날에 직접 애들 데리고 키워 보고 싶단 얘기 했었지.”

“맞아. 팀원들이야 부하 직원이라고는 해도 동료니까.”

고개를 끄덕인 한경이 새삼스런 눈으로 희수를 보았다.

“기억하고 있었네. 지나가는 말처럼 했던 거 같은데.”

“다 사랑이야.”

어깨를 펴고 당당하게 대꾸하는 그녀야말로 사랑이었다. 먹먹해진 그는 그녀를 꽉 끌어안았다. 그의 성치 않은 팔로 인해 모자라는 것만큼, 그녀가 한껏 마주 안아 주었다.

“당신이 키우는 애들이라, 벌써 기대되네. 잘 부탁해. 팀장님.”

"아무렴요, 과장님."

"그래서 이제는 어디로 갈 건데?"

"인사과. 세부 사항은 거기서 들으라고 하셔서."

고개를 끄덕인 희수는 그럼 슬슬 나가자며 물러났다. 그는 당장 허전함을 느끼는 스스로가 조금 우스워서 제풀에 웃었다. 그를 본 그녀가 엄지손가락 하나를 그의 입술에 갖다 댔다.

"잠깐 있어 봐, 립스틱 묻었네. 난 어때?"

"예뻐."

희수는 눈을 크게 뜨더니 환하게 웃었다. 봐, 내 말이 맞다니까.

"고마워. 근데 안 번졌느냐는 뜻이었어."

"괜찮아. 완벽해."

차라리 좀 번져서 마킹처럼 보이면 좋겠다 싶을 정도지.

그는 속으로 짓궂게 중얼거렸다. 물론 그녀가 회사에서 구설수에 오를 빌미를 제공할 마음은 조금도 없었기에 생각에만 그칠 일이었다. 진지하게 제게 집중하는 그녀는 정말 예뻤다. 금세 또 키스하고 싶어졌지만 그는 얌전히 있었고 이내 멀어지는 작은 손가락 끝에 대신 입을 맞추었다.

그들은 함께 회의실을 나왔다.

그와 나란히 복도를 걷던 그녀가 중간에 멈춰 섰다. 의아해하는 그에게 그녀가 비상계단을 가리켰다.

"인사과는 배관 문제로 부서를 이전했어요. 한 층 더 내려가셔야 됩니다."

"그렇군요. 감사합니다, 과장님."

호칭을 꼬박꼬박 붙이는 게 우스웠는지 희수의 입매가 웃음을 눌러 참듯 살짝 이지러졌다가 제 모양을 되찾았다.

그는 가벼운 묵례를 남기고 돌아서는 그녀의 익숙하고도 낯선 뒷모습을 지켜보다가 계단을 내려갔다. 탁탁, 통로에 울리는 발소리는 가슴이 두근거리는 소리와 어딘가 모르게 닮아 있었다.

— *fin*

외전. 언제나와 같은 날

"서한경 팀장의 소속과 권한을 구체적으로 명시했으면 합니다."

듣기 좋은 목소리가 떨어진 직후, 회의실 내 모든 시선이 한경을 향했다. 그 말을 한 희수를 쳐다본 한경 본인을 제외하고.

그는 전혀 놀라지 않았다. 서류상으로가 아니라 정식으로 회사에 복귀한 첫날, 이 부장급 회의에 참석할 것을 종용받아서 왔는데 그 자신에 대한 실질적인 내용은 하나도 나오지 않은 것이다. 즉 내일 전체 회의에서 전 직원에게 할 인사말, "이번에 경호과로 재입사하게 된 서한경입니다." 이상의 정보를 그 역시 모르고 있다는 얘기다.

인사과에서 들은 '세부 사항' 은 재입사에 관한 서류상의 일일

뿐이었다. 물론 공식적으로 인사하기 전에 따로 불러 갈 수도 있기에 그는 그때도, 지금도 느긋하게 기다릴 수 있었지만 그것은 일개 팀장의 입장이었다. 그는 병가를 낸 부장 대신 간부 회의에 참석해 자신의 일을 공론화시킨 경호과 부장 대리 윤희수 과장을 이해했다.

그래서 그가 그녀의 말을 맞받은 것은 순전히 재미있어서였다.

"저는 경호과 소속이지 않습니까, 부장 대리님. 그러니 권한에 대해서도, 제 월권행위가 걱정되신다면 부서 내에서 조율하실 일인 것 같습니다만."

"입장 자체가 이미 월권인 경우엔 해당되지 않죠."

희수의 시선이 똑바로 향해 왔다. 언뜻 딱딱해 보이기도 하는 사무적인 얼굴이 마음에 들었다. 회사에서 자주 웃어 봤자 벌레만 더 꼬일 테니까.

"서 팀장이 경호과로 발령 난 건 이전에 경호과 소속이었고 또 현장 팀을 담당할 예정이기 때문이잖아요. 지금은 팀원도 없고, 신입 채용에 처음부터 끝까지 참여할 거고, 연수도 일부 진행할 거라면 기준이 무엇이냐에 따라 어디든 소속될 수 있습니다. 혹은 셋 다가 될 수도 있죠. 서 팀장도 세 군데에서 동시에 징계를 받고 싶지는 않을 텐데요."

세 군데에서 동시에 포상 받는 건 좋을 거 같은데.

하지만 그는 대답 대신 양 손바닥을 보이고 어깻짓을 했다. 그가 논점을 흐리지 않고 무대에서 퇴장하자마자 다른 방향에서 공격이 들어갔다.

"틀린 말은 아니지만, 중요한 문제인 만큼 지금 이 자리에서 언급될 일은 아닌 것 같습니다."

"맞습니다."

희수가 매끄럽게 말을 받았다.

"이사님께서 저와 같은 생각이실 줄 알았으면 역시 내일 전체 회의에서 제기할 걸 그랬나 보네요."

부장급이 아니라 더 윗사람들끼리 정할 문제라고 못 박으려던 시도는 보기 좋게 무산되었다. 슬며시 구겨지는 이사의 표정을 한경이 즐겁게 구경하는 동안 희수는 계속 말했다.

"아시다시피 새로운 규정이 필요한 자리입니다. 그리고 서한경 팀장은 관리자가 아니라 실무자에 가까우니, 관리자 몇 명이 따로 정한 다음 공문으로 내려보내는 방식으로는 실무자들 사이에서는 말이 생길 수밖에 없습니다."

"……."

"일부 중간 관리자들도 마찬가지일 거고요."

"……그건 자네 얘긴가?"

"네. 저도 포함해서요."

코웃음 섞인 빈정거림은 희수에게 작은 생채기 하나 낼 수 없었다. 눈 하나 깜짝 않고 수긍하는 것이 너무나 그녀다워서 한경은 웃음을 참았다. 묵묵히 듣고만 있던 영진이 입을 열었다.

"확실히 내가 너무 안일하게 생각한 것 같군요."

진지한 눈으로 보고 있는 것에 비해 가벼운 말투였다.

"좋은 지적입니다. 그럼 마침 모인 자리니 지금 같이 얘기해 보도록 하죠."

대표가 직접 결정한 사안이어서 회의가 끝날 무렵까지도 눈치를 보며 닫혀 있던 입들이 대표님이 멍석을 깔아 주자마자 기다렸다는 것처럼 하나둘 열리기 시작했다. 본인들도 알기는 아는지 겸연쩍은 헛기침을 섞어 가며 내놓는 의견 사이로, 희수는 뒤로 물러나 경청했고 한경은 계속 꿔다 놓은 보릿자루 역할에 충실했다.

"팀원을 직접 선발한다면, 만약 서한경 팀장 눈에 들어오는 사람이 없다면 어떻게 됩니까?"

질문을 받은 영진이 쳐다보았을 때 대신해서 대답한 게 전부였다.

"안 뽑습니다."

그의 말에 회의는 조금 시끄러워지고, 더 길어졌다.

열렬한 토론 끝에 그는 결국 신입연수팀 평사원으로 보직이 변경되었다. 그리고 팀원이 꾸려진 이후에 경호과로 이동, 팀장으로 승진하게 될 예정이었다. 타 부서 직원의 '파견' 이나 팀 없는 팀장 같은 변칙적인 상황이 오래가는 것보다 더 괜찮은 결과였기에 대다수는 그 정리에 만족했다.

"그럼 다들 수고했어요."

영진이 회의의 종료를 선언하고 자리를 떴다.

각자 처리해야 할 일거리와 늘어난 이야깃거리를 챙겨 들고 떠나느라 분주했다. 의자를 제자리로 밀어 넣는 한경에게 인사부장이 다가와 악수를 청했다.

"인사는 했지만, 이제 한배를 탔으니. 다시 한 번 잘 부탁해요."

"제가 드릴 말씀입니다. 잘 부탁드립니다."

마주 악수한 한경은 부장의 흘끔대는 시선을 무심코 따라갔다가 회의실을 막 나서는 희수의 뒷모습을 보았다. 아직 나가지 않은 다른 사람들 역시 눈짓을 주고받으며 같은 쪽을 주시하고 있었다.

"방법은 좀 거칠었어도 나쁜 의도는 아니었을 테니, 너무 신경 쓰지 맙시다. 원래 거침없는 성격이라……, 아, 물론 잘 알겠지만요."

"네, 그럼요. 덕분에 교통정리가 확실히 됐으니 다 잘된 일 아닙니까."

"그래요. 그렇게 생각하면 좋지."

한경의 어깨를 툭툭 두들긴 부장이 화제를 바꾸며 걸음을 옮겼다. 한경은 굳이 "저보다 더 잘 아는 사람은 없을 겁니다."라고 말해 주지 않고 그에게 맞췄다.

그와 희수의 사연이 그대로 묻힘에 따라, 그들은 '상사와 부하 관계가 된 옛 동료 직원'으로 통했다. 서로 감출 생각은 없지만 먼저 나서서 떠벌릴 성격이 아니었고, 사정을 다 아는 사람들도 입을 다물었으며, 아무도 묻질 않아서였다.

원래 공개적인 사내 연애를 꺼렸기 때문인지 희수는 그 점에 별다른 불만이 없어 보였고, 그녀가 그렇다면 그도 상관없었다. 그러나 윤희수에게 혀를 내두르고 서한경의 어깨를 위로 삼아 두드려 주는 이 사람들이 사실을 안다면 과연 어떤 얼굴들을 할지를 생각하면, 그는 역시 조금 아쉬워하지 않을 수 없었다.

"볼만하긴 하겠지."

희수는 수긍했다. 그리고 와인을 한 모금 마시다가 고개를 갸웃거렸다.

"근데 어차피 시간문제 아냐? 결혼하면 다 알게 되잖아."

"뭐 그거야 그렇지만."

"그때 가서 실컷 즐겨."

남 일인 양 강 건너 불구경하듯 시원스럽게 말하는 그녀가 괜히 얄미웠다. 한경은 대꾸 대신 앉은 채로 몸을 기울여 나란히 앉은 그녀를 꾹 밀었다. 영문 모르고 밀리던 희수가 웃음을 터뜨리며 손을 짚어 버텼다. 밝은 웃음소리를 들으니 기분이 나아졌지만 그래도 한마디는 했다.

"그때가 언젠데."

"조만간?"

냉큼 대답하고 더 크게 웃는 희수에게서는 장난기가 다분히 드러났다. 이내 그녀는 웃음을 누르고 그의 팔을 토닥였다.

"곧 공채 있어서 바빠지잖아. 날씨도 춥고. 당신도 적응하고, 날 풀려서 따뜻할 때 하면 좋지."

구구절절 옳은 말씀이지만 그는 별로 동의하고 싶지 않았다. 자신이 했던 실수가 새삼 뼈아프게 다가왔다.

희수와 함께 앉아서 와인을 마시고 있는 이 아파트는 한경이 가게와 집을 처분하고 새롭게 구하게 된 집이었는데 청혼을 승낙 받은 상황이었기 때문에 희수와의 신혼집이기도 했다. 따라서 그녀의 의사가 매우 중요했고, 그는 바쁜 그녀 대신 몇 군데 후보지를 찾아 그녀에게 보여 주었다. 브리핑 받는 것 같다고 웃으며 듣던 희수가 위치나 크기, 주변 환경 등등을 따져 본 다음 이 집을 골랐다.

"여기가 제일 나은 거 같은데. 둘이 살기엔 적당히 넓고, 위치도 좋네."

"역시 그렇지?"

"응. 집값이야 늘 오르니까 아예 사 놓고 갚는 게 나을 거 같기도 하고."

음?

잠깐 이해할 수 없는 표현이 지나간 것 같은데. 한경이 의아해하는 사이 희수가 더욱 예상하지 못한 말을 꺼내 놓았다.

"그럼 혼인 신고부터 해야겠다."

"……뭐?"

"신혼부부 대출이 이자도 낮고 괜찮대. 예식장 계약서로 갈음

할 수도 있다는데 그런 식으로 막 급하게 정하고 싶진 않아서. 왜? 싫어?"

"아니, 그럴 리가. 근데 대출은 안 해도 돼."

희수가 눈을 크게 뜨더니 서류의 매매가를 확인했다.

"진짜?"

"진짜."

"우와……, 대박. 똑같은 일을 하고도 난 이렇게까지는 못 모았는데. 좀 민망해지네."

"아냐, 난 쓸 곳이 별로 없었으니까."

뭔가 말하려던 그녀는 아무 말 없이 입을 다물었다. 예쁜 눈가에 금세 어른거리는 희미한 그림자의 이유를 모를 수가 없어서 그는 더 아무렇지 않게 말을 이었다. 실제로 아무렇지 않기도 했다. 그녀와 마주 보며 함께 살 집을 고르고 있는 이상, 그는 천하무적이었다.

"딱히 취미도 없었고, 회사 가면 윤희수 얼굴이라도 한 번 더 보니까 일부러 만들 생각도 없었고."

의도한 대로 희수는 미소를 지었다.

"그럼 이제 같이 만들면 되겠다. 여기 근처에 개천도 있는데 나랑 산책하는 취미는 어때?"

"아, 좋지."

그들은 그렇게 훈훈한 마무리를 짓고 화제를 바꾸었다. 대출 얘기가 다시 언급되지 않게 되면서 혼인 신고 얘기 역시 마찬가지가 되었다. 얼마 뒤 한경이 후회한 것이 바로 그 점이었다. 결혼 날짜를 잡는 일이 마음처럼 되지 않았던 것이다.

"대사大事는 서두르면 그르친다는 말도 있지 않은가. 급할 것도 없고 천천히 준비하는 게 좋겠어."

그의 예비 장모님, 즉 희수를 어릴 때부터 키워 준 그녀의 이모님은 느긋한 성격이셨다. 일가친척이 없는 그로서는 결혼에 관해 처가댁 어른들의 의견을 전적으로 따르는 게 좋았다. 날짜는 빼고. 하지만 그는 자신의 유일한 의견을 강하게 주장할 수 없었는데, 점수를 잃지 않기 위해 조심해야 할 입장이었기 때문이다.

그가 정식으로 인사를 드리기 전, 희수가 먼저 식구들에게 사정을 설명해 두었다. 연애의 이응의 낌새도 없었던 자신이 사귀는 사람도 아니고 무려 결혼할 사람이 있다면 난데없이 뭔 소린가 싶으실 거라던가. 아무것도 감추지 않아도 된다는 그의 말에 따라 그 '사정'에는 서한경에 대한 모든 것이 포함되어 있었고 어른들은 찬성보다 걱정을 먼저 했다. 물론 희수는 적당히 걸러서 전달했지만, 그는 인사드렸던 날에 자신을 맞아 준 그녀의 식구들이 웃음 아래 무엇을 깔고 있는지 잘 알 수 있었다. 짐작하고 있었으니까.

그 뒤로 몇 번 더 만나면서 다행히 걱정이 제일 많은 이모님까지 찬성으로 완전히 넘어왔다. 그러나 그건 환영과는 분명히 달랐다. 그 점을 기억하는 그로서는 가능한 한 잘 보여야 했고 '급한 것도 없'는데 결혼을 서둘러 쓸데없는 의심을 사는 것은 좋지 않았다.

……가만히 입 다물고 있었으면 혼인 신고라도 먼저 해 둘 수 있었는데.

"무슨 생각 해?"

희수가 그의 상념을 방해했다.

"내 입이 방정이라고."

그는 선선히 대답하고 잔을 기울였다. 와인이 어쩐지 더 쓰게 느껴졌다.

"뭐?"

"괜히 말해서 미리 혼인 신고 할 기회를 놓쳤잖아."

어리둥절한 표정이 이내 웃음 뒤로 사라졌다. 신나게 웃은 그녀가 그를 향해 돌아앉았다. 여전히 웃고 있는 얼굴과 달리 던져진 물음은 퍽 진지했다.

"설마 나 못 믿어? 변심할까 봐 걱정돼?"

"정말 설마 같은 얘기네. 그런 걱정 따윈 안 해."

한경은 고개를 저었다. 단지 그 자신의 문제일 뿐이었다.

그는 가족을 갖고 싶었다.

너무 어릴 때부터 혼자로 지내 왔고 처음부터 가족이 없었던 것이 아니기 때문에 더욱 사무쳐서 마음 깊은 곳에 묻어 둔 욕심이었다. 친구나 지인, 동료는 많아도 가족은 대체되는 존재가 아니었다. 그는 가족 관계 증명서를 뗐을 때 돌아가신 부모님 외에도 다른 사람이 있길 바랐고, 주민 등록 등본에서 덩그러니 외롭게 있고 싶지 않았다.

그리고 그 욕심을 의식적으로 깨달은 것, 그것들이 단순한 서류로만 보이지 않게 된 건 윤희수가 좋아진 이후의 일이었다. 그런 그녀가 내 사람, 내 가족이란 것을, 그는 서로의 마음뿐만이 아니라 눈에 보이는 인정을 하루빨리 받고 싶었다. 희수에게는 감출 것이 하나 없지만 이 속마음을 털어놓으면 그녀가 한경 자신의 과거에 대해 지나치게 신경 쓰고 안타까워할 것이 분명해서, 그는 끝까지 말하지 않을 작정이었다.

그래서 그는 다른 진심으로 진심을 숨겼다.

"내가 나 다음으로 믿는 게 당신이야."

"뭐야, 그건. 우리 일이니까 둘뿐인데 당신 다음이면 꼴찌란 얘기잖아."

희수는 그가 생각지도 못한 점을 지적했다.

"앞으로는 날 당신보다 더 믿어도 돼."

당당하게 호언장담하는 그녀는 무척이나 사랑스러웠다. 다른 모든 순간처럼. 그는 고개를 숙여 그녀에게 키스했다.

달콤한 입술을 맛보고 그 안의 열기를 좇으며, 그는 자신의 잔을 탁자에 내려놓고 그녀의 잔도 부드럽게 빼앗아 같은 곳에 두었다. 보지 않고 내려놓은 거라 툭 쓰러지는 소리가 들리는 것 같기도 했지만 그는 이미 방해 없는 키스에 열중하고 있었다. 쿡쿡거리던 웃음이 이내 섹시한 신음으로 바뀌어 충동은 더욱 강해졌다. 팔을 벌려 그의 목을 끌어안은 그녀가 입술이 살짝 떨어진 사이에 사실을 짚었다.

"내일 출근일이야."

"나도. 같이 나가자."

"아니, 갈아입을, 읍……."

"……집에 들렀다 가면 되지. 멀리 돌아가는 길도 아니고."

아니, 굳이, 그건 좀. 희수가 반대하는 말을 꺼낼 때마다 그는 계속 그녀의 입술을 소리 내어 막았다. 쪽, 쪽, 간지러운 소리가 쉼표처럼 끼어들기를 몇 번, 그녀는 웃음을 터뜨리며 백기를 들어 주었다.

"아, 알았어! 대신 운전은 당신이 하기야."

"조건이 너무 쉬운데."

설마 다른 사람들한테도 이렇게 쉽게 봐주지는 않겠지.

그런 노파심이 불쑥 들었지만 그는 희수가 절대 말랑말랑한 사람이 아니라는 건 잘 알고 있었다. 자신에게만 보여 주는 갭이 새삼 짜릿했다. 그는 다시 그녀에게 키스했다.

그대로 그녀를 눕히려는 참에, 그녀가 팔꿈치로 버티더니 다른 한 손으로 그를 밀었다.

"샤워부터 할래."

"괜찮아, 상관없어."

"난 상관있어! 안 돼."

꾹꾹 미는 힘이 제법 강했다. 그는 별수 없이 떠밀려 앉았다. 일어선 그녀가 그의 바지 앞섶을 흘끗 보고 짓궂은 웃음을 흘렸다. 아니, 잔인하다고 해야 하나.

"금방 올 테니까 얌전히 기다려."

그녀는 장난스럽게 명령하고 욕실을 향해 돌아섰다. 그 어떤 성격의 개라도 순종할 것이 분명한, 상냥하고 다정한 말투였다. 물론 개의 경우에는 그렇다는 것이다.

본질적으로 크게 다를 건 없겠지만.

그는 몸을 일으켜 소리 없이 좇았다. 그리고 막 욕실 문을 여는 그의 주인님을 뒤에서부터 덥석 끌어안아 함께 문턱을 넘었다.

놀라 숨을 들이켜는 소리에 이어진 밝은 웃음소리는 세게 닫힌 문 너머로 사라졌다.

넓은 회장은 점잖게 차려입은 사람들로 북적였다.

희수는 장내를 한눈에 볼 수 있는 2층 계단참에 서 있었다. 이 리셉션을 주최한 회사 대표에게 폭력을 동반한 협박이 날아들어 그녀의 팀이 개인 경호를 하게 된 지 2주일째였다. 불특정 다수와 마주칠 수 있는 일정 중 조정이 가능한 것은 조정되었지만 이 행사만큼은 그럴 수 없다 하여 가드에서 지원 인원을 추가해 행사 자체의 경호까지 맡은 것이다.

총책임을 맡은 희수는 오가는 사람들의 동선을 방해하지 않는 위치에서 이어마이크로 드문드문 오가는 보고를 들으며 전체 상황에 주의를 기울였다. 그때 누군가가 불쑥 나타나 그녀의 주의를 빼앗았다.

"어? 윤 주임 아니야?"

낯선 직함과 목소리에 반응한 것은 머리가 아닌 몸이었다.

이쪽을 향한 말이라는 걸 본능적으로 알아차린 희수가 돌아본 곳에는 웬 남자가 만면에 반가워하는 웃음을 띠며 서 있었다. 기억 속의 먼지와 지나간 세월의 더께를 걷어 내자마자 예전 직장 상사의 얼굴이 나타났다.

이런 젠장.

"와, 이런 데서 다 보네? 내가 윤 주임 퇴사하고 얼마나 아쉬웠는데."

희수는 재빨리 옷깃에 붙은 마이크를 손바닥으로 감싸 막았다. 하지만 친근한 척 구는 목소리를 처음부터 다 차단하지는 못해서, 그녀는 팀원들의 안테나가 순간이나마 전부 이쪽으로 쏠렸으리란 걸 알 수 있었다.

설마 쳐다보지는 않겠지.

귀는 어쩔 수 없다 해도 눈까지 자리를 벗어나선 안 될 말이다. 빠르게 주변을 훑은 희수는 시선이 마주친 두엇에게 눈으로 경고를 전했고, 찔끔한 그들이 얼른 앞을 보는 것을 확인했다. 그동안에도 남자는 계속 혼자 떠들고 있었다.

"매정하게 연락도 안 하고, 내가 전화도 했는데. 하긴 옛날 일이니까 됐고……, 근데 어째 더 예뻐졌네? 나이는 거꾸로 먹나 봐. 요새는 뭐 해?"

"일하는 중입니다."

퇴사했던 이유에는 여러 가지가 있었지만 제 옆구리 시린 것을 남 탓으로 떠넘기고 시도 때도 없이 집적대던 상사도 큰 몫을 했다. 당시에도 자신의 마음에 최선을 다해 살아간다고 생각했지만 역시 돌이켜 보니 지금의 철벽은 하루아침에 완성된 것이 아니었다. 남자가 보자마자 침 뱉고 돌아서지 않은 걸 봐선 그때 자신이 너무 무르게 대처했던 모양이다.

지금이라면 그렇게 만들어 줄 수 있는데.

과거의 감정이 새록새록 되살아나기 시작했다. 그 점을 늦게라도 성의껏 가르쳐 주고 싶었지만 때가 좋지 않았다. 딱 잘라 대답한 희수가 얼마나 아쉬워하고 있는지 꿈에도 모를 남자는 눈치도 없었다.

"무슨 일? 뭐, 다른 건 몰라도 윤 주임을 제대로 보는 회사는 아니네. 이 좋은 몸매에 바지 정장을 입히면 어쩌자는 거야."

맞아, 이런 헛소리에도 특화된 인간이었지…….

"일하는 중이라 길게 말 못 합니다. 방해하지 말아 주세요."

"그러니까 무슨 일을 하는데? 우리가 지금 몇 년 만에 만났는데 반갑지도 않아? 잠깐 얘기 좀 하자."

글쎄 댁이랑 난 우리라는 말로 엮일 사이가 아니라고. 희수는 참을 인 자를 되뇌며 말을 반복했다.

"지금은 안 됩니다."

"나 참, 고집은. 그럼 나중에 얘기하자. 번호라도 줘."

"미,"

미쳤니?

희수는 입을 꾹 다물어 저도 모르게 뱉을 뻔한 말을 겨우 막았다. 여기서 분란을 만들 수는 없다. 이미 사적인 대화가 너무 길어지고 있었다. 아, 정말 죽어도 주기 싫은데.

"빨리. 급하다며?"

남자가 자신의 휴대폰을 꺼냈다. 초조해진 그녀는 입술을 깨물었다. 일단 달라는 대로 주고 나중에 수습해야겠다고 생각하며 입을 열려던 참에, 뒤에서 다가오는 기척을 느꼈다. 남자의 시선이 그녀의 뒤쪽으로 옮겨 가며 사선을 그린 것과 동시였다.

무심코 돌아본 희수는 검은 정장 차림의 한경을 발견하고 깜짝 놀랐다.

이 사람이 여긴 웬일이지?

희수가 순간 상황을 잊고 물어보려던 찰나 지척까지 다가온 한경이 손을 뻗어 그녀의 한쪽 귀를 가볍게 감쌌다. 이어마이크가 부드럽게 빠져나가고 무전기를 찬 벨트가 허전해지는 와중에도 희수는 그의 의도를 알지 못하고 멍해져 있었다. 한경은 희수에게서 눈을 떼지 않은 채 이어마이크를 착용하고 입을 열었다. 무전으로 이어진 모두를 향한 말이자, 희수에게 하는 말이기도 했다.

"서한경입니다. 지금부터 십 분간 제가 인계받습니다."

그리고 그는 몸을 돌렸다.

사람들을 살피는 한경은 이미 완전히 업무에 집중하고 있었다. 희수를 방해하는 남자를 내보내거나 막지 않고 십 분의 시간을 벌어 준 것뿐이지만, 희수에게는 가장 필요한 것이었다. 그리고 그건 그가 언제든 믿고 맡길 수 있는 유능한 동료이기에 가능했다.

이러니 반하지 않고 견딜 수가 있을까.

이미 반한 지 오래지만, 새롭게 가슴이 벅찼다. 깊게 숨을 들이마신 희수는 여전히 상황 파악을 못 하고 있는 남자를 향해 빙긋 웃었다.

“이제 됐어요. 얘기하러 가요.”

“어? 어! 그럴까.”

한경의 뒷모습과 희수를 번갈아 보던 남자는 앞장서는 희수를 희희낙락하며 따라갔다. 건물 구조와 이 시간에 비어 있는 방도 잘 아는 희수는 단둘이 남자마자 더 치근덕대는 남자를 상대로 한경이 선사한 십 분을 알뜰하게 사용했다.

끙끙대는 남자를 직원에게 넘겨 내보낸 다음, 희수는 한경을 찾아 나섰다. 이번에야말로 왜 여기 있는지 물을 참이었다. 비번이라고 들었던 것 같은데. 아니, 퇴사하지 않았나? 불현듯 스친 생각이 그녀의 발목을 붙들었다. 그녀는 우뚝 멈춰 섰다.

나는 어떻게 이걸 알고 있지?

돌연 사방이 어두워졌다. 당황한 희수는 눈을 깜박였다. 다시 본 세상은 여전히 어두웠다. 어둡고, 낯설고…… 무겁고.

희수가 시선을 내리자 이불 위로 그녀를 끌어안듯 두른 팔 하나가 보였다. 그 위를 거슬러 올라간 자리에는 이쪽을 향해 누워 깊게 잠들어 있는 한경이 있었다. 이른 새벽을 가리키는 벽시계가 어렴풋이 시야에 들어왔다.

아. 꿈을 꾼 거구나.

이제 이해가 됐다. 그녀는 납득한 동시에 퍽 아쉬워졌다. 한경과 동료로서 함께 현장에서 뛰던 때가 새삼 그리워진 것이다. 꿈의 여운이 남아서인지 아련한 기분이 더했다. 그러나 그녀가 다시 눈을 감고 꿈을 좇지 않은 건, 그와 나란히 누운 현재에 비교할 수는 없어서였다. 역시 아쉽긴 하지만.

희수는 그를 향해 돌아누웠다. 밝지 않은 와중에도 그의 가지런한 속눈썹까지 자세히 들여다볼 수 있는 이 간격이 아직은 낯설어서 기분이 조금 묘했다. 그와 이런 사이가 된 것이 가끔은 믿어지지 않을 때가 있어 그럴지도 모른다. 그녀는 잠든 그를 마음껏 감상하다가 충동적으로 몸을 조금 일으켜 얼굴 이곳저곳에 입을 맞추었다.

입술에서 시작해 뺨과 코를 거쳐 올라가 눈을 지나치고 이마에 이를 때쯤, 그녀의 허리에 둘러진 팔에 지그시 힘이 실렸다. 그가 눈을 감은 채 입술을 달싹거렸다.

"지금, 이거…… 꿈인가."

누구 애인이 이런 귀여운 말도 할 줄 알까.

평소보다 더욱 가라앉은 목소리도 또 다른 매력이었다. 희수는 입술로 돌아와 소리 내어 입을 맞추었다.

"아니! 근데 더 자도 돼. 깨워서 미안."

"괜찮아. 몇 시?"

"네 시 좀 넘었어."

대답을 들은 그는 그녀를 끌어안은 채 천장을 향해 누웠다. 그의 위로 비스듬히 엎드리게 된 희수는 선선히 그의 어깨에 머리를 기대고 몸에서 힘을 뺐다. 그녀는 살며시 오르내리는 그의 움직임과 숨소리에 귀를 기울이다가 생각난 대로 속삭였다.

"그때 진짜 고마웠어."

"뭘, 내가 하고 싶어서 한 건데."

음?

대뜸 중얼거린 말에 돌아온 그럴듯한 대답이 그녀를 놀라게 했다. 그녀는 고개를 들어 그를 쳐다보았다. 시선을 느낀 그가 슬쩍 눈을 뜨고 그녀를 보았다.

"내가 잘못 말했어?"

"아니, 그건 아닌데. 그때가 언제인 줄 알고?"

"언제든. 당신한테 고맙다는 인사 들을 만한 일이면 하고 싶어서 한 거니까."

"……."

"그래서 그때가 언젠데?"

잠시 할 말을 잃었던 희수는 물음을 듣고 웃었다. 조금 전 꿈을 꾸어서 더욱 어제 일처럼 생생하게 느껴지는 그 일을 간단히 설명하자 그도 곧 기억이 나는 듯했다.

"역시 맞네. 당신이 그딴 놈한테 번호 주는 꼴은 내가 못 보지."

"그래서 끼어들었어?"

"응. 솔직한 심정으론 내가 직접 뒷덜미 잡고 끌고 가고 싶었지만. 그랬다간 나중에 혼날 거 같아서."

"역시 날 잘 안다니까."

하지만 뭐, 그렇게 심하게는 혼내지 못했을 게 분명했다. 그때나 지금이나 윤희수는 서한경에게는 금방 약해지고 마니까.

"그런데 그때 거긴 어떻게 왔어? 당신 그날 비번이었던 거 같은데."

"맞아. 음…… 기억은 잘 안 나지만, 그 호텔 커피숍에 일이 있었어. 나오는 길에 생각나서 슬쩍 들러 봤지. 경호가 다 아는 얼굴들이라 관계자로 무사통과됐고."

"호텔 커피숍에 일? 정장 입고?"

단순한 의문이었다. 그러나 희수의 물음을 들은 그가 '그러게'라는 표정을 짓다가 갑자기 흠칫했다. 스스로도 몰랐던지 미처 다 감추지 못한 기색을 알아챈 희수는 눈매를 좁혔다. 기억이 난 모양인데, 당황하는 걸 보니 썩 듣기 좋은 이유는 아닌 게 분명했다. 더구나 비번인 주말의 호텔 커피숍에서, 이 남자가 정장을 입을 만한 일이라면…….

"맞선 봤구나."

희수의 확신에 한경은 괜한 저항 없이 두 손을 들었다.

“거절하려고 나간 거야.”

그래, 그랬겠지.

그의 마음을 일단 미뤄 두고 보이는 대로만 얘기하더라도, 평상복이 아니라 유니폼이나 마찬가지인 정장을 반듯하게 차려입고 나갔다는 건 사생활이라기보다는 업무의 영역으로 간주했다는 뜻일 거다. 적어도 그녀가 아는 서한경이라면 그랬다. 또 부득불 만나기 전까지 거절이 통하지 않았다는 말은 무시 못 할 압박을 받았다는 뜻이기도 했고. 상사의 권유였다면 웃으며 단칼에 거절했으리란 믿음 정도는 간단히 주는 남자이니, 아마도 회사 고객의 딸이나 손녀쯤 되는 가족이었을 것이다.

힘들이지 않고 결론까지 이른 희수였지만, 그녀는 그 말을 하지 않았다. 그가 자신을 도와주기 직전까지 다른 여자와 같이 있었고 자신은 그걸 전혀 모르고 그저 좋아했다는 사실이 그녀의 심술보를 자극했다. 물론 불합리한 심술인 건 인정하지만 어차피 질투라는 게 다 그렇지 않은가 말이다.

“정말이야.”

희수가 빤히 쳐다보고만 있자 한경이 재차 강조하더니 벌떡 일어나 앉았다. 그녀가 무심코 몸을 뒤로 물렸을 만큼 굉장한 기세였다.

“난 그때도 당신밖에 없었어. 의뢰인들하고 얽혔다고 해서 전부 다 그렇게 질질 끌지도 않았고, 그건 정말 특이 케이스였어.

그것도 나가서 삼십 분도 안 걸렸고. 커피 한 잔 마신 게 다야.”

“커피는 마셨네?”

“아니 그러니까……!”

속 터진다는 듯 목소리가 높아지던 그가 멈칫했다. 단순히 놀리고 있다는 걸 다 들킬 게 분명했지만 그녀는 새어 나오는 웃음을 감출 도리가 없었다. 당했다, 고 쓰여 있는 그의 허탈한 얼굴을 보게 되자 소리 없이 흐르던 웃음이 터졌다. 그녀는 크게 웃으며 침대 위로 누웠다.

“알아, 안다고. 내가 그것도 모를까 봐.”

관심이 있었던 것도 아니고 그저 잠깐 시간을 썼을 뿐 아무런 의미도 없는 만남을 두고 진지하게 설명하고 어떻게든 이해시키려고 애쓰던 그가 너무 귀엽고 사랑스러웠다. 좋아서 웃음이 그쳐지지 않았다.

헛웃음을 친 그가 당장 그녀의 위로 올라와 눈을 맞추었을 때도, 그녀는 계속 웃고 있었다.

“윤희수.”

“아니, 미안…… 비웃는 게 아니고. 크크.”

“와, 이 아가씨 양심도 없네.”

한경이 어이없어하며 투덜댔다. 그런 그도 웃음을 일부러 눌러 참고 있었다.

“사람 간 떨어뜨려 놓고 너무 좋아하는 거 아냐?”

“응. 너무너무 좋아해.”

"……."

"그리고 나도 그랬어."

당신밖에 없었어.

하지만 그 말은 입 밖으로 나오지 못했다. 정색한 그가 이미 다 알아들은 듯 숨을 들이켜더니 그녀에게 키스했기 때문이다. 입술을 부드럽게 빨아 당기고 혀끝을 살짝 얽었다. 묵직한 감정을 실은 가벼운 키스가 달콤하게 이어질수록, 방 안을 채웠던 새벽의 서늘한 공기가 달게 끓기 시작했다. 느릿한 열기는 이미 키스보다 더한 것을 예고하고 있었다.

출근하기 전에 집에 들러야 되는데.

한경의 입술이 귓불과 목덜미로 옮겨 간 사이 희수는 시계를 다시 확인했다. 그녀가 다른 생각을 하는 걸 알아차린 그는 집중하라고 말하는 대신 그녀의 표정을 살폈다.

"괜찮겠어?"

"음……, 시간이 넉넉하지 않긴 하지."

그는 그녀의 말에 실망하지 않았다. 적어도 그런 기색은 전혀 없었고, 뺨에 입을 맞추고 몸을 일으키는 걸로 봐서는 강요할 마음도 없어 보였다. 오히려 그 점이 희수의 등을 떠밀었다. 그녀는 바로 일어나려는 그를 끌어안아 도로 눕혔다.

"그러니까 당신 운전 실력을 믿어 볼게."

"……맡겨 둬."

그의 입매가 즐겁게 휘어졌다. 그녀도 따라 웃었지만 오래가지 못했다. 아무래도 뜸을 들인 걸로 오해하게 만들어 그를 부추기고 만 모양이었다. 그가 지금처럼 눈을 빛내고 덤벼들면, 그녀는 할 수 있는 게 많지 않았다.

그녀 역시 그를 탐할 수밖에.

서한경의 운전 실력은 예전에 비해 전혀 녹이 슬지 않았다.

한번 불이 붙으니 집요해져서 결국 서두르게 한 것이 미안했는지, 그는 절대 지각은 하게 만들지 않겠다고 호언장담했고 그 말을 실천했다. 비록 속도 제한을 아슬아슬하게 넘나들며 액셀러레이터를 밟아서 멀미와 담을 쌓고 살았던 희수가 차에서 내렸을 때 균형 감각을 잠시 잃은 부작용이 남았지만, 그만하면 나쁘지 않은 결과였다.

희수는 무사히 옷을 갈아입은 다음 출근했고 층이 다른 신입연수팀에서 일하는 한경과는 엘리베이터 안에서 헤어졌다. 여태까지와 다를 것 없는 평범한 날이었다.

점심시간이 다 끝나 갈 무렵에도 그녀는 그렇게 생각했다.

"혹시 둘이 사귀는 거 아냐? 아침에 같이 오던데."

희수가 휴게실 문의 손잡이를 잡았을 때, 안에서 튀어나온 목소리가 그녀를 멈칫하게 만들었다. 본능적으로 그녀는 자신과 한경의 얘기인 것을 알았다.

좋게 듣기에도 날이 섰고 나쁘게 듣기에는 대놓고 뒷담화였다. 그녀는 자신의 험담에 대해 익숙해져 있었지만 이처럼 정면으로 듣게 되는 경우는 극히 드물어서, 놀란 나머지 무심코 발 디딤을 바꾸어 휴게실의 불투명한 유리문에 그림자가 비치지 않게 했다.

보통은 다가오는 소리를 듣고 알아서 조용하던데.

나 들으라고 일부러 저러나, 생각하던 희수는 문득 시선을 떨어뜨렸다가 이유를 깨달았다. 한경의 집에서 달려 나올 때 발이 아파서 집에서 옷을 갈아입으면서 펌프스로 바꿔 신었더니 예기치 않게 발소리를 죽이고 있었던 것이다.

"누구?"

"마 과장이랑, 서한경."

이쪽이 잘못 들을까 봐 친절한 문답이 오갔다. 원래의 별명인 '마녀'와 직함이 합쳐진 자신의 구린 별명을 들으며 희수는 팔짱을 꼈다. 어디 한번 들어 보다가 적당할 때에 끼어들 심산이었다. 그건 그렇고, 그럼 서한경은 팀장이 되면 부처 팀장, 부 팀장이 되려나.

강제 강등이네.

실없는 생각을 하며 속으로 웃다 말고, 희수는 "에이, 설마."라는 반문에 귀를 기울였다.

"카풀이나 뭐 그런 거였겠지."

"아닌데, 그런 분위기."

"원래 친했다잖아. 우리 부장님이 그러시는데 옛날에도 오해받은 적 있었대. 가끔 우연히 같은 날 연차도 쓰고 해서."

그런 일도 있었지.

자신들의 과거가 전혀 모르는 사람의 입에서 전래 동화처럼 흘러나오고 있다는 사실은 희수에게 묘한 기분을 안겨 주었다. 그가 말한 무렵이 바로 얼마 전의 일처럼 또렷하게 생각났다.

"어, 서한경도 그날 빼겠다던데. 둘이 뭐 짠 거 아니야? 좋은 데 놀러 가려고."

"그럴 리가. 서팀은 무슨 일이래?"

"몰라, 중요한 일 같더라. 윤팀은 무슨 일인데?"

"중요한 일."

"……진짜 안 짠 거 맞아?"

지금은 퇴직한 동료의, 의심스럽게 보던 표정까지도 생생했다. 자신이 그때 일부러 그렇게 받아친 건 단순한 장난이었을 뿐 우연의 일치가 맞았다. 그러나 지금 희수는 그것이 우연이 아니라 필연이란 걸 알고 있었다. 그의 부모님과 아버지의 기일이 서로 똑같다는 사실을.

어쩐지 가슴이 먹먹해서 희수는 입술을 감쳐물었다. 다음부터는 같이 가자고 해야겠다. 이제 그렇게 말할 수 있게 되어서 정말 좋다고, 그녀가 몰래 기뻐하는 동안 휴게실 안 대화는 현재로 돌아와 있었다. 아니, 어제로.

"간부 회의 얘기 몰라? 둘이 장난 아니게 피 튀겼다잖아."

"아, 나도 들었어. 서한경 직책 갖고 마 과장이 걸고넘어져서 분위기 되게 싸했다고. 그래서 오늘 전체 회의에서 신입연수팀으로 발표된 거라며."

소문이 그렇게 난 모양이다. 어느 정도 예상하고 있던 희수는 신경 쓰지 않았다. 그것은 한경에게 설명할 필요조차 없는 업무상 교통정리에 불과했고, 한경 역시 설명을 따로 듣지 않고도 그 점을 이해하고 있었다.

"잘됐지, 옛날엔 더 잘나갔다는데 상사로 떡하니 만나 봐. 거기다 그 여자 성격이 어디 보통 성격이냐."

"맞아. 부장이 맹장 수술 아니고 위염 같은 걸로 쉬었으면 농담으로 안 끝났을걸."

"아무튼, 사귀면 그랬겠어? 어제까지만 해도 경호과였다는데, 같은 소속이면 좋다고 가만히 있지 않나, 보통은."

"하긴 그건 그렇지."

윤희수와 서한경이 보통이 아니라 특별하다는 사실을 증명해 준 그들의 대화는 그대로 마무리가 될 조짐을 보였다. 지금이다. 희수가 짓궂게 마음을 결정하고 움직이려던 순간이었다.

"다행이네, 사람 잘못 본 줄 알았더니."

……뭐?

"맞아, 끼리끼리라잖아. 나도 그 사람 좋게 봤거든. 소문은 그렇다 쳐도 선배들 말이 반만 사실이라도 장난 아니고."

"평판도 엄청 좋던데. 완전 상반된 얘기 아니냐? 뭐, 다른 매력에 사귈 수는 있어도, 어느 정도 같은 점이 있어야 연애가 되지."

"진짜 사귀는 거면 그 성격 좋아 보이던 게 다 그런 척이었다 거나. 와, 난 그게 더 재밌다."

"하긴 다들 좋은 얘기만 한다는 것도 이상하지, 응? 사람이 그럴 수는 없는데 말이야."

"성인군자가 아니고서야."

"아, 그러고 보니 별명이 뭐라더라. 붓다? 부처?"

"부처."

"음. 성인 맞네. 그럼 그냥 사람이 그럴 수 있는 걸로."

졌다는 듯 체념한 결론에 와르르 웃음이 터졌다.

"마녀를 갱생시키는 부처는 좀 어울리긴 한다."

"오, 그러게. 차라리 진짜 사귀어서 갱생 좀 시켜 주지!"

실없는 소리가 몇 마디 더 이어지고 휴게실 문이 열렸다. 희수는 휴게실 문 뒤쪽의 커다란 화분 뒤에서 꼼짝도 않고 서서 멀어지는 기척을 들었다. 들킬 위험을 대비하기보다는, 단순히 움직일 수가 없었다.

누군가가 지나가다 지금의 자신을 보면 이상하게 생각할지도 모른다는 무의식이 바닥에 달라붙은 그녀의 발을 떼어 냈다. 창가로 다가간 희수는 밖을 내다보았다. 다른 건물들과 아래로 작은 점과 같이 되어 지나가는 사람들, 차들의 흐름을 멍하니 보고 있자니 헝클어졌던 머릿속이 정리되는 기분이 들었다. 그러나 그 결론에 이어지는 깨달음은 그녀를 더욱 가라앉혔다.

지금까지 희수는 자신의 양심이 허락되는 선에서 마음대로 하고 살았고, 그랬기에 부수적인 결과로 무엇이 따라오든 전부 감수해 왔다. 몇 안 되는 친구들, 직장 동료와 상사의 거리감, 순탄하지 못한 승진, 무엇이든지. 자기 자신을 억누르고 애써 달래면서 친구를 많이 사귀고 직장에서 예쁨 받고 돈을 많이 번다면 그게 무슨 소용일까. 적어도 희수에게 그런 건 필요 없었다. 어차피 세상 모든 사람들이 나를 반드시 좋아한다는 법이 없으니, 내가 좋아하는 사람만 날 좋아하게 만들도록 애쓰는 게 훨씬 건설적이었다.

하지만…… 그 기준은 어디까지나 윤희수였고 윤희수의 것이었다.

내가 좋아하는 사람이 나 때문에, 나를 좋아한다는 이유로 험한 말을 듣고 뒷담화의 주인공이 된다는 건 정말 생각도 해 보지 못한 문제여서 그녀는 충격을 받았고, 이걸 진작 생각하지 못했다는 점 또한 충격으로 다가왔다.

그럼에도 그녀는 당장 상사며 동료들에게 싹싹하게 굴 성격이 못 되는 자신을 알았다. 그리고 한경은 분명 조금도 신경 쓰지 않으리란 것도 안다. 그런 사실들이 오히려 그녀를 괴롭게 만들었다.

희수는 한참 동안 창가에 서 있다가 천천히 돌아섰다.

푹푹 발이 꺼지는 진창 속을 걷듯 무겁게 끌리는 발걸음으로 부서로 돌아온 그녀는 입구에서 한경과 마주쳤다. 볼일이 있었는지, 그는 한 손에 서류철을 들고 막 안에서 나오고 있던 참이었다.

반가운 기색을 띠는 그를 보자 희수의 가슴이 따끔거렸다. 지금 차마 볼 수 없는 사람으로는 그가 제일이었다. 그녀는 인사를 빙자해 시선을 깔았다. 그대로 지나치려던 그녀를 그의 목소리가 붙들었다.

"잠깐만요, 과장님."

"네?"

반사적으로 돌아선 희수는 이쪽을 향해 뻗어 오는 그의 손을 보았다. 그녀는 자신도 모르게 한 걸음 뒤로 물러났다. 손이 허공에서 멈칫, 정지했다.

저질러 놓고 아차 싶어 쳐다보자 그는 다행히 조금 의아해하고 있을 뿐이었다. 그는 손을 거두어 그 자신의 왼 어깨를 톡톡 두드려 보였다.

"여기, 뭔가 묻어 있어서요."

"아……, 네. 고마워요."

희수는 그가 가리킨 쪽을 대충 털어 내며 몸을 돌렸다. 사무실 안으로 들어가 문을 닫기 전까지, 그녀는 그의 시선을 느꼈다. 그러나 돌아보지 못했다.

그럴 수가 없었다.

잔뜩 신이 난 웃음소리가 거실을 공허하게 가로질렀다.

TV 안에서 여럿이 모여 왁자지껄 떠들고 웃는 가운데, 그 앞에 놓인 소파에 나른히 앉은 한경은 같이 웃지 않았다. 사실 보고 있는 것도 아니었다. 그의 기준으로 이 집은 혼자 살기엔 지나치게 넓어서, 문득 적막감이 사무치게 느껴질 때나 허전하다는 생각을 무시하지 못할 때 그는 TV를 틀어 사람 소리를 불러내곤 했다.

집이 너무 넓다는 생각을 하면 반드시라고 해도 좋을 수순으로 희수에 대한 생각이 따라왔다. 혼자였다면 더 작은 곳을 택했을 테니까. 그는 집을 장만하고부터 그녀가 먼저 들어와 살아 주길 바랐고 또 그런 말을 하기도 했는데, 그녀는 지금 사는 집의 계약기간도 남았으니 굳이 그러고 싶지 않다고 거절했다. 얼마 안 남은 호젓한 생활을 실컷 즐겨 두란 농담조의 말을, 그는 반박하지 않고 웃으며 들었다. 여태 그런 걸 원한 적은 한 번도 없었지만.

희수는 혼전 동거를 하면 정작 결혼하고 나서 신혼의 설렘이 줄어들 것처럼 느껴진다고 했다. 물론 안 그럴 수도 있지만, 꼭 어쩔 수 없는 게 아니라면 살림을 합치는 건 결혼한 뒤였으면 좋겠다고도 말했다. 그건 그녀의 솔직한 마음이었을 것이다. 그러니까, 흔히들 말하는 메리지 블루(Marriage Blue, 결혼을 앞둔 남녀들이 겪는 심리적인 불안감과 우울함) 같은 감정의 변화로 그와 적당히 거리를 두고 싶어 하는 건 아닐 거였다. 실제로 자주 놀러 오기도 했고 어젯밤만 해도 아예 자고 가지 않았던가. 그는 그렇게 믿었다.

그러면 그건 왜 그랬을까.

오늘 점심나절에 희수와 마주친 뒤로, 잊을 만하면 그에게 달라붙는 의문이었다. 그때 그녀는 분명히 그의 손을 피했다. 심지어 눈을 제대로 맞춘 기억도 없이 그대로 지나쳐서, 그는 쉽게 떨쳐 내지 못했다. 아침에 헤어질 때와는 전혀 달랐다.

그사이에 무슨 일이라도 있었던 건지, 일하다가 잘 안 풀린 거라도 있었는지, 그는 몹시 알고 싶었다. 예전 같았으면 같은 직책이라 대충 짐작이 갔는데 이젠 직급이 달라지고 그가 모르는 일을 그녀가 다루고 있기도 해서 이런저런 추측만을 해 볼 뿐이었다.

그는 시계를 보았다. 희수는 오늘 이모 댁에 가서 저녁을 먹는다고 했다. 지금쯤이면 집에 돌아가 쉬고 있을 터였다. 아니면 자고 있거나. 역시 늦었으니 내일 아침에 전화하는 게 좋겠다. 그는 리모컨을 들어 의미 없던 소음을 지웠다. 순식간에 깔린 정적을 모른 척하고 일어선 그의 귓가로 새로운 소음이 날아들었다. 현관 초인종 소리였다.

누구지?

예고 없이 찾아올 사람은 없었다. 유일한 예외인 희수는 착실하게도 올 때마다 초인종을 꼬박꼬박 누르지만, 방금 전 전화 통화도 포기했던 한경은 궁금증만 가진 채 문을 열었다. 그런데 문틈 사이로 드러난 사람은 기대조차 하지 않았던 희수였다.

"안녕, 역시 아직 안 잤네?"

"……어쩐 일이야?"

"일단 좀 들어갈게."

그는 얼른 문을 활짝 열고 비켜섰다. 그리고 그녀가 빈손이 아니라 커다란 캐리어 하나와 함께 들어오려는 걸 보고 더욱 놀랐다. 얼른 나서서 그녀 대신 들여놓은 캐리어는 제법 묵직했다.

이게 대체 무슨 일일까.

갑작스런 상황에 놀라고 어리둥절하면서도 압도적인 기쁨이 그를 덮쳤다. 문을 닫고 돌아선 희수가 그런 그를 보더니 눈을 깜박이다가 설핏 웃었다. 어쩐지 우는 대신 웃기로 결정한 것처럼 보이는 그 웃음은 바늘이 되어 그를 허공에 둥실 띄웠던 무형의 풍선을 터뜨렸다.

"……고마워. 좋아해 줘서."

그렇게 말하는 그녀는 정작 고맙기보단 미안하다는 표정이라 그는 바로 대꾸하지 못했다. 아니나 다를까 그녀는 미안하다는 말을 덧붙였다.

"일부러 그런 건 아냐. 일단 봐 봐."

희수는 캐리어를 눕히고 지퍼를 열었다. 활짝 열린 그 안을 차곡차곡 채운 것은 옷이 아니라 갖가지 반찬 통이었다. 다시 한 번 허를 찔린 그는 이번에야말로 웃었다.

"이모가 당신 갖다 주래."

그를 흘끔 올려다보는 그녀의 웃음도 조금 밝았다.

"하나하나 챙기다 보니 너무 많아져서, 내가 당장 먹을 만한 것만 달라고 했더니 바퀴만 있으면 된다고 캐리어에 주시지 뭐야."

"천재시네. 내일 감사하다고 전화드려야겠다."

"응, 그래 줘. 나한테 많이 뺏어 먹지 말래."

"하하. 당신도, 늦었는데 갖고 와 줘서 고마워. 그래도 주차장에서 나 부르지."

"아니야, 할 얘기도 있고 해서."

……무슨 얘기?

"이거 먼저 주방에 갖다 놓자."

그녀는 지퍼를 닫고 몸을 일으켰다. 그녀를 일별한 그는 캐리어를 주방으로 옮겼다. 따라 들어온 그녀는 바로 다시 반찬 통을 펼쳐 놓았다.

"이따 내가 할 테니까 놔둬."

"그때그때 치우는 게 낫지."

그가 더 말을 붙일 새도 없이 식탁 위로 반찬 탑이 쌓이기 시작했다. 그도 합세했고, 캐리어는 금세 텅 비었다. 뭐가 뭔지 설명하면서 냉장고에 넣을 것은 넣고, 실온 보관이 되는 것은 찬장에 넣은 희수가 찬장 문을 닫고 말했다.

"내가 오늘 한 가지 깨달은 게 있어."

"뭔데?"

"나 때문에 당신이 욕을 먹을 수 있다는 거."

한경은 귀를 의심했다.

아무렇지 않은 말투도 말투거니와 내용도 내용이라, 그는 말문이 막히고 말았다. 그러나 "좀 많이 늦었지만."이라고 덧붙이며 이쪽을 향해 돌아서는 그녀는 조금도 농담하는 분위기가 아니었다. 그가 빤히 쳐다보자 그녀가 미소를 지었다.

"미안. 그동안 생각 못 한 것도 미안하고, 이제 알았다고 해서 당장 바꿀 수 없는 것도 미안해. 그렇다고 헤어질 순 없잖아."

"당연하지! ……아니, 잠깐만."

끔찍한 말을 들은 심장이 요란스레 덜컹거렸다. 무심코 목소리를 높인 그가 한 손을 들어 마구 내달리는 흐름에 제동을 걸었다. 예고 없이 치고 들어온 그녀에게 항의조로 말하지 않기 위해 애써야 했다. 말도 안 되지만, 이미 치인 건 그가 아니라 그녀처럼 보인 탓이기도 했다.

"내가 지금, 처음부터 하나도 이해가 안 되는데. 대체 무슨 소리를 하는 거야?"

"그러니까."

희수가 차분하게 말했다.

"당신은 다른 사람들과 두루두루 잘 지내고, 좋은 사람으로 살아왔는데, 난 아니거든. 정반대인 나랑 같이 있으면 당신도 사실 성격 좋은 척 연기한 걸로 생각할지도 몰라. 원래 다 끼리끼리 만나는 거고."

"……희수 씨."

"일단 들어 줘. 난 내가 살아온 방식은 전혀 후회하지 않는데, 그게 당신한테 해가 된다니까 좀 막막하더라. 사생활이랑 사회생활이 이렇게 딱 겹쳐진 건 처음이어서 이럴 수도 있단 생각은 못 했어. 근데, 이제 와서 고치자니 그건 또 안 되겠고 말이지."

마치 진리를 전하듯 흔들림 없는 목소리가 조곤조곤 설명하는 대로 열심히 귀를 기울였지만, 한경은 여전히 이해가 되질 않았다. 그가 듣기에는 이렇게 일부러 말할 것도 없는 하찮은 일인데 희수는 그녀의 시간을 써서 고민한 끝에 내놓는 것 같아서 뭐라 쉽게 할 수 있는 말도 없었다. 그로서는 전부 다 잘못된 말이라 어디서 뭘 어떻게 부정해야 될지도 모르겠다. 그러나 머릿속이 잔뜩 엉킨 가운데 '그렇다고 헤어질 순 없잖아.' 라는 말이 닻처럼 의식의 파고 사이에서 버텨 준 덕분에 그는 우선 끝까지 들을 용기를 얻었다.

다행히도 그녀는 스스로 두 사람 모두를 위한 결론을 내린 뒤였다.

"이걸 어떻게 해야 되나 생각해 봤는데, 답은 없는 거 같아. 처음엔 사귀는 거 비밀로 하자고 할까 싶긴 했지만 어차피 결혼하면 다 알게 되잖아. 하객의 반 이상이 회사 사람들일 건데. 신기해서라도 더 몰려올 수도 있고. 음. 아무튼, 감춰 봤자 소용없고, 헤어진다는 건 아예 말도 안 되고, 그래서…… 이걸 전혀 생각 안 하고 있을 당신한테 솔직하게 다 말해 주고, 사과하기로 한 거야. 미안해. 앞으로는 노력해 볼게."

부지불식간에 안도의 한숨이 터져 나왔다.

그는 그녀에게 성큼 다가갔다. 힘껏 끌어안자 그녀도 팔을 둘러 마주 안았다. 품에서 전해지는 체온이 그의 긴장감을 완전히 누그러뜨려 주었다. 그는 그녀의 관자놀이에 입을 맞추고 머리칼에 뺨을 묻었다. 그리고 천천히 말을 골랐다.

"내가 하고 싶은 말은…… 희수 씨."

"응."

"일단, 앞으로도 그런 노력은 할 필요 없고."

희수가 고개를 들려는 기색이 느껴졌다. 그는 힘주어 막고 계속 말했다.

"잊었나 본데 난 당신이 회사 생활 하는 거 옆에서 직접 지켜봤어. 강자한테 강하고, 원칙적이고, 아닌 건 아니라고 어디서든 당당하게 말하고, 잘못한 건 봐주는 거 없는데 본인도 그 기준 안에 넣는, 그런 윤희수니까 반했던 거야. 당신이 당신답게 있어서."

"……."

"그 때문에 누가 뭐라고 지껄이든 내 알 바 아냐. 아니, 애초에 그런 놈들이 날 좋게 보고 있을 거라는 것부터 기분 나쁘다고, 난. 차라리 욕을 하는 게 고맙겠어. 앞에선 눈도 제대로 못 마주치고 굽실댈 것들이 입만 살아서."

그리고 아마 그 입들이 바로 지금 희수를 고민에 빠지게 만든 원흉임이 틀림없었다. 장담컨대 남자들일 거라고, 그는 울컥 화가 치미는 가운데 확신했다.

예전부터 희수는 과한 험담을 듣고 있었는데 출처는 대부분 본인이 '여자' 보다 무능한 것을 인정하지 못해 부들부들 떠는 한심한 남자 새끼들이었다. 일을 잘하고 열심히 하고 실수를 해도 확실하게 처신하는 사람들에게, 그녀는 필요 이상 딱딱하게 대하지 않았다. 그러니 즉 그렇지 않은 놈들이 자존심은 있어서 더 크게 떠들고, 돌고 도는 소문은 '아니 땐 굴뚝에 연기 안 난다' 는 고리타분한 속담을 업고 기정사실처럼 변했다. 그때와 별반 달라지지 않은 현실이 그의 분노를 부추겼다. 희수가 그런 잡소리에 연연하는 성격이 아니라 참 다행이라고 생각한 적도 있었는데. 심지어 지금 그걸 연연하게 만든 게 서한경이란다. 그는 생각할수록 이가 갈렸다.

"당신이 나한테 미안해할 일은 전혀 없어. 변해야 할 이유도 없고. 그러니까 당신이 들을 만한 데서 함부로 지껄인 것들이 누군지나 말해 봐."

"……몰라."

그녀가 웃음을 참는 것처럼 중얼거렸다. 그는 짐짓 목소리를 깔았다.

"빨리. 말 안 해 주면 나 이번엔 진짜 화낼 거야."

"정말 몰라."

웃음소리가 조금 더 커졌다. 그는 진심이었지만, 이번에 고개를 드는 그녀는 막지 않았다. 희수가 그와 눈을 맞추었다. 그녀의 애정 어린 시선 앞에서 정색하기란 참 힘들었다. 이어진 대답을 듣고 나니 더 그랬다.

"사실은 몰래 엿들은 거거든. 휴게실 잡담."

"……목소리는 기억하지?"

"아니."

끈질긴 물음에도 지지 않고 부정한 그녀는 활짝 웃으며 다시 그에게 얼굴을 묻었다. 그는 한숨을 쉬고 팔에 힘을 실었다.

"당신이 나한테 사과할 일이 있다면, 바로 그런 걱정을 했다는 거야. 알겠어?"

"음. 사실 나도 내가 이렇게 감정적으로 흔들릴 줄은 몰랐어."

알았다는 건지 몰랐다는 건지, 그는 애매한 대꾸를 짚고 넘어가려고 했지만 역시 그녀는 당해 낼 수 없는 사람이었다. 감탄 어린 중얼거림이 그를 직격했다.

"나 진짜 당신 많이 사랑하나 봐. 새삼 실감했달까."

"……."

"그리고 당신도 나 진짜 많이 사랑해 주고."

"……알아주니 고맙네."

"응. 아까 캐리어 보는 표정이 장난 아니더라."

쿡쿡거리며 그의 말문을 다시 막은 그녀가 고개를 들더니 그의 입술에 입을 맞췄다. 가볍게 맞부딪친 부드러운 촉감이 황홀했다. 그는 멀어지려는 입술을 쫓아 다시 겹쳤다. 몇 번이고 반복해서. 그는 그녀의 팔 안에서, 마주 감기는 혀에서, 함께 뛰는 심장에서 불꽃이 튀는 듯한 짜릿함과 따뜻한 물에 푹 담긴 안온함을 동시에 느꼈다.

늘 그랬듯, 이 순간만큼은 더 바랄 게 없었다.

그날은 여느 때와 다름없는 월요일이었다.

아침 회의를 끝낸 희수는 다른 사람들보다 한발 앞서 회의실을 나왔다. 사무실과는 한 층 차이라 굳이 엘리베이터를 이용하기보다 계단이 편해서 비상계단 쪽으로 방향을 잡고 걸었다. 복도를 중간쯤 걸어간 그녀는 복도 저편에서 나타난 한 무리의 직원들과 맞닥뜨렸다.

그들은 오는 동안 뭔가를 열심히 서로 논의하고 있었는데, 복도에서 뭉쳐서 걷다 보니 앞선 두 명 정도는 이쪽으로 거의 등을 돌린 채로 걷고 있었다. 희수가 자신의 뒤쪽에서 오는 부서 사람들의 말소리에 잠깐 주의가 쏠렸다가 다시 바로잡은 그때, 대화에 열중해 이쪽과의 거리를 미처 알아채지 못한 남자의 등이 불쑥 코앞까지 들이닥쳤다.

피하려면 얼마든지 피할 수 있는 일이었다. 그러나 그 넓은 등이 매우 익숙하다는 것을 처음부터 알고 있었던 희수에겐 굳이 피해 줄 이유가 없었다. 물러서는 대신, 그녀는 한 손으로 가볍게 등을 짚어 멈춰 세웠다. 깜짝 놀라 돌아본 한경이 얼른 그녀를 향해 바로 섰다.

"죄송합니다, 과장님. 미처 못 봤습니다."

"복도에선 앞을 보고 다녀야죠. 위험하잖아요."

"네. 주의하겠습니다."

한경이 선선히 대답하는 동안 그의 일행이 덩달아 놀랐다가 입을 다물고 희수의 눈치를 살폈다. 조금 전까지 의견을 나누던 목소리들이 작은 편이 아니어서, 그중에 낯익은 목소리가 섞인 것을 깨달은 그녀는 가장 강력한 후보로 점친 남자 사원을 흘끔 쳐다보며 농담을 덧붙였다.

"이러다간 서한경 씨가 날 갱생시키는 게 아니라 내가 교정시키는 게 빠르겠어요."

"예?"

아니나 다를까, 남자는 사색이 되었다.

이해하지 못하고 되물은 한경의 표정 위로 깨달음이 스쳤다. 희수는 일순 거짓말처럼 표정이 지워진 그가 그녀의 시선을 좇아 범인을 알아내기 전에 얼른 눈길을 거두었다. 아무 말도 아닌 것처럼 돌아서려고 했지만, 직전에 둘을 열심히 번갈아 보고 있던 다른 직원의 목소리가 더 빨랐다.

"저기, 실례지만, 혹시요! 두 분 연애하세요?"

착각인지 복도의 소음이 한결 줄어들었다.

이처럼 직접적으로 던져진 질문은 처음이었다. 그러나 이럴 경우 어떻게 할지는 이미 답이 나와 있었다. 희수와 한경은 서로를 마주 보았고, 나란히 대답했다.

"아뇨."

"약혼했습니다."

사람들의 입이 쩍 벌어졌다.

이제 복도는 훨씬 더 조용해졌다. 반응들이 너무나 짐작한 대로라, 희수는 그만 피식 웃고 말았고 한경이 친절하게 말을 이었다.

"조만간 청첩장 돌릴 테니 기대하세요."

그 말에 대답하는 사람들은 아무도 없었다.

좀처럼 경악의 폭풍에서 헤어 나오지 못하는 사람들을 보니 그녀는 이제 좀 의아해질 지경이었다. 친한 걸 숨긴 적도 없는데 이렇게까지 놀랄 일일까. 그럼 달리 누가 있다고.

희수는 한경을 쳐다보았다. 그 역시 그녀를 보았고, 다시 마주친 눈에서 같은 생각을 들여다본 그들은 쓴웃음을 주고받았다. 그 모습에 하나둘 수군거림이 늘어나는 때를 틈타, 한경이 인사를 건넸다.

"가 보겠습니다, 과장님."

그리고 그는 사람들을 다시 헷갈리게 만든 정중한 태도 그대로 덧붙였다.

"너무 애쓰지 마시고 쉬엄쉬엄 일하세요."

그녀도 놀라지 않고 응수했다.

"서한경 씨야말로, 괴롭히는 사람 있으면 데려오세요. 얼굴 좀 보게."

"싫습니다. 과장님께는 제 얼굴만 보여 드릴 겁니다."

질세라 담담한 표정을 짓고 있던 희수는 그가 너무 정색해서 진지하게 대꾸하는 바람에 하마터면 크게 웃을 뻔했다.

"뭐, 저도 그편이 더 좋죠. 그럼 이만."

희수는 침착하게 걸음을 옮겼다.

하나같이 우뚝 멈춰 서서 제 눈을 의심하는 기색이 완연한 사람들을 지나친 그녀는 출입문을 열었다. 계단을 올라가는 그녀의 어깨가 조금씩 흔들렸다. 희수는 가벼운 발걸음으로 날듯이 걸었다. 즐거운 하루의 시작이었다.

후 기

이 이야기를 처음 쓴 건 오래전 겨울의 일입니다.

친한 작가님들 사이에서 '숨이 가라앉았다.' 는 문장으로 시작해서 '숨이 차올랐다.' 는 문장으로 끝나는 겨울 단편을 모아서 단편집을 내자, 는 취지의 기획이 잠시 있었어요. (현생과 어른의 사정으로 엎어졌지만 이 부분은 기념 삼아 수정하지 않았습니다.) 저는 거기에 '내가 제일 즐겁게 쓸 수 있는 내 취향일 것' 이라고 제 나름의 조건을 추가했습니다. 쓰는 사람이 즐거우면 읽는 사람도 즐겁다는 생각을 가졌을 때였거든요. 기본적으로 제 취향이거나 일정 이상 근접해야 써지긴 하지만, 처음부터 목표를 삼아 구상한 건 그때뿐이었어요. 그래서 쓰게 된 이야기에는 당연하게도 제 모든 리스트를 통틀어 '취향' 과 '동경' 의 요소가 가장 많이 들어가 있었습니다. 〈구름 아래 맑은 날〉은 그 단편이 가지를 더 뻗고 잎이 자란 모습입니다. 그때도, 지금도 즐겁게 썼고 희수와 한경과 함께하는 동안 무척 행복했어요. 읽으시는 분들에게도 조금이나마 전해질 수 있었으면 좋겠습니다.

(만에 하나 실제 사건에서 모티브를 따왔는지의 여부를 궁금해하실 분들이 계실지 몰라 노파심에 미리 밝히자면, 그렇지 않습니다.)

구름 아래 맑은 날은 구름이 있음에도 불구하고 맑은 날, 구름이 있기에 더욱 맑은 날입니다. 또한 각자의 어둠을 안고 열심히 살아가기에 더 빛나는 사람들의 날이기도 합니다. 살면서 어둠이 없을 수 없고, 그럼에도 빛이 없을 수도 없겠지요.

저는 나름의 방식으로 최선을 다해 자신의 길을 걷는 사람들을 무척 좋아하고 존경합니다. 저 자신도 그렇게 살고 싶고요. 그런 마음과, 감히 응원하고 싶은 마음을, 부끄럽지만 부족한 대로 저 나름의 최선을 다해 글에 담고 싶다는 생각을 합니다. 물론 그간 비현실적인 설정을 많이 사용했고 아마 앞으로도 그렇겠지만, 사실 제가 늘 쓰고 싶은 건 사람이 대단한 일을 하거나 엄청난 결과를 남기지 않아도 열심히 살아간다는 그 자체로 대단하고 또 엄청난 결과라는 것, 그 하나일지도 모르겠습니다. 음…… 생각할 땐 이렇게 거창하게 들리는 얘긴 아니었지만 뭐 그렇습니다. (笑)

제가 저다운 사람으로 있을 수 있게 해 주는 사랑하는 가족들과 친구들, 원더랜드 작가님들에게 감사드립니다. 책이 나오기까지 든든하게 지원해 주신 뿔미디어 박경희 님과 스칼렛 로맨스 여러분, 감사합니다. 이번에도 정말 많은 신세를 졌습니다.

여기까지 읽어 주셔서 감사합니다. 언제나 맑은 날 되시기를 마음 깊이 소망합니다.

2019년 1월, 김유미 드림

구름 아래 맑은 날

1판 1쇄 찍음 2019년 1월 2일
1판 1쇄 펴냄 2019년 1월 9일

지은이 | 김유미
펴낸이 | 정 필
펴낸곳 | **(주)뿔미디어**

기획 · 편집 | 박경희, 권지영, 문지현
표지 디자인 | 우 물

출판등록 | 2002년 9월 11일 (제1081-1-132호)
주소 | 경기도 부천시 원미구 소향로 17, 303(두성프라자)
전화 | 032)651-6513 / 팩스 032)651-6094
E-mail | scarlets2012@hanmail.net
블로그 | http://blog.naver.com/dahyangs
비북스 | http://b-books.co.kr

값 7,000원

ISBN 979-11-315-9423-0 03810

※파본은 구입하신 서점에서 교환하여 드립니다.

Scarlet
스칼렛
www.b-books.co.kr

Scarlet
스칼렛
www.b-books.co.kr